Lahn-Dill-Krimi

Wolfgang Borchers

Das Logo

Hauptkommissar
Leo Trinkaus' zweiter Fall

Roman

JONI VERLAG

Die Handlung dieses Romans und die darin agierenden Personen sind frei erfunden. Ähnlichkeiten mit real existierenden Personen sind rein zufällig. Dies gilt jedoch nicht für die namentlich genannten Wirte und Inhaber der beschriebenen Restaurants und Geschäfte, denn diese sind tatsächlich diejenigen, die zum Zeitpunkt der Fertigstellung des Manuskripts diese Lokale und Geschäfte führten.

Das subjektive Empfinden von Leserinnen und Lesern, sie würden diesen oder jenen hinter einer Romanfigur oder bestimmte Handlungsabläufe wiedererkennen, ist für den Autor nachvollziehbar, sind doch der Fantasie keine Grenzen gesetzt. Aber es ist eben Fantasie!

Originalausgabe
November 2004

Umschlag: Graphic Design Studio Flemming, Wetzlar
Druck: Friedrich-Druck GmbH, Wetzlar-Münchholzhausen

JONI VERLAG WOLFGANG BORCHERS
Wetzlar
www.mordskrimi.de

ISBN 3-937543-01-5

Now, a very great man once said
That some people rob you with a fountain pen.
I didn't take too long to find out
Just what he was talkin' about.

– Bob Dylan

1.

Zur Abendzeit war es immer noch drückend heiß. Selbst Ende Juli für Wetzlarer Verhältnisse eine außergewöhnliche Wetterlage. Für die meisten Menschen in ganz Deutschland war es der Jahrhundertsommer, für eine qualifizierte Minderheit hingegen eine Tortur: Seit Wochen jeder Tag mit Temperaturen über 30 Grad, immens hohen Ozonwerten und ohne Aussicht auf Regen und Gewitter. Die deutschen Winzer hingegen rieben sich die Hände. Wann hatten die Trauben jemals so viele Sonnenstunden auftanken können? Die Landwirte stöhnten, weil ihnen die Ernte kaputt ging. Die Obstbäume warfen in einer Notreife die Früchte ab. Ärzte mussten sich vermehrt um Kreislaufpatienten kümmern. Die Flüsse Lahn und Dill hatten die geringsten Wasserstände seit dreißig Jahren.

Für die Wetzlarer Festspiele war es ein prächtiges Wetter. Der Vorstand brauchte keine Bedenken zu haben, auch nur für eine Vorstellung der diesjährigen Saison von der Freilichtbühne Rosengärtchen in die Stadthalle ausweichen zu müssen.

Die erste Eigeninszenierung im vorigen Jahr hatte sich als großer finanzieller Reinfall herausgestellt. Aber der Festspielverein war lernfähig und hatte die Ursachen seiner Fehlkalkulation erkannt. Mit frischen Mut wagte man sich in diesem Jahr an eine neue Eigeninszenierung. An diesem Abend stand sie nun auf dem Spielplan, die auf Wetzlar umgeschriebene Adaption von Ulrich Plenzdorfs »Die neuen Leiden des jungen W.« unter dem originellen Titel »Die Leiden des jungen W. im neuen Wetzlar«. Der Rahmen der Handlung orientierte sich an der Vorlage. Eduard – genannt Edi – Wiebe, ein Russland-Deutscher aus Wetzlar-Garbenheim, hatte mit seinen inzwischen 18 Jahren immer noch keine Lehrstelle gefunden und lungerte in seinen Kreisen herum. Die einzige Korsettstange seines ansonsten perspektivlosen Lebens war seine Liebe zu Charlotte Lauer. Aber »Charlie« war bereits einem anderen Landsmann versprochen und sogar offiziell mit ihm verlobt. Edi würde tragisch enden.

Zur Pause der Vorstellung drängten die schwitzenden Zuschauer zu den Getränkeständen. Alle waren froh, sich endlich erheben zu können, um ihre Allerwertesten zu entlasten. Die Bestuhlung des Rosengärtchens, die eigentlich als eine »wippende Bebankung« bezeichnet werden müsste, war wirklich eine Zumutung. Wer häufiger Veranstaltungen der Festspiele besuchte, hatte schon seine Erfahrungen mit einem gruppendynamischen Phänomen sammeln können. Spätestens nach 45 Minuten jeder Vorstellung ergriff die Zuschauer eine Unruhe, die sie von einer Poseite zur anderen wechseln ließ. Besonders gut war dies von den oberen Sitzplätzen der Blöcke 5 bis 8 und der Tribüne Domseite zu sehen.

Aber die Umbaupläne für das Rosengärtchen sollten jetzt ja »so zügig wie möglich« umgesetzt werden und den zukünftigen Besuchern auch neue komfortable Sitzplätze bescheren. Dies galt allerdings nur, wenn man den Bekundungen der Stadtregierung Glauben schenken wollte oder konnte, denn was mit »möglich« gemeint war, konnte man getrost als auslegungsfähig bezeichnen. Die Pläne für einen großzügigen Umbau waren schon vor längerer Zeit vorgestellt worden. Ob sie denn auch so umgesetzt werden würden oder einer abgespeckten Version weichen müssten, stand in diesem Sommer noch nicht fest. Was die politischen Statements wirklich wert waren, würde sich für das kunstinteressierte Publikum erst zeigen, wenn der Umbau tatsächlich stattgefunden hätte.

Auch Mitarbeiter der Wetzlarer Kriminalpolizei »machten in Kultur«. Kriminalhauptkommissar Leo Trinkaus mit seiner Freundin Carola, Kriminaloberkommissar Dirk Roß mit seiner Lebensgefährtin Elke, Kriminalkommissarin Hanne Ziegler und ihr Mann Jens sowie die Verwaltungsangestellte Birgit Alexander mit ihrem Mann Harald hatten sich für diese Vorstellung verabredet. Um in der Pause ihren Durst zügig löschen zu können, saßen sie allerdings im Block 4 taktisch unklug. Sie erreichten relativ spät einen Getränkestand.

»Harald, bring mir doch ein Wasser und ein Glas Sekt mit, ich muss erst mal für kleine Mädchen!«

Birgits Mann nickte und drängelte sich mit den anderen Männern zum Getränkestand vor. Als zum ersten Mal das Signal zur Fortsetzung der Veranstaltung ertönte, hatten sich die Männer gerade erst versorgt und konnten ihren Frauen die Getränke reichen. Nur Harald Alexander hatte noch beide Hände voll mit Gläsern und Flaschen und wusste nicht, wie er seinen Durst stillen sollte. Seine Birgit, von den Polizeikollegen kurz B. A. gerufen, allerdings englisch ausgesprochen, stand wohl immer noch in der Schlange vor den Damentoiletten an. Also stellte er die Getränke für seine Frau auf einen Stehtisch und wendete sich den Freunden zu.

Erst nach dem zweiten Signal kam B. A. erleichtert angehetzt. Die Schweißperlen standen ihr auf der Stirn. Die Zuschauer drängten schon wieder zu ihren Plätzen.

»Wo ist meins?«

Harald deutete mit dem Kopf zu dem Stehtisch.

»Ich nehme mir die Sachen mit«, sagte B. A., drehte sich um, griff nach der Mineralwasserflasche und dem Sektglas, und nahm im Gehen einen ersten großen Schluck Sekt. Schon nach ungefähr zehn Schritten krümmte sie sich zusammen, stöhnte und drängte nach links aus der schiebenden Masse der schwitzenden Leiber heraus und versuchte sich an einem Baum abzustützen. Das Sektglas fiel ihr aus der Hand ins Gras. Sie musste sich heftig übergeben und kam ins Taumeln. Gut, dass ihr Harald sofort von hinten zugriff, sonst wäre sie zusammengebrochen. Einige distinguierte Gäste schauten recht vorwurfsvoll.

Automatisch griff Leo Trinkaus, ganz Kriminalist, in die Hosentasche, holte eine Plastiktüte hervor und bugsierte mit einem Papiertaschentuch das Sektglas nebst verbliebenen Inhalts hinein. Glücklicherweise war auf dem Grasboden nur eine kleine Scherbe herausgebrochen, die Leo aufhob und ebenfalls in die Plastiktüte fallen ließ.

»Du spinnst doch, Leo! Wir sind hier privat!« Dirk Roß schüttelte über das Verhalten seines Kollegen den Kopf. Er glaubte, Leo wäre wohl inzwischen ein Hundertfünfzigprozentiger geworden. »Es ist doch kein Wunder, wenn B. A. bei der Hitze schlapp macht, diese halbe Portion.«

»Lass mich mal, ist ja nur vorsorglich.«

Noch ehe das Stück weiterging, hatte sich B. A. schon wieder gefangen.

»Alles klar, Mädchen? Geht es wieder, oder sollen wir raus gehen?« Leo sorgte sich um seine Kollegin.

Diese schüttelte den Kopf, trank noch einen großen Schluck Mineralwasser und erwiderte: »Ist schon gut, Leo. Es geht schon. Wer weiß, was das war.«

Leo würde sich darum kümmern, dies bald zu erfahren. Ihr gemeinsamer Kulturabend konnte nun doch noch den beabsichtigten restlichen Verlauf nehmen, nachdem Harald Alexander die »Schweinerei« notdürftig beseitigt und als Letzter seinen Platz auf der Bank eingenommen hatte. Allerdings musste sich Leo noch mehrmals während des Fortgangs der Aufführung geflüsterte spöttische Bemerkungen über seine Plastiktütenaktion gefallen lassen.

Die Eigeninszenierung war wirklich gelungen. Edi Wiebe erzählte als moderner Werther tatsächlich eine Reihe von typischen Erlebnissen eines jungen Menschen der heutigen Zeit in Wetzlar. Am Ende hörte man beim Hinausgehen viele zustimmende Kommentare, natürlich nicht von den Puristen unter den Zuschauern. Für andere wiederum war so etwas natürlich keine Kunst, denn es spielte zu nahe am wirklichen Leben. Vorrangig beschäftigte sich allerdings das Gros der Besucher mit Luftfächeln.

Die Mitarbeiter der Kriminalpolizei steuerten das Festspielzelt an. Für ein gepflegtes Theateressen, welches dort angeboten wurde, war es ihnen heute einfach zu heiß, aber etwas trinken zum Abendausklang wollten sie auf jeden Fall. Nach einem Sitzplatz im Zelt hielt keiner der Kollegen Ausschau. Ohne ein Wort darüber zu verlieren rückten sie außerhalb des Zeltes zwei Stehtische zusammen und bestellten sich zwei Runden Bier. Nach der Tortur des Sitzens stand jetzt jeder gern. Die erste Runde zischte sofort durch ihre Kehlen, um den Flüssigkeitshaushalt wieder auszugleichen.

»Ah, tut das gut!« Jens Ziegler wischte sich mit dem Handrücken den Schaum vom Mund. »Heute soll es auch noch Lifemusik hier im Zelt geben. Die sind gut; ›Feeling‹ nennen sie sich, die beiden Rhythm & Blueser aus dem Dillkreis. Der eine spielt Keyboard, der andere Bass.«

Dirk Roß sprach einen der vorbeigehenden Mitarbeiter oder Helfer des Festspielvereins an, der an seinem roten Jackett zu erkennen war. Heute hatte dieser sein Jackett allerdings aus verständlichen Gründen nur locker über die Schulter gehängt. »Wann fängt denn die Musik an?«

»Tut mir leid, es gibt keine Musik! Anwohner haben sich bei der Stadt beschwert, der Lärm jedes Jahr durch die Festspiele sei unerträglich. Daraufhin hat das Ordnungsamt die Lifemusik im Anschluss an die Veranstaltung untersagt.«

»Lärm nennen die das?«

»Ja, oder so ähnlich. Wie gesagt, es tut mir leid.« Der drahtige grauhaarige ältere Herr mit seinem Mecki-Haarschnitt und seiner randlosen Brille konnte nun wirklich nichts dafür.

Carola mischte sich ein. »Im Zweifel sind die Leute doch wohl erst hierher gezogen, als die Wetzlarer Festspiele schon längst ein fester Bestandteil des Kulturprogramms der Stadt gewesen sind, oder?«

Der freundliche Festspielmitarbeiter nickte. »Soviel ich weiß, ist das so. Aber da muss die Stadt was machen, sorry!«

»Kommense her, ich lade Sie zu ´nem Bier ein.« Dirk wurde richtig großzügig, bekam aber leider einen Korb.

»Danke nein, ich bin noch im Einsatz!« Sagte es und verschwand mit einem Lächeln und einer zum Gruß erhobenen Hand zwischen den Tischen.

»Wir sind jedenfalls heute nicht im Einsatz, nicht wahr, Leo?« Hanne Ziegler schaute zunächst in Leos Gesicht und dann auf seine Plastiktüte, die dieser immer noch mit sich herumschleppte. Alle mussten lachen. »Dann können wir uns bei der Hitze noch einen genehmigen!« Sie prostete allen mit dem zweiten Glas zu und wollte dann selbst noch eine Runde ausgeben. Die Autofahrer unter ihnen stiegen dann aber auf Mineralwasser um.

Gegen Mitternacht verabschiedeten sie sich, die Quecksilbersäule war inzwischen immerhin auf 25 Grad Celsius gefallen.

2.

Auch Dieter Bergmann gehörte zu den vielen Kunstinteressierten, die an diesem Abend die Veranstaltung im Wetzlarer Rosengärtchen besuchten. Berufliche Gründe hatten ihn aus Kiel kommend in den Lahn-Dill-Kreis verschlagen, gern hatte er die Einladung von Geschäftsfreunden angenommen. So konnte er das Angenehme mit dem Nützlichen verbinden.

Die Stadt Herborn, an der Dill gelegen, war Bergmanns Lebensmittelpunkt geworden. Hier befand er sich nahe an einem sogenannten Dreiländereck; er sollte nicht nur Mittelhessen, sondern auch das östliche Rheinland-Pfalz und den südlichen Teil von Nordrhein-Westfalen für eine Windkraftanlagenfirma betreuen. Für die nächste Zeit wollte er sein ganzes berufliches Engagement dem neuen Projekt in und um Wetzlar widmen, nachdem die Zentrale ihn hierher geschickt hatte. Für Bergmann war es die berufliche und finanziell lukrative Chance, zum Geschäftsführer aufzusteigen.

Nach der Aufführung aß er noch mit den Geschäftsfreunden im Festspielzelt und führte notwendige Anbahnungsgespräche. Bergmann hatte sich inzwischen angewöhnt, solche Begegnungen als »Anfüttern« zu bezeichnen. Entweder zufällig oder aber von Geschäftsfreunden geschickt inszeniert, traf er an diesem Abend auch auf den Dezernenten für Bauen, Umwelt und Wirtschaftsförderung der Stadt Wetzlar, Herrn Stadtrat Schwetzer. Ein eigenartiger Dezernatszuschnitt! Bergmann nahm dies als positives Omen, würde es ihm für seine Zwecke doch nur entgegenkommen, dass drei solch unterschiedliche und sich oft ausschließende Bereiche in einem Dezernat gebündelt waren. So konnte man getrost davon ausgehen, dass formal zwar die Umweltgesichtspunkte beachtet wurden, letztlich aber in einer Abwägung aus Gemeinwohlinteressen hinter den Notwendigkeiten der Wirtschaftsförderung zurückstehen mussten. Und wenn man dann noch ein solches Projekt als »gelebte Umweltpolitik« verkaufen konnte, wäre ein großer Schritt zur Verwirklichung getan.

Aber dieser Stadtrat schien ihm nicht gerade zugeneigt zu sein, wie er schon aus seinen bisherigen Gesprächen mit diesem Kommunalpolitiker herauslesen konnte: Obwohl nach außen hin freundlich, blieb er doch unverbindlich. Wenn jemand ein Projekt als »sehr interessant, sicher überdenkenswert« bezeichnete, so konnte nicht nur ein Insider die große Distanz zu dem Vorhaben herauslesen. Trotzdem war er sich eigentlich sicher, die Stadt Wetzlar mit ins Boot zu bekommen.

Letztlich würde er immer noch sein Trumpfass ausspielen können. Die höfliche Reserviertheit des Vorstandsmitgliedes der »mihevag«, der Mittelhessischen Energie- und Versorgungs-AG, überraschte ihn indes nicht. Schließlich vertrat dieser die faktische Monopolistin für Stromlieferungen und Inhaberin aller Stromleitungsnetze in der Region.

Beim Aufbruch aus dem Festspielzelt konnten die Herren doch noch über einen Punkt Einigkeit erzielen: Es war viel zu lange zu heiß und müsste dringend mal wieder regnen – allerdings erst, sobald die diesjährige Festspielsaison beendet wäre.

Bergmann fuhr mit seinem 5er-BMW nach Herborn zurück. Eigentlich hätte er an diesem Tag den Dienstwagen, ein Elektromobil, nehmen müssen, schließlich war sein Besuch in Wetzlar auch eine Dienstfahrt. Aber wer hätte abends schon darauf geachtet, und – das war wohl der Hauptgrund – es war ihm einfach zu unbequem.

Die Seitenscheiben hatte er voll heruntergefahren, denn um diese Nachtzeit fühlte sich der Fahrtwind angenehm kühl an. Ökologisch war dies für ihn auch ein Kompromiss. Wenn er schon den BMW genommen hatte, wollte er wenigstens nicht die Klimaanlage einschalten.

Nachdem er die Autobahn verlassen hatte, fuhr er die B 255 hinunter nach Herborn. Er musste einen Umweg zu seiner Wohnung fahren, weil er hier nicht links abbiegen durfte. Nachdem vor vielen Jahren Herborn durch einen tragischen Lkw-Unfall zu trauriger Berühmtheit gekommen war, hatte man hier eine sogenannte Notfallspur errichtet, von den Einheimischen schlicht »Schikane« genannt. Am Schießberg konnte

Bergmann schließlich links einbiegen und fuhr über die Beethovenstraße und die Mozartstraße nach Hause. Er parkte auf dem Parkplatz vor dem Hochhaus in der Schumannstraße, ging ins Haus und nahm noch einen Gute-Nacht-Trunk.

3.

Schon lange bevor Bergmann zu Hause eintraf, parkte ein Pkw in der Herborner Mozartstraße an der Haltestelle. Der Beifahrer stieg aus, schlenderte nach links in Richtung Hochhaus und inspizierte den dazugehörigen Parkplatz. Dann ging er zügig noch eine Runde am Spielplatz vorbei und kehrte zum Wagen zurück.

»Er ist noch unterwegs, bloß der Elektrokarren ist da.«

»Macht nichts,« antwortete der Fahrer. »Wir haben Zeit!«

»Wir können uns doch auch den Elektrokarren vornehmen, dann sind wir fertig.«

»Quatsch!« Der Fahrer hatte jetzt einen richtigen Kommandoton drauf. »Es bleibt dabei, wie es verabredet war, Willi! Beim BMW tut es ihm auch viel mehr weh, basta!«

Nach einer Weile wurde es den Beiden doch zu lange und auch zu gefährlich. Aus den umliegenden Gärten war noch heftiges Gelächter und Gerede zu hören. Bei dem Wetter saßen eben noch viele Anwohner draußen, der Duft von gegrilltem Fleisch zog durch die Mozartstraße. Sie verließen also ihren Beobachtungsplatz und fuhren auf ein Bier in die Innenstadt. Es wurden allerdings doch mehrere Bierchen.

Erst gegen Mitternacht kehrten sie an die Haltestelle in der Mozartstraße zurück. Sie stiegen beide aus, gingen auf den Spielplatz und setzten sich im Schutze der Dunkelheit auf die Rutsche. Von hier aus hatten sie eine gute Sicht auf den Eingang des Hauses. Es dauerte nicht mehr lange, bis der 5er-BMW einbog. Nachdem dessen Fahrer im Haus verschwunden war, stupste Willi seinen Nebenmann an und flüsterte: »Das war er, Reinhold!«

»Also los, Willi! du bist dran!«

Willi schlich los, holte schon im Gehen einen Schraubendreher aus seiner Hosentasche und zog sich vorsichtshalber die Kapuze seiner Sommerjacke über den Kopf. Dann schaute er noch einmal zu den Fenstern des Hochhauses hinauf, konnte aber keine Auffälligkeiten entdecken. An Bergmanns BMW angekommen, kratzte er an beiden Seiten eine lange Schlangenlinie in den Lack. Anschließend ritzte er mit krakeliger Schrift das Wort »ARSCH« auf die Motorhaube und zerstach schließlich mit demselben Werkzeug alle vier Reifen.

Währenddessen war Reinhold schon zu seinem Wagen zurückgegangen. Als Willi bei ihm eintraf, begrüßte er diesen mit einem »Das haben wir aber gut gemacht!« Sie klatschten sich mit den Händen ab und fuhren zurück nach Wetzlar.

»Ich wollte ihm eigentlich einen ›Ökoarsch‹ verpassen, habe dann aber nur ›Arsch‹ geschrieben.«

»Bist du verrückt, Willi!« Reinhold ging abrupt vom Gas und blickte zu seinem Beifahrer hinüber. »Das war so auch nicht abgesprochen! Du bringst uns ja in Teufels Küche! Ein Glück, dass du das ›Öko‹ wenigstens weggelassen hast, sonst hätten wir gleich eine Visitenkarte an die Windschutzscheibe hängen können.«

Auch während der restlichen Fahrt hing Willi seinen Gedanken nach. Plötzlich platzte es aus ihm heraus: »Wir hätten ihm gleich eine ballern sollen! Dann hätten wir ein für alle mal Ruhe!«

Diesmal war Reinhold so erschrocken, dass er eine Vollbremsung hinlegte und am Straßenrand anhielt. »Willi, du spinnst doch! Über so etwas will ich mit dir gar nicht reden! Willi, der Waffennarr! Merk dir: Das ist nicht dein Bier – und jetzt Schluss damit!« Willi duckte sich wie ein geprügelter Hund und sagte nichts mehr. Er war so bedrückt, dass er nicht bemerkte, dass das Wort »dein« in Reinholds letztem Satz eine Spur zu sehr betont war.

4.

»Muckel, aufstehen!«

Es war 6 Uhr am nächsten Morgen. Carola strich ihrem Leo über die Wange, beugte sich zu ihm hinüber und gab ihm einen Guten-Morgen-Kuss. Leo Trinkaus' Namensvetter, Carolas Hund Leo, nahm das sofort als Begrüßungsaufforderung, sprang mit einem Satz in das Bett und schleckte seine beiden Menschen ab. Sein Schwanz wedelte dabei so heftig, dass das ganze Hundekörperchen in schlangenartige Bewegungen überging. Natürlich wurde er jetzt erst einmal kräftig von Herrchen und Frauchen durchgeknuddelt und für seine tolle Begrüßung gelobt.

Carola hatte sich inzwischen angewöhnt, ihren neuen menschlichen Liebling nicht mehr mit seinem Vornamen zu rufen, wenn der Hund dabei war. Die Missverständnisse waren zwar anfangs lustig, aber dann eben doch oft nervig. Mindestens einer von Beiden musste also zukünftig mit einen Kosenamen benannt werden. Klein-Leo war auch früher schon das »Schneckchen«, wenn er lieb war. Nur, wenn er zum Gehorsam angehalten werden sollte, wurde er mit herrischen Ton »Leo« gerufen. Aber Carola fiel es in ihrer frischen Verliebtheit leicht, auch für ihren Liebsten einen Kosenamen zu finden. So wurde aus »Leo« und »Leo« jetzt »Muckel« und »Schneckchen«.

Der Radiowecker war gerade angesprungen und tat kund, dass sich nicht nur der Wetzlarer Festspielverein an einer Eigeninszenierung versuchte. Die Frühnachrichten vermeldeten das Neueste über die unendlichen Eigeninszenierungen des Berliner Sommertheaters. »Das Elend der Krankenversicherung« stand heute auf dem Spielplan, allerdings schon die erste Szene des siebten Aktes. Im ersten Akt hatte die Bundesregierung angekündigt, eine Sachverständigenkommission einzusetzen, die Vorschläge zu einer grundlegenden Reform der Krankenversicherung erarbeiten sollte. Der Regierungssprecher hatte eindrücklich darum gebeten, die Kommission zunächst in Ruhe arbeiten zu lassen. In den folgenden vier Tagen meldeten sich nacheinander die Ministerin, ihr Staatssekretär und dann die gesundheitspolitischen Sprecher der beiden Regierungskoalitionsfraktionen zu Wort und beanspruchten jeder für sich, was unbedingt in ein Reformpaket gehörte, was auf gar keinen Fall übernommen werden dürfte und was letztlich das Ergebnis der Kommission sein müsste. Im sechsten Akt erklärten die Oppositionsparteien, dass sie auf jeden Fall gegen die zu erwartenden Ergebnisse der Kommission seien und die Ausführungen der Koalition für den Untergang der gesetzlichen Krankenversicherung hielten.

Eigene Mindeststandards wurden genannt. Heute nun vermeldete der Radiosprecher, die Koalition würde die von der Opposition geforderten Standards zu ihrem eigenen Ziel machen.

»Das ist ja der helle Wahnsinn«, murmelte Leo Trinkaus und wollte sich mürrisch noch einmal auf die andere Seite drehen, »schon für das morgendliche Zuhören müsste man Schmerzensgeld bekommen.«

Carola stimmte ihm zu. »Morgen hören wir dann sicher, dass die Opposition ihre eigenen Mindeststandards ablehnt, weil sie ja falsch sein müssen, wenn sie jetzt schon von dieser Regierung befürwortet werden.«

»Caro! Mach die Scheißnachrichten aus!« Leo schubste den Hund mit einer Handbewegung aus dem Bett und verschwand ins Badezimmer. Kaum war diese Bettseite frei, sprang Schneckchen wieder hinein, machte sich auf Herrchens Kopfkissen breit und zog wohlig dessen Geruch durch seine Nase.

Wenn Leo Trinkaus über Nacht bei seiner Carola blieb, galt inzwischen ein festgelegter Ablauf des Morgens. Gerade jetzt in der Hitzephase sollte Schneckchen, der flotte Briard-Mix, so früh seinen ersten Spaziergang bekommen, dass die Temperatur noch erträglich war. Also hieß es, um sechs Uhr aufstehen. Leo verzichtete dann auf die große Morgentoilette, schmiss nur schnell die Kaffeemaschine an und ging mit dem Hund die erste Runde. Carola liebte es, noch ein wenig im Bett zu dösen, während das Weckradio lief. Nachdem ihre beiden »Männer« das Haus verlassen hatten, stand sie dann auf, um das Frühstück vorzubereiten.

Im April des letzten Jahres hatten sie sich zufällig bei einem Spaziergang kennengelernt und waren über die Namensgleichheit von Mann und Hund ins Gespräch gekommen. Daraus hatte sich recht schnell mehr entwickelt. Nach dem »tragischen Unfall« des Ex-Landrates ein paar Wochen später hatten die Beiden erkannt, dass ihre Liebe zueinander groß genug war, den weiteren Lebensweg gemeinsam zu planen.

5.

Nach dem Frühstück machte sich Leo Trinkaus zu Fuß auf den Weg zu seiner Dienststelle. Er kam an seiner eigenen Wohnung in der Frankfurter Straße vorbei, brauchte heute aber nicht mehr hinein. Das Licht im Badezimmer zeigte ihm, dass sein Sohn Stephan schon auf war.

Leo schlief inzwischen meistens bei Carola am Brükkenborn, nachdem sich Stephan bei ihm einquartiert hatte. Als er seinem Sohn im letzten Frühjahr angeboten hatte, doch seinen Zivildienst in Wetzlar abzuleisten und bei ihm währenddessen zu wohnen, wusste er selbst noch nicht, dass und wie Carola in sein Leben treten würde. Damals sollte es einfach ein Angebot an Stephan sein, nach dem Scheitern seiner Ehe zumindest sein Verhältnis zu seinem Sohn wieder in die Reihe zu bringen. Als Stephan sich dann tatsächlich zu einem Wetzlarer Intermezzo entschlossen hatte, konnte Leo schlecht einen Rückzieher machen. Aber er brauchte einfach Zeit, sein neues, normales Leben mit einer Partnerin vor seinem Sohn offen ohne Hemmungen zu führen. Leo übernachtete zwar auch ab und zu in seiner eigenen Wohnung, wenn Stephan zu Hause war, jedoch ohne Carola. Sie ging dann im Laufe des Abends in den Brükkenborn zurück. Es war albern, aber Leo wollte dies so.

Ende August würde Stephans Zivildienstzeit bei den Maltesern ohnehin beendet sein. Wegen dieses Schwebezustands nannte er Carola auch noch nicht seine »Lebensgefährtin«, sondern »nur« seine »Freundin«. Bei Elke und Dirk war dies übrigens anders, denn die waren bereits in Niederbiel zusammen gezogen; Dirk hatte seine »Tiefenbacher Phase« als Single damit endgültig abgeschlossen.

Nach nicht einmal zehn Minuten zu Fuß erreichte Leo das Polizeigebäude. Dort oben in der Frankfurter Straße 61 befand sich immer noch die Polizeistation Wetzlar, aber ihm selbst und seinen Kolleginnen und Kollegen von der Kriminalpolizei hatte die aktuelle Reform der Struktur der Polizeiorganisation einen neuen Namen für ihre Dienststelle beschert: »Regionale Kriminalinspektion Lahn-Dill (Wetzlar und Dillenburg)«. Zwar wurden immer noch rund 60 Prozent aller Straftaten von den Kolleginnen und Kollegen der Schutzpolizei in den Polizeistationen Wetzlar, Ehringshausen, Herborn und Dillenburg (einschließlich eines Polizeipostens in Haiger) bearbeitet. Aber die »dickeren Brocken« wurden in der Kriminalinspektion von derzeit 40 Beamten und Angestellten und zwei Kriminaltechnischen Angestellten, den KTAs, bearbeitet. Die Kommissariate waren auf die Standorte Wetzlar und Dillenburg verteilt. Leo Trinkaus, Dirk Roß und Hanne Ziegler arbeiteten in ihrer alten Wirkungsstätte in Wetzlar, jetzt eben im K10, zuständig für die Aufklärung von Gewalt-, Brand- und Waffendelikten und von Sexualdelikten.

B. A., die frühere Vorzimmerdame des Leiters der Polizeistation, war mit ihrem Chef Jobst Aßmann, im selben Gebäude einen Stock höher gezogen, nachdem

Jobst stellvertretender Leiter der Regionalen Kriminalinspektion Lahn-Dill geworden war.

6.

Leo Trinkaus ging schnurstracks zur Inspektionsleitung, öffnete die Tür zum Vorzimmer und sah erleichtert B. A. mopsfidel an ihrem Schreibtisch sitzen. »Einen schönen guten Morgen, junge Frau. Wie geht es Ihnen?«

»Hallo Leo! Na prima, alles gut überstanden – und geschwitzt wird ja erst wieder richtig ab elf Uhr.« Sie vollführte eine Kopfbewegung in Richtung des großen Fensters, welches im Laufe des Vormittages wie ein Brennglas die Temperatur im Raum aufheizen würde.

Leo griff heute morgen nur kurz in B. A.`s Plätzchendose, nahm sich aber nicht die Zeit für einen Kaffee. Seine kriminalistische Neugier trieb ihn trotz aller Erleichterung über Birgits offensichtlich guten Gesundheitszustand zum Zimmer von Udo Kempf, dem Kriminaltechniker.

Dieser saß schon zu dieser Morgenstunde im T-Shirt an seinem Schreibtisch und hatte sich ein Handtuch um den Hals gehängt. Beide Fenster seines Zimmers standen sperrangelweit offen, um zumindest mit Hilfe eines großen Ventilators die Luft auszutauschen, ehe die Sonne es auch an diesem Tage wieder schaffen würde, das Zimmer mit Saunatemperatur zu versorgen. Ab elf Uhr würde Kempf dann zusätzlich seine nackten Füße in eine Wanne mit kalten Wasser tauchen.

»Hallo Udo! Ich hab hier was, kannst du dir das mal anschauen?« Er fummelte seine Plastiktüte aus der Aktentasche hervor und überreichte sie dem Kriminaltechniker. Dieser nickte ihm freundlich zu, wickelte die Tüte auf und hielt seine empfindliche Nase vorsichtig hinein.

»Was soll ich damit?« Udo zog den ersten Geruch ein. Er hielt das Glas gegen das Licht, beäugte es dann von Nahem und hielt dann noch einmal seine Nase darüber. Schließlich hängte er noch eine zweite Frage an: »Soll ich etwa die Sektmarke erraten oder erschmecken?« Murmelnd fügte er hinzu: »Schloss Kotzeburg, halbtrocken!«

»Nein«, antwortete Leo. »Lass den Scheiß! Du möchtest das bitte analysieren lassen. Ich will wissen, ob da was Giftiges drin ist.« Er erzählte von der Reaktion von B. A.'s Magen auf den ersten Schluck Sekt am vorigen Abend im Rosengärtchen.

»Und jetzt willst du eine Breitband-Analyse! Auf einen solch waghalsigen Verdacht hin?« Er schüttelte den Kopf. » Ich weiß schon, warum B.A. umgekippt ist. Sei doch froh, dass nicht noch mehr von euch bei der Schwüle schwach gemacht haben.« Dann legte er eine kleine Pause ein, denn er musste sich den Schweiß von der Stirn wischen, weil er gerade im Begriff war, sich in Rage zu reden. »Und wer soll das bezahlen? Hast du überhaupt eine Ahnung, was so was kostet? Die reißen mir den Kopf ab: Ermittlungsverfahren gegen unbekannt wegen eines möglichen – von einem Kriminalhauptkommissar nicht unbedingt ausschließbaren – versuchten Mordes zum Nachteil einer Mitarbeiterin der Polizei unter Ausnutzung des Glutofens Rosengärtchen! Vergiss es!« Kempf steckte seinen Zeigefinger in den Rest des zerbrochenen Glases, fuhr mit der Fingerspitze einmal darin herum und leckte den Finger ab. »Und nun mach dich an deine richtige Arbeit!« Udo schmiss die Glasreste achtlos in seinen Abfalleimer.

Leo brummelte etwas Unverständliches vor sich hin und verließ den Raum.

7.

Als Leo die Tür zu seinem eigenen Dienstzimmer öffnete, sah er seinen Zimmerkollegen Dirk Roß schon an seinem Arbeitsplatz sitzen, allerdings noch einigermaßen verkatert. Der letzte Abend zeigte seine Spuren, für Dirk und Elke hatte der Abend beziehungsweise die Nacht noch länger gedauert. Auch Dirk saß schon dicht vor einem Ventilator. In den letzten Hitzewochen hatte jeder für sich eine eigene Methode zur Linderung gefunden und natürlich auch gelernt, mit den Widrigkeiten irgendwie fertig zu werden. Während anfangs noch durch den Ventilator oder das überraschende Öffnen der Zimmertür ihre Aktenblätter und die dienstlichen und privaten Notizen durcheinander flogen, dienten inzwischen Locher, Heftmaschine, Aschenbecher, Handy, Büroklammergefäß, Notizblock, Kaffeetasse und alle möglichen anderen Büroutensilien als Papierbeschwerer. Für die Fenster vom K 10 hatte Hanne Ziegler außerdem Bettlaken mitgebracht, die jeden Morgen befeuchtet wurden. Nach drei Tagen wurde das Befeuchten allerdings eingestellt, weil es den Saunacharakter der Zimmer nur noch verstärkte.

Der Ablauf dieses Arbeitstages sollte nach ihrer Absprache vom Vortag eigentlich ruhig sein, eben wie es sich für Beamte an einem Freitag zur Einstimmung auf das Wochenende gehörte: Allen möglichen Tätern, die in ihren Zuständigkeitsbereich fielen, war bei Androhung strengster Strafen untersagt, heute Verbrechen zu begehen oder solche bekannt werden zu lassen. Schließlich befanden sich Hanne, Dirk und Leo in der abschließenden Aufbereitung der Ermittlungsakten ihres derzeit umfangreichsten Falles: Sie hatten einen Kinderpornographie-Ring ausheben können.

Die beiden vermutlichen Haupttäter saßen seit zwei Tagen in Untersuchungshaft. Einer von ihnen hatte sofort den »Starverteidiger« Mittelhessens, den Rechtsanwalt Dr. Robert von Mittendorp, engagiert. Dieser Fachanwalt für Strafrecht wurde seit Jahren in Strafrechtskreisen nur noch »Einspruch, Euer Ehren« genannt, nach der gleichnamigen völlig weltfremden amerikanischen Fernsehserie. Zwar war diese Serie inzwischen abgesetzt und hatte ihre Nachfolger in einer Fülle von nicht minder weltfremden sogenannten Reality-Shows, nämlich Gerichtsverhandlungs- und Anwaltsermittlungsserien, gefunden, aber Mittendorp hatte eben seinen Spitznamen weg. Sowohl die Kriminalbeamten, als auch Staatsanwalt und Haftrichter wären schon arg verwundert gewesen, wenn ein Mandant von »Einspruch, Euer Ehren« ein Geständnis abgelegt oder auch nur Einlassungen zur Sache von sich gegeben hätte. So war es auch dieses Mal. Wieder einmal hatte es Richter Hansen getroffen, sich die Geschichten von Mittendorp anhören zu müssen. Der Starverteidiger brillierte auf seine Art: Zunächst einmal versuchte er dem Haftrichter des Amtsgerichts zu erklären, es läge überhaupt kein Haftgrund vor. Deshalb würde sein Mandant keine Angaben zur Sache machen. Falls Hansen gerade darin den Haftgrund der Fluchtgefahr sehen würde, bliebe ihm nichts anderes übrig, als das Landgericht Limburg über seine Haftbeschwerde entscheiden zu lassen. Erwartungsgemäß ließ sich Hansen durch diese vermeintliche

Drohung nicht beeindrucken. Aber »Einspruch, Euer Ehren« legte noch eins drauf. Schon die Lebensumstände seines Mandanten würden offenkundig werden lassen, dass sein Mandant zu Unrecht verdächtigt werde. Schließlich sei er seit dreißig Jahren glücklich verheiratet und habe drei Kinder, aus denen ordentliche Menschen geworden wären, die in ihrem jeweiligen Beruf ihren Mann stehen würden. Der Älteste sei Gebrauchtwagenhändler, der Mittlere selbständiger Handelsvertreter in einer Anlagenberatungs- und Kreditvermittlungs-GmbH und der Jüngste betreibe sehr erfolgreich eine Model-Agentur. Ein Mann mit dieser Vita habe es nicht nötig, mit Kinderpornos zu handeln. Im Übrigen habe ihm sein Mandant versichert, mit der Sache nichts zu tun zu haben. Trinkaus erinnerte diese Argumentationsstruktur an einen Fall ganz zu Beginn seiner Tätigkeit in Wetzlar, als Mittendorp einen Drogenhändler verteidigte.

Gegen eine Reihe von weiteren sogenannten ehrenwerten Bürgern führten die Ermittlungsverfahren nicht zu Verhaftungen. Glücklicherweise hatten sich insgesamt drei Beschuldigte aus dem Dunstkreis sofort zu Geständnissen entschlossen. Deren Angaben halfen den Kriminalbeamten, zwei der über Internet in eindeutigen Posen dargestellten Kinder zu identifizieren und aus ihren Familien heraus zu holen. Hanne hatte heute die schwere Aufgabe, diese beiden Kinder zusammen mit einer Psychologin in ihren jeweiligen neuen Pflegestellen zu besuchen und anzuhören.

Leo mochte diese »Schmuddelsachen«, wie sie bei Polizei und Staatsanwaltschaft genannt wurden, überhaupt nicht; die kleineren Fälle bearbeitete Hanne im Regelfall allein. Aber diesmal mussten alle drei Kollegen ran. Dirk und Leo brauchten den ganzen Tag, um ihre

Berichte abzuschließen, am Montag sollte die Schlussbesprechung mit Staatsanwalt Hubert Zimmermann sein. Leo arbeitete immer noch gern mit »Hubsi« zusammen. Aus der Zusammenarbeit der beiden, die im letzten Jahr mit dem Mord in Blasbach so gut angefangen hatte, war inzwischen eine Freundschaft geworden.

Immer wieder sah man einen der beiden Kriminalisten den Kopf während ihrer Arbeit schütteln. Sie würden es nie begreifen, was in den Päderasten vorging. Zu häufig hatten sie bei Vernehmungen von Tätern deren hochtheoretische Ausführungen zu einer angeblich neuen Sexualpädagogik gehört. Es war der helle Wahnsinn, wenn Männer um die Fünfzig meinten, sie würden den Mädchen doch nur helfen, ein natürliches Verhältnis zu ihrer eigenen Sexualität zu finden. Im Falle einer Verurteilung würden sich diesmal auch ein Kinderarzt, ein Verwaltungsbeamter des höheren Dienstes und ein Lehrer aus ihrem jeweiligen Beruf verabschieden können.

8.

Am frühen Nachmittag herrschte noch einmal Trubel im Hause. Der Verein »Pro Polizei Wetzlar« hatte sich angekündigt, um wieder einmal einige Geräte als Spende an die Polizei zu übergeben. Die Kolleginnen und Kollegen waren für solche Gaben dankbar, weil immer noch der Dienstherr der Polizei, das Land Hessen, sich nicht in der Lage sah, die Polizeibehörden vor Ort in einem Maße auszustatten, wie dies für ihre alltägliche Arbeit auf dem Stand der heutigen Technik eigentlich notwendig wäre. An diesem Tag wurden eine mobile handliche Geschwindigkeitsmesskamera, zwei Digitalkameras und ein Farblaserdrucker übergeben. Selbstverständlich war neben dem örtlichen Dienststellenleiter auch der Polizeipräsident anwesend – und natürlich zehn Vorstandsmitglieder von Pro Polizei.

Leo hatte schon häufig die Pressefotos von solchen Übergaben gesehen und konnte sich des Eindrucks nicht erwehren, für einen Großteil dieser Vorstandsmitglieder sei die Veröffentlichung solcher Fotos mit ihrem Konterfei das entscheidende Kriterium ihrer Vorstandsarbeit. Warum reicht sonst die Anwesenheit von zwei Mitgliedern bei der Übergabe nicht aus?

Mit einem »Wünsch mir Glück und Geduld« verabschiedete sich Dirk Roß ins Wochenende.

Fragend hob Leo die Augenbrauen. »Du sprichst in Rätseln!«

»Ach, hör doch auf!« Mit einer abfälligen Handbewegung stand Dirk auf, blieb dann aber unschlüssig stehen und kratzte sich seinen roten Vollbart.

»Nun rück schon raus mit der Sprache!« Leo bemühte sich nach Kräften, seinem Freund und Kollegen zur Seite zu stehen.

»Mein Bruder ist 40 geworden und feiert morgen seinen Geburtstag. Der ist so ein ganz Dynamischer geworden, hochgestiegen in der Software-Branche. Er schleppt uns sicher in so einen Schicki-Micki-Schuppen, und ich kann wieder `ne Lupe mitnehmen, um mein Essen auf dem Teller zu finden.«

»Wo geht's denn hin?«

»Nach Karlsruhe.«

»Hmm. Nouvelle cuisine im Badischen! Das wird hart für dich, mein Lieber!« Leo stand ebenfalls auf, schlug seinem Kollegen freundschaftlich auf die Schulter und lachte. »Halt durch und kämpfe für Wetzlar!« Er bedauerte seinen hünenhaften Kollegen. Schließlich war Dirk in der ganzen Dienststelle dafür bekannt, den ganzen Tag über darum besorgt zu sein, seinen über zwei Meter großem Körper ausreichend mit deftigen Sachen zu füttern. Manche behaupteten sogar unqualifiziert, Dirk wäre verfressen.

Sie verließen gleichzeitig die Dienststelle.

9.

Freitag abend wurde es voll im Hinterzimmer der Gaststätte »Dalheimer Eck« in Wetzlar-Dalheim. »BIG WIND« hatte mächtigen Zulauf. Die »**B**ürger**I**nitiative **G**egen **W**indkraftanlagen **in D**alheim« hatte zu einer Mitgliederversammlung eingeladen. Neben einer Sachstandsinformation sollte das weitere Vorgehen besprochen werden.

Recht schnell nach den ersten Gerüchten über die Planung von Windenergieanlagen am Wetzlarer Stadtrand in Dalheim hatte sich BIGWIND gegründet. Nicht, dass man grundsätzlich gegen alternative Stromerzeugung wäre, aber doch nicht in der Nähe ihres Eigenheimwohngebietes. Praktisch alle Hauseigentümer wollten auf die Barrikaden gehen, doch wie sollte man das anfangen? Spätestens seit Mitte der siebziger Jahre versiegte der Bürgerelan, der das zarte Pflänzchen des »Mehr Demokratie wagen!« zunächst gehegt hatte. Inzwischen wussten viele schon nicht mehr, wie man eigene Interessen mit anderen zusammen organisiert. Die Generation der »Nach-68er« hatte im Zweifel Menschen, die sich für die Allgemeinheit engagieren, nur als Exoten oder Spinner erfahren und zum großen Teil ihr eigenes Konsumprivatissimum gelebt. Doch jetzt plötzlich war dieses Privatissimum bedroht, und womöglich machte »der Staat« – was immer damit auch gemeint war - nichts dagegen. Was war das für ein Staat, in dem man für seine eigenen Interessen plötzlich selbst aktiv werden musste?

Glücklicherweise war Reinhold Greiner zur Stelle. Der Rechtsreferendar, der eine Einliegerwohnung am Dalheimer Wingertsberg gemietet hatte, diente sich an und wurde dankbar zum ehrenamtlichen Geschäftsführer bestimmt. Greiner hatte den Bürgern glaubhaft versichern können, er wüsste, wie man so etwas angehen müsste und hätte auch die Kapazitäten, den notwendigen Verwaltungskram zu erledigen. Er meinte wohl, sich hier schon für zukünftige potentielle Mandanten darstellen zu können. Zum Aushängeschild der Initiative eignete sich ein so junger Mann allerdings nicht. Da musste mehr Reputation her, möglichst gemischt mit ordentlich Vitamin B, denn der alte Spruch hatte immer noch seine Gültigkeit: Beziehungen schaden nur dem, der keine hat.

Auch die sogenannten großen Volksparteien erkannten schnell, was sich hier zusammenbrauen könnte. Da war es einfach kommunalpolitisch notwendig, einen Fuß in der Tür zu haben. Für die CDU bot sich Karl Stromann an. Er war ehrenamtliches Magistratsmitglied in Wetzlar und – was eigentlich in seinen Augen fast noch wichtiger war – er hatte es nach langem Kampf zum Obermeister der Elektrikerinnung gebracht. Die SPD durfte da nicht zurückstehen. Heinz Fandel, der Alt-Bürgermeister der Wetzlarer Nachbarstadt Aßlar, war ein Mann vom alten Gewerkschaftsflügel und den neuen Technologien nicht unbedingt aufgeschlossen. Er hatte seinen Alterssitz in Dalheim genommen, war somit selbst Betroffener und dadurch bestens geeignet. Die FDP verstand sich eigentlich auch als Volkspartei; zwar nicht unbedingt als Partei des Volkes, aber zumindest als eine Partei, die meinte zu wissen, was für das Volk am Besten sei. Die örtliche Parteigliederung hielt sich aber zurück und wollte sich für den Fall des Falles alle Entscheidungsmöglichkeiten offen halten. Sie hatte zwar einen für ein solches Ziel prädestinierten Herrn in ihren Reihen, der durchaus in der Lage war, in einer Bürgerinitiative deren Anliegen mit Vehemenz zu vertreten und trotzdem bei Abstimmungen in den zuständigen politischen Gremien dann die gegenteilige Position gutzuheißen, um auf Fraktionslinie zu bleiben. Aber dieser Herr war in diesem Jahr als Multifunktionär derart überlastet, dass er selbst schweren Herzens verzichtete. Die Führung der örtlichen Freien Wählergemeinschaft verschlief das Problem einfach, hatte in Dalheim aber ohnehin kaum ein Standbein. Die GRÜNEN schließlich kamen für einen Vorstandsposten nicht in Frage, standen doch in den Augen der Bürgerinitiativler diese Öko-Spinner alle für die sogenannte Energiewende, koste es, was es wolle. Dies sollte aber selbstverständlich nicht als Pauschalurteil missverstanden werden.

Die Dalheimer Einwohner hatten also Probleme, ihre Bedürfnisse eigeninitiativ zu artikulieren und kollektiv zu organisieren, obwohl basisdemokratische Aktionen den Wetzlarerinnen und Wetzlarern eigentlich nicht unbekannt sein durften. Immerhin gründeten sich in den vergangenen Jahren zwei Initiativen zur Durchführung von Bürgerbegehren, um letztlich mit einem Bürgerentscheid ihr Ziel zu erreichen. Aber beide Male war es nicht etwa der Aufschrei der parteipolitisch nicht gebundenen Bevölkerung, vielmehr wurden die Initiativen von der örtlichen Gliederung einer politischen Partei getragen und organisiert. Beide Aktionen scheiterten.

Vielleicht auch deshalb war bei den Mitgliedern von BIG WIND eine gewisse Parteiverdrossenheit, zumindest aber eine Skepsis gegenüber den Parteien eingetreten, ob diese denn überhaupt ehrlich bereit und in der Lage waren, ihrem Anliegen zum Ziel zu verhelfen. Also blieben sowohl für Stromann als auch für Fandel nur Beisitzerposten im Vorstand der Bürgerinitiative. Die Versammlung hatte sich für einen Unabhängigen als ersten Vorsitzenden entschieden, nämlich den Dermatologen Dr. med. Andreas Richert. Der fünfzigjährige niedergelassene Facharzt praktizierte als hochangesehener Spezialist in Wetzlar und wohnte mit seiner Familie in der Dalheimer Wachhecke. Die Tages- oder Nachtarbeit sollte allerdings der Referendar Greiner leisten, ihm wurde neben der Geschäftsführung aus kosmetischen Gründen auch das Amt des zweiten Vorsitzenden übertragen.

An diesem Freitagabend wurde nun einstimmig das neue Logo der Bürgerinitiative beschlossen, welches Greiner vorstellte: Eine Sturmwolke hatte ein Gesicht erhalten, wie man es in Kinderbüchern häufig sah. Dieses Gesicht blies mit dicken Backen mehrere Windmühlen um; darunter befand sich der Schriftzug. »BIG WIND«.

Schließlich wurde vereinbart, zum nächsten Treffen Herrn Stadtrat Schwetzer einzuladen, um die offizielle derzeitige Position der Stadt Wetzlar zu dem Vorhaben zu hören. Die Versammlung wurde natürlich nicht über den »Einsatz« des Geschäftsführers in Herborn informiert.

10.

Sonntagnachmittag wurde Leo unerwartet aus seinem Schönheitsschlaf auf der Wohnzimmercouch gerissen. Wie von einer Tarantel gestochen fuhr er hoch und versuchte sich zu orientieren. Ein Regalbrett hatte sich mit einem mächtigen Rumms auf einer Seite aus der Verankerung gelöst und blieb auf den Büchern der nächst tieferen Reihe hängen. Die Bücher purzelten auf den Boden. Mit einem heftigen Scheppern schlug ein alter blecherner Sektkübel, das Dekorationsstück der ins Rutschen geratenen Buchreihe, auf den Fußboden und rollte zur Seite. Schneckchen sprang erschreckt mit allen vier Pfoten gleichzeitig in die Luft und flitzte aus dem Zimmer. Carola kam hereingestürzt und rief, noch bevor sie die Wohnzimmertür richtig geöffnet hatte: »Bist du verletzt, Muckel?« Erleichtert sah sie dann, wie ihr Liebster offensichtlich unverletzt bereits den Schaden begutachtete.

»Alles paletti, hab mich bloß ordentlich erschreckt.« Leo bückte sich, um das Regalbrett, welches sich selbständig gemacht hatte, von unten zu betrachten. »Das Brett ist glücklicherweise noch zu gebrauchen. Guck mal, da ist nur eine kleine Ecke rausgebrochen, das sieht man gar nicht, wenn es wieder richtig sitzt.«

Nun beugte sich auch Carola in das Regal hinein, während sie ihrem Muckel über den Kopf strich. »Hat sich mein armer Muckel erschreckt? Muss ich ihm zur Beruhigung über die Fontanelle streicheln?« Sie lachten und gaben sich einen Kuss. Auch Schneckchen schlich in niedrigster Gangart ins Zimmer zurück und beschnupperte misstrauisch den Schaden. Nachdem er registriert hatte, dass wohl nichts Schlimmes passiert war, sprang er wieder auf die Couch und rollte sich zusammen, behielt dabei aber Frauchen und Herrchen interessiert im Blick, wie diese den Schaden inspizierten.

Leo versuchte sich ganz in der Pose des versierten Heimwerkers, holte aus dem Einbauschrank im Flur den Werkzeugkasten und drehte die beiden Teile der zerbrochenen Spezialschraube umständlich aus der Regalwand und dem Regalboden. »Materialermüdung!« Mehr sagte er erst einmal nicht und fand, das würde sehr professionell klingen. Er hielt die beiden Enden der Schraube an der Bruchstelle zusammen und brummte: »Wird schwierig werden, so ein gutes Stück zu bekommen. Muss ich mich drum kümmern!« Er verstaute die beiden Teile in der Tasche seiner Jacke, die an der Garderobe hing. Es war im Moment quasi seine Dienstjacke. Auch in der derzeitigen Hitzeperiode hatte er sie meistens dabei, weil man nach seiner Ansicht in ihr bequem einige Sachen verstauen konnte, ohne eine Tasche mitschleppen zu müssen.

Seine Gedanken, wie er Carola möglichst bald eine perfekte Reparatur vorweisen könnte, wurden durch das Klingeln des Telefons unterbrochen. Noch ehe Leo das Telefon im Flur erreichte, nahm Carola schon den Hörer hoch und meldete sich mit einem schlichten »Ja?«. Leo verschwand wieder ins Wohnzimmer.

»Hallo Caro, hier ist Elke.« Sie stöhnte auf. »Wir sind aus Karlsruhe zurück.«

Carola musste lachen. »Na, alles gut verkraftet?«

»Hör doch auf! So viel Dekadenz habe ich schon lange nicht mehr genießen dürfen. Schrecklich war es! Warte mal, ich lese dir mal die Menükarte vor.«

Caro hörte es durch das Telefon rascheln. Währenddessen drehte sie sich zur Wohnzimmertür und rief: »Muckel! Aufstehen! Komm mal her. Elke ist dran. Sie will von ihrem Karlsruher Menü erzählen.« Sie schaltete den Lautsprecher ein.

Natürlich interessierte Leo dieser Bericht. »Ich komme,« tönte er laut und erhob sich so ruckhaft von der Couch, dass Schneckchen schon wieder hochschreckte und mit einem indignierten Gesichtsausdruck in die Küche verschwand, um endlich auf seinem Kissen unter dem Küchentisch seine Ruhe zu finden.

Es dauerte einen Moment, dann war Elke wieder zurück am Telefonapparat. »Also – hörst du?«

»Klar doch! Leo hört mit, wir sind ganz Ohr!«

»Tag Leo«, begrüßte Elke nun auch den zweiten Zuhörer. Leo konnte gerade noch einen Gruß dazwischen rufen, dann sprudelte Elke schon los. »Eingeladen waren wir im ›Petti di Quaglie d´Oro‹, was immer das auch heißen mag; auf jeden Fall irgendwas mit ›Gold‹ oder ›Golden‹ – keine Ahnung!«

Caro kramte im Geiste in ihren schon etwas verschütteten Italienischkenntnissen und gab das Ergebnis ihrer Nachforschungen durchaus mit einem stolzen Unterton zum besten: »Das müsste eigentlich ›Goldene Wachtelbrust‹ heißen, wenn ich mich nicht irre.«

»Meinetwegen! Auf keinen Fall wird es aber ›Großes goldenes Schnitzel‹ heißen, so viel ist sicher. Also, es schlägt euch sicher lang hin, wenn ich euch jetzt das Menü vorlese.« Sie begann zu rezitieren: »Menü aus Anlass des 40. Geburtstages von Herrn Diplominformatiker Matthias Roß, Geschäftsführer der XL-soft GmbH, Karlsruhe. 1. Gang: Willkommensgruß.«

»Was war das Schönes?«

»Drei Cracker für jeden mit einem Tröpfchen Kräutercremeschaum – nee, ich glaube, das wird ›Dip‹ genannt.« Da weder Caro noch Leo diesmal einen Kommentar abgaben, fuhr Elke fort: »2. Gang: Artischokkenherz an Minzblatt in einem Dialog mit Kressepüree.« Am anderen Ende der Leitung gluckste es nur. »Nun kommt der 3. Gang: Rahmsüppchen aus Kopfsalat in einem Arrangement aus Petersilienstengeln.«

»Deliziös! Das ist aber nur etwas für Gourmets, nicht für Gourmands. Ich denke da vor allen Dingen an deinen Dirk.« Caro wählte eine arg gekünstelte Aussprache.

»Jetzt schmeißt du ja auch schon mit den Fremdworten um dich!«

»Okay, okay, Elke. In so etwas Feinem könnte man ja richtig baden. Wenn ich mir vorstelle: ›Ein Arrangement aus Petersilienstengeln‹, dann läuft mir das Wasser im Mund zusammen!«

»Wisst ihr eigentlich, was die mit einem ›Arrangement‹ gemeint haben?«

Leo ahnte es. »Aber ja doch! Da lagen sicher vier Petersilienstengel im Suppentässchen.«

»Falsch, es waren drei – aber ohne das Zeug oben dran. Aber weiter: 4. Gang: Tagiatellenestchen unter Carbonaratropfen und aus dem Laib geschältem Parmesan. Der Teller übrigens mit einem Durchmesser von mindestens 30 Zentimetern und dann darauf in der Mitte ein zusammen gepappter Nudelkloß, den Dirk in einem Bissen weghatte.«

»Dieser Barbar!« Caro spielte die Empörte. »Ihr solltet doch dinieren und nicht fressen wie Bauern aus der

Provinz! Elke, mit euch kann man auch nur zweimal in einem feinen Lokal einkehren: Einmal zum Blamieren und einmal zum Entschuldigen!«

»Ha, ha! Hört zu, ich lese weiter. 5. Gang: - sollte wohl das Hauptgericht sein – Wachtelbrustspitze am Stück gebraten in einem Ingwerhauch mit einem Scheibenpaar aus der Kartoffel und Karottenpüreetupfer.«

»Daher also der Name des Lokals.« Carola konnte so noch einmal dezent ihre Fremdsprachenkenntnisse einfließen lassen.

»Was?«

»Naja, eben die ›Petti di Quaglie d´Oro‹.«

Nun war wieder Leo mit einem Kommentar an der Reihe. »Diese sogenannten Feinschmecker schaffen es immer wieder, für mikroskopisch kleine Portionen die geschicktesten Umschreibungen zu finden. Armer Dirk, der ist doch sicher anschließend mit dir noch zu McDoof gegangen?«

Es entstand eine kleine Pause, ehe Elke antwortete: »Im Ernst, das haben wir gemacht! Dirk hatte ja so einen Kohldampf nach dem vier Stunden langen Suchen mit der Pinzette. Aber ich muss auch noch den Nachtisch loswerden, also den 6. Gang: Traum aus kandierter Johannisbeere in Vanilleeisschaummantel.«

»Exquisit!« rief Leo.

»Superb!« kommentierte Carola.

»Und das ganze Geschwätz dazu! Wir sind einfach nicht dafür geschaffen. Glücklicherweise waren Dirk und ich gemeinsam da, geteiltes Leid ist ja bekanntlich halbes Leid.«

»Grüß den Dirk schön von uns!« sagte Carola, aber Leo wollte selbst noch einmal mit Dirk von »Mann zu Mann« reden. Sie gluckSten über Dirks Charakterisierung anderer Gäste im Lokal und des ganzen Ambientes.

Nach diesem Telefonat saßen Caro und ihr Muckel noch lange Zeit auf der Couch und amüsierten sich mächtig über Schicki-Mickis. Schneckchen hatte sich inzwischen ebenfalls wieder auf die Couch gekuschelt, und zwar mitten zwischen Frauchen und Herrchen. Sie dachten sich Phantasiegerichte aus und übertrafen sich in der Dekadenz gegenseitig, bis sie zu ihrem abendlichen Hundespaziergang aufbrechen mussten.

Später führten die beiden noch ein langes Gespräch über Leos »Schmuddelsache«, weil er sehr bedrückt war und sich seine Verbitterung einfach von der Seele reden musste. Inzwischen war ihm auch in dieser Hinsicht bewusst geworden, wie wichtig eine liebende Partnerin war, um den Frust des Alltags zu bewältigen.

11.

Wider Erwarten war für die Kollegen des K 10 mit der Schlussbesprechung bei Staatsanwalt Zimmermann am Montag die Arbeit an der »Schmuddelsache« noch nicht abgeschlossen. Leo und Dirk waren sich zwar schon vorher darüber im Klaren, dass die kriminalpolizeiliche Arbeit nicht mit der Inhaftierung der Hauptverdächtigen abgeschlossen wäre, aber eigentlich war dann immer Hanne Ziegler die Zuständige für weitergehende Ermittlungen. Diesmal gestaltete sich der Komplex aber so umfangreich, dass alle drei eingebunden bleiben mussten. Hubsi Zimmermann kannte kein Pardon, während sie mit ihm in den Räumen der Wetzlarer Staatsanwaltschaft im Philosophenweg zusammensaßen. Alles Stöhnen über die Scheiss-Hitze, liegengebliebene Ermittlungsarbeit in anderen Fällen und selbst das hervorgezauberte Argument, Frauen könnten mit solchen »Straftaten gegen die sexuelle Selbstbestimmung« besser umgehen, nützte nichts.

»Ihr spinnt wohl,« empörte sich Hanne, »wollt mich mit dem Schweinkram allein lassen. Wer soll denn außer mir die Internetrecherche weiter führen? Euch beide,« und damit schaute sie mit funkelnden Augen zu ihren beiden Kollegen, »müsste ich doch vorher noch einen zweimonatigen Einführungslehrgang verpassen!«

Dirk winkte abfällig. »Nun übertreib mal nicht, Mädchen!«

»Wenn zwei Monate überhaupt reichen würden,« meinte Hanne noch ergänzen zu müssen. »Ihr tragt doch eh schon die gelben Armbinden mit den drei schwarzen Punkten!«

»Keine Diskriminierung von Behinderten!« Hubsi Zimmermann wollte schmunzelnd die Streithähne und die Streithenne beruhigen. »Es bleibt dabei: Ihr drei macht weiter!« Er blies eine kräftige Wolke seines Pfeifentabaksqualms in die Luft. »Hanne surft und ihr geht an den Rest!«

Nun hielt Dirk die Zeit für gekommen, sein ultimatives Argument anzubringen. Der Hüne kratzte sich in seinem roten Vollbart und hob dann den rechten Zeigerfinger in der Art, wie sich ein braver Schüler meldet. »Ich kann ohnehin nicht mehr lange mitmachen. Nächste Woche fahre ich in meinen wohlverdienten Sommerurlaub!«

»Vergiss es,« fiel ihm Zimmermann ins Wort, wiederum heftig Qualm ausstoßend. »Du glaubst doch nicht im Ernst, dass du auch nur einen Tag Urlaub machen kannst, bis ich in dieser Porno-Geschichte die Anklageschrift fertig habe. Muß ich deswegen extra ganz dienstlich Jobst anrufen?«

12.

Es sollten schließlich mehr als zwei Wochen werden, die Hanne, Dirk und Leo mit dieser Sache zu tun hatten. Dirk konnte seinen Sommerurlaub abhaken. Er wollte eigentlich mit seiner Elke gemeinsam verreisen, nun aber konnte Elke ihren Urlaub nicht beliebig verschieben. Sie musste ihren Urlaub als Krankenschwester frühzeitig in der Klinik anmelden, damit der komplizierte Urlaubsplan eine durchgängige Pflege der Patienten gewährleistete. Sie musste also notgedrungen zwei Wochen größtenteils allein auf »Balkonien« verbringen, hatte sich aber glücklicherweise so viel Urlaubstage aufgehoben, dass sie dann im Herbst gemeinsam in den Süden fliegen konnten.

Die drei Kriminalisten vom K 10 hatten derweil keine Zeit für Urlaubsgefühle, zu sehr mussten sie während ihrer mühseligen Puzzlearbeit immer wieder ihre Übelkeit bekämpfen. Das lag nun aber nicht etwa an dem Jahrhundertsommer. Es war auch nicht immer leicht, den richtigen Paragrafen zu finden. Zum Beispiel boten einige Beschuldigte im Internet pornographische Darstellungen feil, welche – wie es im Gesetz hieß – »den sexuellen Missbrauch von Kindern zum Gegenstand hatten«. Nun musste geklärt werden, ob diese Darstellungen auch »ein tatsächliches oder wirklichkeitsnahes Geschehen wiedergeben«. In solchen Fällen gab es nämlich eine höhere Strafandrohung. Diese letzten juristischen Abgrenzungen überließen sie dann allerdings Hubsi Zimmermann. Er sollte für sein Gehalt schließlich auch etwas tun.

Die letzten polizeilichen Aufgaben, die sie unter sich als »Aufräumarbeiten« zu bezeichnen pflegten, blieben dann aber doch an Hanne Ziegler hängen, weil sich ihre beiden Kollegen mit einem neuen Fall zu beschäftigen hatten.

13.

Leo Trinkaus setzte sich nach seinem Gassigang an den von Carola liebevoll gedeckten Frühstückstisch. Im Radio hörte er ein Interview mit einer hessischen Bundestagsabgeordneten, die ihre Meinung zum weiteren Fortgang der Eigeninszenierung des Berliner Sommertheaters zum Besten gab. Die Vorschläge zur Reform der gesetzlichen Krankenversicherung trieben die tollsten Blüten. Eine »Quartalszuzahlungspauschale« der Versichertem an die Ärzte sollte doch nur die Beiträge stabil halten. Mit einer solchen Eigenbeteiligung könnten die Beiträge drastisch vermindert werden. Ein Wirtschaftsinstitut hatte ausgerechnet, dass sich der Monatsbeitrag sogar auf 30 Euro zurückfahren ließe, wenn die Versicherten einen Eigenanteil von 100 Prozent wählen würden. Als die Bundestagsabgeordnete dann noch davon sprach, wir müssten eben alle in schwierigen Zeiten den Gürtel enger schnallen und Opfer bringen, platzte Carola der Kragen.

»Die hat gut reden! Die und alle anderen Abgeordneten und natürlich auch die Damen und Herren auf den Regierungssesseln sind doch davon überhaupt nicht betroffen!« Und mit einem Seitenblick auf ihren Muckel füge sie hinzu: »Und du übrigens auch nicht – mein lieber Herr Kriminalbeamter mit deiner Privatversicherung und deiner Beihilfe!«

Noch ehe sich Leo dazu äußern konnte, klingelte sein Handy. Ein Kollege der Schutzpolizei aus der Dienstgruppe A war am Apparat.

»Hallo Leo, entschuldige, wenn ich dich so früh störe. Hier ist Andi Rau.«

»Grüß dich, ist schon ok.«

»Wir sind hier oben in Dalheim und stehen vor einem Elektromobil.«

»Schön für euch. Ist da heute eine Autoausstellung?«

»Ne ne, da liegt ein Mann drin mit einem Loch im Kopf. Und in der Seitenscheibe des Wagens ist auch ein Loch. Das willst du dir doch sicher ansehen, das ist doch was fürs K 10.«

»Wie ist der Zustand des Mannes?«

»Richtig tot!«

»Okay, dann ist ihm nicht mehr zu helfen. Also kann ich auch zumindest noch mein Frühstücksbrötchen essen. Ich komm dann gleich. Weiß Udo Kempf schon Bescheid?«

»Ja, der KTA ist schon auf dem Weg.«

»Wo ist das genau?«

»Wenn du nach Dalheim hochfährst, biegst du oben auf der Höhe von der Hohen Straße nach rechts ein, wo es zu der Schuttdeponie und zur Kompostierungsanlage geht.«

Leo brummte verstehend dazwischen.

»An der Kreuzung zum Grillplatz findest du uns.«

»Die Woche fängt ja gut an!«

»Hab ich auch schon gedacht!«

Leo bedankte sich und informierte Dirk Roß telefonisch, ehe er sich noch sein Frühstücksbrötchen und eine Tasse Kaffee genehmigte. Dirk war schon in der Dienststelle und konnte ihn so am Brückenborn abholen, um gemeinsam an den nordwestlichen Stadtrand von Wetzlar zu fahren. Auch für Dirk fiel noch ein Brötchen und eine Tasse Kaffee ab; auf die paar Minuten würde es wirklich nicht ankommen. Toter konnte das Opfer nicht werden und der KTA wurde immer ganz giftig, wenn man ihm auf den Füßen stand, während er den Tatort untersuchte. Schweigend fuhren sie los, Leo kannte seinen Freund, der als Morgenmuffel um diese Tageszeit nicht mehr als notwendig in Gespräche verwickelt werden wollte. Auch das Zweitfrühstück am Brückenborn hatte Dirks Verfassung noch nicht entscheidend verändert.

14.

An der Kreuzung war der Bereich um das dreirädrige Elektromobil, welches dort im Straßengraben kopfüber hing, schon großzügig mit Trassierband abgesperrt worden. Udo Kempf kniete sich über eine Fahrzeugspur und brüllte gerade: »Bleibt wo ihr seid! Trampelt mir nicht alles kaputt!« Zu Andi Rau und seinem Kollegen gewandt, ergänzte er noch: »Zieht noch ein Trassierband und einem weiteren Bogen, mindestens 150 Meter um die Kreuzung herum.« Er beschrieb mit der rechten Hand einen entsprechenden Bogen in der Luft.

Folgsam gingen Leo und Dirk rückwärts, dabei sorgfältig den Fußboden absuchend, um ja nicht eine mögliche Spur zu zerstören. Erst jetzt sahen sie, dass auch schon der Gerichtsmediziner Dr. Strunck anwesend war. Er stand noch weiter abseits und durfte sich dem Toten ebenfalls noch nicht nähern. Erst wenn Udo den Tatort freigeben würde, dürften sich die hohen Herrschaften dem Opfer nähern. Sie begrüßten sich. Dr. Strunck arbeitete zwar im Institut für Gerichtsmedizin der Justus-Liebig-Universität in Gießen, wohnte aber in Wetzlar und war nur deshalb schon früh und vor allen Dingen so schnell vor Ort.

Nachdem die beiden Schutzpolizisten das zweite Trassierband angebracht hatten, kamen sie zu ihren Kriminalkollegen und dem Gerichtsmediziner.

»Was wisst ihr schon?« fragte Leo.

»Die Halterfeststellung haben wir schon gemacht. Es ist ein Firmenwagen.« Andi kramte seinen Notizblock hervor. »Das kleine ›Lutschbonbon‹ da ist auf eine ›Futura Energie GmbH‹ in Kiel zugelassen.« Er riss den Zettel von seinem Notizblock ab und gab ihn Leo.

Leo gab den Zettel wortlos an Dirk weiter, der damit ebenso wortlos zum Fahrzeug zurück ging. Beide waren doch so eingespielt, dass Leo dem Morgenmuffel nicht zu sagen brauchte, was nun zu tun war.

»Andi, habt ihr sonst noch was gefunden, womit wir ihn identifizieren können?«

»Papiere haben wir nicht gefunden, bloß in seiner Geldbörse steckte eine EC-Card auf den Namen Dieter Bergmann. Eine EMA-Abfrage bei der Stadt habe ich schon vorsorglich veranlasst, aber«, er blickte kurz auf seine Armbanduhr, »aber für eine Antwort ist es noch zu früh.« Die Kollegen hatten also schon eine Adressenabfrage beim Einwohnermeldeamt der Stadt Wetzlar in die Wege geleitet.

»Danke. Sieht es danach aus, dass jemand die Papiere geklaut hat?«

Andi Rau schüttelte den Kopf. »Udo meint, es hätte wohl niemand an der Kleidung gefummelt. Passiert mir auch manchmal, dass ich ohne Papiere aus dem Haus gehe. Und hier ist noch der Schlüsselbund, den der Tote bei sich hatte.« Er übergab es an Leo.

In der Zwischenzeit hatten sich die ersten kleinen Verkehrsstaus ergeben, Polizeioberkommissar Rau und sein Kollege aus dem Streifenwagen mussten sich nun als Verkehrspolizisten betätigen. Da die Kreuzung von allen vier Seiten dicht gemacht worden war, gab es aus jeder Richtung kein Durchkommen mehr. Von unten hoch aus Richtung Aßlar kommend wollten zwei Lkw zum Abladen zur Schuttdeponie fahren. Sie mussten jetzt wenden und den Berg wieder hinunter fahren. Diese beiden Fahrzeuge konnten zumindest dann die neue Deponieeinfahrt am Fuße des Berges benutzen. Für die Besatzung eines städtischen Lkw, der Grünschnitt geladen hatte, gab es von Dalheim kommend keine Alternative, um ihre Fuhre auf der Kompostierungsanlage abzuladen. Fahrer und Beifahrer waren als Mitarbeiter des öffentlichen Dienstes darüber überhaupt nicht empört. Sie warteten eben und konnten ihre Neugier befriedigen. Es war schließlich ganz schön interessant vor Ort.

Udo Kempf hatte inzwischen den zweiten Kriminaltechniker hinzugezogen, weil die Spurensicherung doch recht aufwendig wurde. Es dauerte und dauerte. Dann gab Udo zumindest einen Trampelpfad zum Elektromobil frei, so dass Dr. Strunck seine Arbeit verrichten konnte. Auch Leo machte sich kurz ein Bild, verabschiedete sich und lies die Fachleute ihre Arbeit machen.

Als er zum Wagen zurückkam, saß dort immer noch Dirk und telefonierte. Leo setzte sich neben ihn und wartete, bis Dirk das letzte Telefonat beendet hatte und schaute ihn dann fragend an.

»Ich habe mit der Kieler Firma gesprochen. Da geht es um neue Energien, Ökokram oder so! Der Wagen steht dem hiesigen Gebietsbevollmächtigten zur Verfügung. Ein Dieter Bergmann. Der wohnt in Herborn, in der«, hier musste er kurz auf seine Notizen schauen, »Schumannstraße.«

»Also nicht in Wetzlar, da kann die EMA-Anfrage auch nichts bringen. Das muss ich dem Andi gleich noch sagen.« Als Dirk etwas irritiert dreinschaute, berichtete Leo ihm von den Funden an der Leiche. Er notierte sich die Angaben seines Kollegen.

Dirk fuhr fort: »Bergmann soll von Herborn aus im hiesigen Bereich ein paar Projekte anschieben, die wollen so Windmühlen aufstellen. In der Planung ist gerade eine Anlage hier in Dalheim.«

»Ich glaube, da habe ich auch was drüber in der Zeitung gelesen. Hat sich da nicht auch eine BI gegründet?«

»Keine Ahnung, fällt mir im Moment nichts zu ein. Was meinst du mit ›BI‹, ich kenne nur ›B.A.‹?«

»Ach mein ahnungsloser Dirk, eine ›BI‹ ist eine Bürgerinitiative! Aber das muss ein einfacher Kripomensch ja nicht wissen.« Während ihm Dirk eine Grimasse schnitt, fuhr er fort: »Dann lassen wir Udo mal weiter stöbern. Ich schlage vor, wir fahren nach Herborn und schauen uns Bergmanns Wohnung an.« Leo ging noch einmal zu den Kollegen zurück, gab Bergmanns Adresse ab und verabschiedete sich.

Nach dem hektischen Beginn ihres Arbeitstages war es den beiden allerdings unmöglich, ohne Unterbrechung direkt nach Herborn zu fahren. Bereits in der Hohen Straße in Dalheim mussten sie einfach noch auf einen Becher Kaffee an der Bäckerei Eckhardt anhalten. Dirk nutzte die Gelegenheit, sich zusätzlich mit einem belegten Brötchen zu stärken. Immerhin hatte er seit seinem Zweitfrühstück bei Carola und Leo nichts mehr gegessen. Anschließend informierte Leo ihren stellvertretenden Inspektionschef Jobst Aßmann über den Sachverhalt und ihr geplantes weiteres Vorgehen.

15.

Der dritte Schlüssel an Bergmanns Schlüsselbund passte, sie betraten vorsichtig die Wohnung. Auf den ersten Blick gab es nichts Auffälliges. In der Küche stand noch das benutzte Frühstücksgeschirr, ein Rest Kaffee in der Kaffeemaschine. Das Schlafzimmer war wohl noch letzte Nacht benutzt worden. Die Bettwäsche war zerwühlt, die Bettdecke aufgeschlagen. Im Badezimmer hing ein noch klammes Badetuch über der Duschabtrennung, ansonsten befand sich dort jeweils nur ein Teil der üblichen Utensilien, es handelte sich also offensichtlich um eine Singlewohnung. Beim Blick auf die Toilettenschüssel verspürte Leo etwas. Er klappte die beiden Klodeckel einzeln auf und betrachtete sie sorgsam.

»Siehst du hier irgend etwas, was wir sichern müssten?«

Dirk schaute verständnislos an Leo vorbei zur Toilettenschüssel und hob fragend die Augenbrauen. »Soll ich jetzt die Arbeit von Udo Kempf machen oder was?«

»Nein, der Kaffee treibt nur, und ich will doch mögliche Spuren nicht zerstören.«

Dirk schmunzelte, inspizierte umständlich mindestens zwei Minuten lang das Örtchen und sagte dann: »Nichts zu sehen! Ich gehe schon mal ins Wohnzimmer.«

Dieses war kärglich möbliert. Bergmann schien guter Kunde bei IKEA zu sein. Dirks erster Blick fiel auf den Schreibtisch. Unter diesem stand ein Rechner, obenauf ein Flachbildschirm, die Tastatur und eine kabellose Maus. Dirk schaute sich interessiert den Rechner an. »Soll ich mal?«

Leo war inzwischen erleichtert hinzugekommen. »Traust du dir das zu, Dirk?«, lautete Leos skeptische Gegenfrage. »Lass mal lieber die Fachleute ran. Das ist doch was für Hanne oder Udo.«

Aber Dirk konnte nicht widerstehen. Er schaltete den Rechner ein und wartete, bis er hochgefahren war. »Achtung jetzt kommt der große Moment!« Dirk trommelte mit den Fingern auf die Schreibtischplatte. Leo hingegen schaute in einer Mischung aus Gleichgültigkeit und Unverständnis zu. Die Desktopanzeige baute sich auf, dann erschien ein Fenster auf dem Monitor. »So ein Mist, der will das Kennwort!«

»Ich sage doch, lass die Fachleute ran!«

Brummelnd schaltete Dirk den Rechner wieder aus. Er blickte sich weiter um. In dem Billy-Regal neben dem Schreibtisch lag eine CD-Sammelmappe, daneben standen zwei dicke Ordner mit der Geschäftskorrespondenz des Toten. Ansonsten war nur zu sehen, dass Bergmann allem Anschein nach keine Leseratte gewesen war. Dirk klemmte sich die beiden Ordner unter den Arm und schaute Leo an. Der Blick konnte nur bedeuten: Lass uns gehen, mehr gibt es hier für uns beide nicht zu tun.

»Du hast recht,« kommentierte Leo die wortlose Kommunikation seines Freundes, »überlassen wir den Rest unserem Trüffelschwein. Wir sollten die Wohnung nur versiegeln. Hast du was dabei?«

Dirk schüttelte den Kopf. »Da sollen doch die Herborner Kollegen vorbei kommen.«

Leo rief die Polizeistation Herborn an, schilderte ihr Problem und bat darum, einen Streifenwagen mit den notwendigen Utensilien vorbeizuschicken. Der Kollege der Herborner Schutzpolizei war gut drauf: »Wir freuen uns immer, wenn wir den Herren von der Kriminalpolizei helfen können.« Gerade als Leo begann, die Adresse durchzugeben, hängte der Kollege noch eine Bemerkung an. »Es ist gut, dass du gerade jetzt anrufst!«

»Ja?«

»Wir haben nämlich gerade nichts zu tun!«

»Ha ha! Ich bitte noch einmal ganz förmlich um Entschuldigung!«

Leo und Dirk warteten auf den Streifenwagen und machten sich nach der Versiegelung der Wohnung wieder auf den Rückweg. Während Leo auf der Beifahrerseite einstieg, zwängte sich Dirk hinter das Lenkrad und versuchte, seine langen Beine irgendwie vor den Pedalen zusammenzufalten. Leos Gedanken wanderten zu ihrem PC-Erlebnis zurück. »Haben die jungen dynamischen Managertypen nicht alle inzwischen so kleine Dinger?«

Dirk konnte so schnell nicht wechseln und blickte seinen Freund fragend an.

»Na ja, wie heißen die? Schlepptop?«

Dirk rollte die Augen. »Leo! Erstens heißen diese ›kleinen Dinger‹, wie du sie nennst, ›Notebook‹, und zweitens sind diese Notebooks inzwischen schon bei Schülern im Alltagsgebrauch. Das ist nun wirklich nichts besonders mehr. Du solltest dich langsam mal mit dieser Materie beschäftigen!« Er hielt mit dem Zuschlagen der Fahrertür inne, weil Leo immer noch nicht fertig war.

»Hast du denn ein Notebook bei Bergmann gesehen?«

Das hatte Dirk natürlich nicht. Am Elektromobil war er nicht gewesen, dort war ja Leo im Einsatz gewesen. Aber Leo hatte eben eine Sperre, was dieses Kommunikationsmittel anging.

»Müssen wir Udo mal nach fragen«, brummte Leo und zog endlich die Beifahrertür zu. Sie fuhren los.

Schon nach wenigen hundert Metern wurden Leos virtuelle Computerkämpfe überlagert, es meldete sich sein Heimwerkergewissen. Er beugte sich nach hinten zur Rückbank und kramte aus seiner Jackentasche die beiden Schraubenteile hervor. »Dirk, wir müssten mal an irgend einem Baumarkt oder Eisenwarengeschäft anhalten, soweit es so ein Geschäft überhaupt noch gibt. Ich habe aber eigentlich keine Lust, gleich eine Großpackung von diesen Dingern zu kaufen.« Er hielt Dirk die »Materialermüdung« unter die Nase und erzählte von seinem Malheur.

»Mensch Leo, du bist ein Glückspilz! Sei froh, dass du mir gerade hier in Herborn davon erzählst. Wenn man so etwas - gerade als Einzelstück - bekommen will, dann auf jeden Fall hier in Herborn! Am Marktplatz beim ›Claase Heinrich‹! Nicht nur ich fahre von Wetzlar bis hierher, wenn ich irgendetwas in dieser Richtung brauche.« Dirk überlegte kurz und suchte nach einer weiteren Begründung. »Es macht mir einfach Spaß, dort einzukaufen, du wirst es gleich sehen!« Nach einer weiteren kurze Pause schloss er sein Statement zu diesem Thema ab: »Ich glaube, es gibt bei uns in Wetzlar auch nicht mehr viel Alternativen, seit der Watermeyer dicht gemacht hat. Höchstens die Firma Freitag in der Naunheimer Straße fällt mir da noch ein, aber die wollen wohl nächstes Jahr aus Altersgründen auch dicht machen.«

Leo fiel ein Stein vom Herzen; vielleicht würde er es dann noch am selben Abend packen, das Regalbrett zu reparieren. Eigentlich eine doch recht banale Ablenkung und psychische Verarbeitungsmethode. Aber eine solche war auch nach diesen vielen Jahren als Kriminalpolizist immer noch notwendig, um bei jedem neuen gewaltsamen Todesfall die in ihm aufsteigende Erschütterung zu beherrschen.

16.

Sie parkten hinter dem Aldi auf einem Parkplatz in der Nähe des Kornmarktes und schlenderten über diesen und den Buttermarkt zum Marktplatz. Trotz der Hitze herrschte reges Treiben; nicht wenige Herborner besuchten die Geschäfte der Altstadt mit ihren schmucken Häusern. Leo schaute sich aufmerksam die sorgfältig restaurierten Fachwerkhäuser an. Der Großteil der Häuser war auch an der Giebelseite mit Schindeln versehen.

Als sie auf den Marktplatz einbogen, war sofort zu erkennen, welches Geschäft Dirk gemeint hatte. Nicht etwa, weil in großen Buchstaben »Heinrich Claas« über den Schaufenstern und der Eingangstür stand, vielmehr verdeutlichte schon die »Möbilierung« des Platzes vor dem Geschäft jedem Passanten, was es hier zu kaufen gab. Links standen sechs Rasenmäher, vom starken Benzinmotormäher mit großer Schnittbreite bis zum kleinen Elektromäher für den Vorgartenrasen. Daneben waren mehrere Fahrräder symmetrisch aufgebaut, welche für Kunden vom kindlichen Fahranfänger bis zum Semiprofi alle Wünsche erfüllten. Rechts vom Eingang lehnten an der Hauswand Rechen, Spaten, Mistgabel und Hacke. In den Schaufenstern war vom Schweizer Armeemesser mit 27 Funktionen über Maul- und Ringschlüssel, Bohrfutter, Dübelsätze, Batterieladegeräte und Flugmodellbauanleitungen bis zur Gießkanne fast alles ausgestellt, was das Gärtner- und Heimwerkerherz begehrt. Und an jedem Artikel befand sich ein gelbes Schild, auf dem mit kunstvoller schwarzer Schrift der Preis und oft auch technische Zusatzangaben verzeichnet waren.

Sie betraten das Geschäft. Linker Hand hinter dem Tresen blickten sie auf eine Wand, die bis unter die Decke nur aus Schubladen zu bestehen schien. An der Kopfseite jeder Schublade war ein Stück von deren Inhalt befestigt, was es dem Personal erleichtern sollte, die jeweils richtige Schublade zu finden. Die dem Tresen gegenüberliegende Seite gehörte den Freunden des Modellbaus, hauptsächlich Flugmodelle und Häuser für die verschiedenen Spuren der Modelleisenbahnen.

Während ein leicht zur Korpulenz neigender Herr im blauen Kittel freundlich nach ihren Wünschen fragte, ging Dirk lediglich einen Gruß murmelnd an diesem vorbei nach hinten auf einen alten Herrn zu, der dort seitlich vom Tresen an einem kleinen Tisch saß – in gewisser Weise sogar thronte - und gerade gelben Karton ausschnitt. Offensichtlich war es der Chef, der wieder einmal Etiketten für seine Waren fertigte. Dirk begrüßte den alten Herrn überschwänglich. Leo, der mit den mittelhessischen Dialekten immer noch nicht vertraut war, reimte sich dessen Antwort zusammen. Der Buchstabe »R« kam in fast jedem Wort gleich mehrfach vor. Etwas am Anfang hörte sich wie »Gewirrerr hej, dej Hrrr Rroß!« an. Leo musste sich dann allerdings darauf konzentrieren, seine Wünsche beim Personal zu erklären. Aber schon nach dem zweiten Halbsatz seines mühsamen Erklärungsversuches nickte der Mann verstehend, drehte sich um und warf einen Blick zu seinen Schubladen. In dem Moment ließ der Chef laut seine Stimme ertönen. Für Leo klang es wie »Dass ihr mir den Mann gut bedient! Das ist ein Kollege vom Kommissar Roß! Die kommen extra aus Wetzlar zu uns!«

Ein Griff in die richtige Schublade und Leo konnte ein Exemplar seiner Spezialschraube erwerben – und so preiswert!

Als Dirk sich wieder zu Leo gesellt hatte, wurde dieser gerade gefragt: »Sie sehen, das ist eine Zylinderschraube mit Innensechskant. Einen passenden Stiftschlüssel haben Sie?«

Leo schaute mehr als irritiert. »Hm, ja. Wenn Sie mich so fragen.«

»Lass man, Leo,« mischte sich Dirk ein, »ich habe einen ganzen Inbusschlüsselsatz, das kriegen wir schon hin.« Leo strahlte seinen Freund an und hätte ihn abküssen können, als dieser das Problem auf den Punkt brachte: »Ich glaube, ich komme heute abend mal kurz bei euch vorbei und ziehe die Schraube fest.«

17.

Zufrieden verstaute Leo seinen Einkauf in der Jackentasche. Seine Jacke lag immer noch auf dem Rücksitz ihres Wagens. Auch heute würde er seine Jacke nur als »Stauraum« brauchen, die Quecksilbersäule war schon wieder auf 32 Grad Celsius geklettert.

»Wenn wir schon bei Sehenswürdigkeiten in Herborn sind,« begann Dirk, ließ den Satz aber unvollendet, um erst einmal die Reaktion seines Freundes abzuwarten.

»Du willst was essen, gestehe!«

»Ich hab ja nur gedacht.« Dirk schaute auf seine Armbanduhr. »Da ist jetzt schon offen, ein uriges Lokal, wird auch von vielen Kollegen hier aus Herborn frequentiert. Auf zu ›Gräbs Lothar‹!«

»Na schön, wegen mir. Aber bei der Hitze nichts Großes!« Als hätten beide auf das Wort »Hitze« gewartet: Synchron holten sie ihre Taschentücher heraus und wischten sich ihre Gesichter ab. »Unseren Flüssigkeitshaushalt müssen wir ohnehin wieder ausgleichen! Dann können wir das als Arbeitsessen deklarieren und unsere nächsten Schritte besprechen.«

In der Nähe des Herborner Bahnhofes erreichten sie die Metzgerei und Gastwirtschaft Lothar Gräb in der Walter-Rathenau-Straße 13. Die Bezeichnung »Metzgerei und Gastwirtschaft« versprach zumindest eine gute Qualität. Sie betraten das Haus von der Seite, ohne ein Schaufenster zu sehen. Nach ein paar Treppenstufen befand sich rechts eine Tür mit der Aufschrift »Laden«. Daneben war eine Klingel angebracht, die den Hinweis trug »Bitte klingeln«. Anscheinend wurde die Metzgerei nicht so häufig frequentiert, also konnte im Bedarfsfalle auch eine Bedienung von der Gastwirtschaft herüberlaufen, wenn es klingelte.

Geradeaus ging es in den Gastraum. Sie betraten das, was man als eine gutbürgerliche Kneipe bezeichnete. Es war schon relativ voll. Die vielen »Blaumänner« in unterschiedlichen Farben wiesen darauf hin, dass hier

Handwerker gern zur Mittagspause einkehrten. Neben einigen älteren Herrschaften waren aber auch zwei uniformierte Kollegen am Essen. Leo und Dirk bogen nach rechts in den Seitenraum und fanden noch einen freien Tisch. Der Wirt legte seine Zigarette beiseite, nachdem er noch schnell einen Zug genommen hatte, brachte ihnen die Tageskarte und nahm die Getränkebestellung auf. Ihr Kartenstudium wurde durch deutsche Schlagermusik untermalt, hier hörte man nämlich hr 4. Dirk wählte Rippchen mit Sauerkraut und einer Extraportion Kartoffeln. Auch bei größter Hitze litt der Hüne niemals unter Appetitlosigkeit. Leo hingegen begnügte sich mit einem »Hackbraten (125 g) mit Brot«. Er nahm also die leichtere Portion, in der Karte gab es auch die 250 g – Alternative.

»Wir müssen Näheres über diese Kieler Windgesellschaft und deren Mitarbeiter Bergmann erfahren. Was haben die hier alles vor? Woran hat Bergmann konkret gearbeitet? Ich habe schon was gelesen von einem geplanten neuen Windspargelfeld in Dalheim. Aber was läuft da konkret? Hast du davon nichts gelesen?«

Dirk schüttelte den Kopf und nahm einen kräftigen Zug aus seinem Wasserglas. »Kann sein. Ich vergesse aber immer so schnell, was mich nicht gerade brennend interessiert.«

»Stimmt ja, du hast vorhin ja noch nicht einmal was mit ›BI‹ anfangen können. Aber schau doch mal Bergmanns Ordner durch, vielleicht finden wir dort Einzelheiten zu der Firma.«

»In einem ordentlichen Kriminalroman müssten wir unmittelbar nach dem Essen nach Kiel aufbrechen.«

Leo trank sein Glas aus und wischte sich mal wieder den Schweiß vom Gesicht. »Zumindest würde einer von uns in Kiel einen Kollegen persönlich kennen, ihn anrufen, und der würde dann gleich losspringen und uns heute Abend Bericht erstatten.«

Das Essen wurde gebracht, so dass sie ihre Drehbuchvorschläge für die fiktiven weiteren Ermittlungen unterbrechen mussten. Nachdem sie beide gekostet und das Essen für sehr gut befunden hatten, konnten sie fortfahren. Jetzt war Dirk wieder an der Reihe: »In einem Fernsehkrimi würde sich auch gut machen, einen pensionierten Kollegen einzuschalten. Kriminalhauptkommissar a.D. Finke vom ›Tatort‹ führt dann in Kiel für uns die Ermittlungen und liefert die Lösung.«

»Lebt der Schauspieler eigentlich noch, der den Finke gespielt hat? Den habe ich gern gesehen.«

»Nee! Stimmt ja! Der ist leider schon lange tot. Müssen wir uns eben einen anderen ›a.D.‹ suchen.«

Mit vollem Mund kamen sie dann doch auf den Ernst der Lage zu sprechen. Dirk sollte kurz telefonisch Kontakt mit den Kieler Kollegen aufnehmen, dann von ihrer eigenen Inspektionsleitung das Einverständnis holen, den schriftlichen Kram des Amtshilfeersuchens erledigen und das Gesuch nach Kiel faxen. Leo selbst wollte nach Rückkehr in Wetzlar Kontakt mit Udo Kempf und Dr. Strunck aufnehmen.

Für Leo war selbst die kleine Alternative der Hackbratenportion zu groß. Bei »Gräbs Lothar« waren eben alle Portionen reichlich bemessen. Leo schob seinen Teller beiseite und wischte sich mit einem seinen Sättigungsgrad anzeigenden Stöhnen mit der Serviette über den Mund. Dirk schaute auf. »Du willst doch wohl nicht das Stück Hackbraten liegen lassen?« Die Frage war allerdings nur rhetorisch gemeint, denn schon langte er mit seiner Gabel hinüber, stach in das Stück und schob es sich in den Mund. Zur Abrundung bekamen sie noch einen kleinen Nachtisch serviert. Alles war nicht nur wohlschmeckend, sondern auch sehr preiswert.

Mit ihnen verließen mehrere andere Gäste das Lokal, in der Tür trafen sie aber schon auf neue ankommende Gäste in »Blaumännern«.

Am Parkplatz hatte sie die Hitze wieder voll im Griff und trieb ihnen das Mineralwasser aus den Poren.

18.

Das Gespräch mit Dr. Strunck konnte sich Leo sparen, Udo Kempf hatte das bereits erledigt und die vorliegenden Fakten mit ihm abgeglichen. Der KTA schrieb an seinem Spurensicherungsbericht, als Leo eintrat. Am Nachmittag war die Temperatur in Udos Zimmer schon fast unerträglich. Leo schaute sich schmunzelnd seinen Kollegen an, der sich wieder ein Handtuch um den Hals gewickelt hatte und seine Füße in einem Wännchen mit ursprünglich kaltem Wasser abkühlte.

»Komm rein, Leo, du hast ja auch eine Dienstsauna-Dauerkarte!«

»Hallo Udo! Ich will dich nicht drängen, aber du kannst mir sicher schon einiges zu unserer Morgenleiche sagen.«

Udo schaute auf, nahm das Handtuch vom Hals und wischte sich das Gesicht ab. Anschließend schlang er es sich wieder um. »Ich habe mir schon mal was zusammengereimt.« Er schien keinesfalls genervt; es war eben nicht so, dass sich die KTA's immer mit den Kommissaren anlegten, weil diese zu früh zu viele Ergebnisse haben wollten. »Der Doc meint, der Tod sei ungefähr gegen 6.30 Uhr eingetreten. Neun Millimeter, Pistole. Das Geschoss ist wie durch Butter durch die Plastikscheibe gegangen.« Als Leo nur nickte, sonst aber keinen Kommentar abgab, fuhr Kempf fort. »Ganz schön riskant, um die Uhrzeit da oben so ein Verbrechen zu begehen. Da sind doch um die Zeit schon Leute unterwegs. Die Straße wird von den Kleinaltenstädtern als Abkürzung nach Wetzlar benutzt, außerdem hatten wir ja auch noch, nachdem ihr schon weg gefahren seid, jede Menge Zuschauer bekommen: Hundehalter beim Gassigang. Ich weiß nicht, Leo, ob du dir vorstellen kannst, dass Leute schon so früh morgens ihren Wuffi ausführen.« Dabei grinste er, denn natürlich wusste Udo um Leos neue Morgenbeschäftigung.

»Ich mache das gerne, mein Lieber. Du glaubst ja nicht, wie ein solcher Morgenspaziergang den Kopf freimacht!«

»Mir wird der Kopf an der Arbeit leer gemacht, das reicht mir.«

»Wir wollen mal nicht philosophisch werden. Was hast du noch?«

»Also, ich habe Andi Rau den Tipp gegeben, sich doch die Personalien der zuschauenden Hundehalter aufzuschreiben.«

Leo schaute verwirrt. »Warum?«

»Na ja, die Gassigänger kennen sich doch im Zweifel untereinander und wissen sicher auch, wer wann seine Runde dreht.«

Jetzt fiel bei Leo der Groschen. »Gute Idee, Udo! Meinen Glückwunsch! Da kann man bei denen abfragen, wer eventuell schon gegen halb sieben ...«

Den Satz konnte Leo nicht mehr vollenden, weil Udo dazwischen rief: »Genau, der Kandidat hat neunundneunzig Punkte. Es freut mich, einem Kollegen auf die Sprünge zu helfen! Da war zum Beispiel eine Frau mit einem tiefer gelegten alten Hund da. Weißt du, so einer mit gaaanz langem Körper,« er hielt dabei seine Hände hoch, um die Länge zu verdeutlichen, »so einer, der eigentlich in der Mitte ein Stützrädchen brauchen würde.«

»Ein Basset!«

»Meinetwegen, keine Ahnung! Jedenfalls hat die wohl schon ein paar Namen nennen können. Sprich mal mit Andi.«

»Mach ich! Wie sieht es mit Spuren aus?«

»Och, ganz gut!« Udos Gesicht bekam einen Anflug von Zufriedenheit. »Der Täter hat ungefähr einen Meter neben dem Elektromobil gestanden, als er geschossen hat. Die Patronenhülse habe ich gefunden.«

»Du bist doch sonst so vorsichtig, Udo. Warum legst du dich mit dem Geschlecht des Täters schon fest?«

»Bei Schuhgröße 43 fällt mir das nicht schwer. Aber du hast recht, es könnte ja auch zum Beispiel eine Ein-Meter-Neunzig große Basketballspielerin gewesen sein. Wir haben mehrere Fußabdrücke gesichert.« Er nahm seine Füße aus der Wanne mit dem inzwischen lauwarmen Wasser, trocknete sie oberflächlich mit einem Handtuch ab, wobei er nicht das Handtuch nahm, welches er immer noch um den Hals gewickelt hatte. Dann ging er zum Kühlschrank.

Leo hob abwehrend die Hände. »Du brauchst mir die Abdrücke jetzt nicht zu zeigen, nur keine Umstände!«

Doch Udo Kempf hatte etwas anderes im Sinn. Er öffnete die Kühlschranktür und holte eine neue Flasche Mineralwasser heraus. Fragend schaute er zu Leo. Als dieser nickte, brachte er für seinen Kollegen noch ein zweites Glas mit.

Nach einem kräftigen Schluck, den er zum Nachdenken genutzt hatte, konnte Leo seine erste Schlussfolgerung präsentieren. »Deine Schilderung spricht dafür, dass sich Täter und Opfer gekannt haben.«

Udo stimmte ihm zu. Ansonsten wäre nur noch denkbar, dass das Opfer arglos angehalten hätte, weil der Täter etwa eine Autopanne oder ähnliches vorgetäuscht hätte. Beide waren sich aber einig, zunächst von der erst genannten Hypothese auszugehen. »Die frischesten Reifenspuren waren auch ganz in der Nähe, gleich an der Kreuzung, auf dem Weg in Richtung Grillplatz. Und die Automarke kann ich dir auch schon sagen.«

Leo faltete die Hände wie zum Gebet und schaute seinen Gegenüber flehend an. »Bitte Udo, sei ein lieber Junge und nenne jetzt einen Exoten, der nur einmal im Lahn-Dill-Kreis zugelassen ist!«

Udo grinste. »Aber gern: Es war ein Golf III. Davon gibt es ja nicht so viel!« Sein Tonfall zeichnete sich durch einen leichten Anflug von Gehässigkeit aus.

Es wäre ja auch zu schön, um wahr zu sein. Immerhin deutete im Moment alles darauf, dass der Täter recht verzweifelt gewesen war. Kein Bemühen um das Vermeiden oder Beseitigen von Spuren. Außerdem hatte er einen Tatort und eine Tatzeit gewählt, zu der er noch nicht einmal annähernd sicher sein konnte, nicht beobachtet zu werden.

Leo stand auf, drehte sich aber an der Tür noch einmal um: »Wann kannst du dir Bergmanns Wohnung anschauen?«

»Frühestens morgen, eher übermorgen! Die anderen Kommissariate wollen auch bedient werden. Oder wir müssten den KTA aus Dillenburg hinschicken, wenn dir das lieber ist und es schnell gehen soll.«

»Quatsch Udo! Du steckst doch in der Sache schon besser drin, da kommt es auf einen Tag auch nicht an.« Er ging noch einmal zurück, klopfte Udo auf die Schulter und sagte: »Du bist doch unser Bester! Keiner weiß das besser, als du selbst!«

Heute konnte Kempf solche Sprüche gut ab und antwortete lediglich: »Danke für die Blumen, Herr Trinkaus!«

Leo verließ die »Sauna«.

19.

Leo ging zum K 10 zurück. Als er die Tür öffnete, bot sich ihm ein toller Anblick. Dirk saß an seinem Rechner und trug einen wetterbedingten Kopfschmuck: Ein nasses Stofftaschentuch, an allen vier Enden verknotet. An Leos Schreibtisch saß Hanne Ziegler, beide Beine hochgelegt und sich mit einem Aktendeckel Luft ins Gesicht fächelnd. Sie konnte die Hitze am Besten von ihnen verkraften. »Hallo Leo, ich würde viel lieber an eurer Mordsache mitmachen, als den Schweinkram zu Ende zu bringen. Aber ich brauche noch zwei Tage. Hast du uns wenigsten ein Eis mitgebracht?«

»Nee Hanne! Hätte ich das tun sollen? Gibt doch nur noch mehr Durst!«

»Dann hätten wir hinterher eben wieder was getrunken!«

Leo gab sich geschlagen und versprach, Hanne und Dirk nach Feierabend noch auf ein Eis einzuladen, wenn Hanne nicht schnell nach Hause müsste, um ihren mütterlichen Pflichten nachzukommen. Schließlich musste Hanne oftmals fast zaubern, um die Doppelbela stung als Mutter und Kriminalbeamtin unter einen Hut zu bringen. An diesem Tag war jedoch der kleine Sven gut versorgt, so dass eine Eisdiele Kundschaft bekommen konnte.

Während Dirk seine Amtshilfepapiere fertig stellte und sich Hanne wieder an die Bearbeitung ihrer Schmuddelsachen setzte, versuchte Leo bei den Kollegen der Schutzpolizei Näheres über deren weitere Ermittlungen in Dalheim zu erfahren. Aber Andi Rau und sein Kollege waren nicht mehr im Hause, sie hatten ihre Schicht bereits beendet.

Also mussten letztlich die 35 Grad Celsius als Begründung dafür herhalten, dass drei Kommissare noch vor dem offiziellen Dienstschluss in die Wetzlarer Altstadt fuhren, um in der Lahnstraße noch einen Sitzplatz im »Eiscafé Rialto« der Familie Gatti zu ergattern. Sie hatten Glück. Gerade als sie ankamen, machten Gäste einen Tisch frei.

Dirk griff als erster zur Karte und suchte nach den größten Eisbechern. »Coppa Rialto« und »Coppa Milano« waren schon von der Abbildung her Riesenportionen. Hanne nahm ihn hoch: »Na Kleiner! Guckst du wieder nach ´ner XXL-Portion?«

Dirk zeigte auf »Rialto« und – nach einem Umblättern - auf »Milano« und schüttelte den Kopf. »Sieht zwar groß aus, aber das sind ja hauptsächlich Früchte. So gesund soll es auch nicht sein!« Er wollte sich auch nicht überraschen lassen, wie die Aufforderung in der Eiskarte verhieß. Also bestellte er eine Riesenportion Haselnusseis mit einer doppelten Portion Sahne. Da wusste er, was er bekommen würde. Hanne entschied sich für den »Obstteller« aus gemischtem Eis, Kiwi, Pfirsichen, verschiedenen Saucen und Sahne, während Leo einen »Walnussbecher« auswählte.

Ihre Zusammenkunft sollte aber nicht nur reines Vergnügen sein. Da Hanne in zwei Tagen voraussichtlich wieder zum Team stoßen würde, nutzte Leo die Gelegenheit, seine Kollegin in den Fall einzuführen. Auch Dirk konnte jetzt erfahren, was Leo am Nachmittag noch herausgefunden hatte. Sie sprachen relativ leise, nur Dirk musste ab und zu angehalten werden, seine Lautstärke herabzupegeln.

Wie nicht anders zu erwarten war, produzierte der Eiskonsum einen kräftigen Durst. Es mussten also noch Getränke bestellt werden. Wenn aber schon unvernünftig süß, dann richtig: Dirk nahm noch einen großen Eiskaffee mit Sahne, die anderen Beiden jeweils einen Milchmix.

Der Inhalt der Diskussion am Nebentisch konnte ihnen nicht verborgen bleiben, so laut war die Empörung zu hören. Zwei Pärchen debattierten heftig über das neue Logo der Stadt Wetzlar. Die Redaktion und die Leserschaft der Wetzlarer Zeitung beteiligte sich an dieser Diskussion schon seit Tagen mit Berichten, Kommentaren und Leserbriefen. So wie die drei Kriminalisten heraushören konnten, stand es im Moment am Nachbartisch 3:1 gegen das Logo. Würde man allerdings beide Tische zusammenrechnen, stand es eine halbe Stunde später nur noch 4:2:1. Leo als der zuletzt Zugereiste enthielt sich nämlich vorerst der Stimme, die Alt-Wetzlarerin Hanne empörte sich über die unhistorische Verhaltensweise des Magistrates, während es für Dirk einfach Quatsch war, sich wegen solchem »Pille-Palle« aufzuregen. »Lasst doch mal frischen Wind über das Amtspapier wehen,« sagte er. »Es ist mir tausend mal lieber, die sesselpupsenden Politiker leben ihren Reformeifer an so einem dämlichen Logo aus, als dass sie uns Reformen a la Berlin andrehen.« Er grübelte und hing noch einen Gedanken an: »Oder wie im letzten Jahr, dass sie sich gar umbringen!«

Seit ewigen Zeiten befand sich das alte Wetzlarer Stadtwappen auf dem Briefpapier der Stadtverwaltung, wurde also auch wie ein Logo benutzt, auch wenn sicher die Wenigsten damit bisher diese Begrifflichkeit verbunden hatten. Wollte man den Zeitungsberichten Glauben schenken, so hatte den Magistrat jetzt der Modernisierungseifer gepackt. Wetzlar brauchte nicht nur das olle Wappen, jetzt sollte vielmehr ein modernes Logo die Innovationskraft dieser Stadt verdeutlichen. Corporate identity nannte man das jetzt. Das Logo sollte nicht nur das Briefpapier der Verwaltung schmücken, sondern auch auf Plakaten, Transparenten, Anzeigen, Postkarten und Andenken für »das neue Wetzlar« werben. Ein Ruck würde durch die ganze Verwaltung, durch die Bevölkerung und die Geschäfte und Betriebe der Stadt und alle ansiedlungswilligen Interessenten gehen.

Damit man auch erkannte, was das Logo darstellen sollte, hatte der Oberbürgermeister eine Presseerklärung herausgegeben. Vier Bögen der alten Lahnbrücke sollten das also sein, die blauen Zickzacklinien unter den Bögen das Wasser der Lahn, die gelben Linien darüber das Sonnenlicht, welches unter der Brücke durchschien. Viele Leser waren für den Hinweis dankbar. Gerade das stilisierte Sonnenlicht würde die positive Aura widerspiegeln, die Wetzlar innewohnte.

Der Ruck durch die Bevölkerung kam postwendend, wenn auch nicht so, wie sich dies wohl einige hohe Herren gedacht hatten. Die Historische Gesellschaft Wetzlar e.V., kurz HGW genannt, dachte schon an ein neues Bürgerbegehren in Wetzlar, wenn die Kommunalpolitiker kein Einsehen hätten. Man könne doch nicht auf der einen Seite mit der Geschichte Wetzlars werben, die Touristen in die schöne Altstadt locken und dann eines der letzten im Gebrauch befindlichen alten Stadtwappen auf das Abstellgleis schieben. Eine frisch gegründete Sammlungsbewegung, der Bund offensiver Rückbesinnung in Stadtangelegenheiten (BoRiS), forderte das umgehende Eingreifen der Landesregierung und nicht nur die Vorstandsmitglieder der Gesellschaft für Heimatkultur (GH) glaubten, der Oberbürgermeister Max Mitmann wolle sich mit dem Logo quasi ein Denkmal setzen. Es handele sich nämlich nicht um stilisierte Brükkenbögen, sondern um des Oberbürgermeisters Initialen: MM.

Die Diskussion vor der Eisdiele wurde so heftig, dass sich noch weitere Gäste an anderen Tischen beteiligten. Als die drei Kriminalisten aufbrachen, war das Stimmenverhältnis eindeutig, nachdem auch Dirk wankelmütig geworden war: 9:1:1!

Als sie aufstanden, um sich zu verabschieden, blieb Leo stehen und strahlte einen Hauch von Unschlüssigkeit aus. Dirk musterte ihn.

»Was stehste denn so rum? Is noch was?«

Jetzt wurde Leo verlegen. »Bleibt es bei deinem Angebot?«

»Was ist denn jetzt los?« Dirk überlegte kurz, dann klopfte er sich mit der flachen Hand an die Stirn. »Ach, ich weiß, du meinst deine Regalreparatur! Is doch klar! Ich komme gleich bei euch vorbei. Den Inbusschlüsselsatz habe ich im Wagen. Kleines Werkzeug hast du doch?«

Leo strahlte erleichtert, nickte und verabschiedete sich mit einem »Dann bis gleich!«.

Hanne konnte sich ein »Männerwirtschaft!« nicht verkneifen.

So wurde also noch am selben Abend das Regal in nicht einmal zehn Minuten von fachkundiger Hobbyhandwerkerhand repariert.

20.

Die Zeitungslektüre am nächsten Morgen verursachte bei Leo schon routinemäßiges Kopfschütteln. An diesem Tage mussten sich die Akteure des Berliner Sommertheaters mit Platz 2 und folgende auf der Hitliste begnügen. Die Headline war für Wetzlar reserviert: »Brutaler Mord in Dalheim.« Welcher Mord war eigentlich nicht brutal? Es hatte mit dieser Diktion den Anschein, als gäbe es eine bestimmte Kategorie von Morden, die als weniger verachtenswert galten, die dann so eine Art »saubere Morde« waren. Was für ein Quatsch! Die Unterüberschrift endete dann, wie in der Presse üblich, mit einem Fragezeichen: »Sollte Windenergie-Manager für seinen ökologischen Einsatz büßen?« Die Fantasie blühte und blühte, bevor die Kriminalpolizei auch nur den Hauch eines handfesten Anhaltes hatte. Nachdem Leo an die Stelle kam, an der darüber gemutmaßt wurde, ob Dieter B. irgendwelchen Machenschaften auf der Spur war, die auf Teufel komm raus einen Windmühlenpark bei Wetzlar verhindern wollten, hörte er auf, den Artikel zu Ende zu lesen. »Provinzgewäsch!« kommentierte er vor sich hin. Als Carola fragend den Kopf hob, erläuterte er ihr das Gelesene. Über den neuen Fall war sie ohnehin von ihrem Schätzchen schon am Abend vorher in groben Zügen unterrichtet worden. So viel Zeit war schließlich trotz der Regalreparatur gewesen.

Leo überflog aber auch noch die Berliner Ergüsse. Heute musste die Reform der Krankenversicherung hinter einer neuen Sau zurückstecken, die mal wieder durch die Bundeshauptstadt gejagt wurde. Die Opposition meinte, zur Abwechselung mal wieder deutlich machen zu müssen, man sei natürlich für eine zügige Verabschiedung eines Zuwanderungsgesetzes, aber es müssten eben wichtige Kriterien erfüllt werden. »Carola hör mal zu, heute wird im Berliner Theater ›Das Zuwanderungsgesetz‹ gespielt.« Er las laut vor.

Carolas Kommentar fiel knapp und passend aus: »Warum nennen die das nicht gleich ›Zuwanderungsverhinderungsgesetz‹. Die reden doch seit Monaten über nichts anderes, als darüber, wer auf keinen Fall rein darf und wie man wen am schnellsten abschieben kann.«

»Und zu allem muss der 11. September herhalten. Na ja, auch ich helfe ja ab und zu bei Kampf gegen den internationalen Terrorismus inzwischen wieder mit.«

Carola hob fragend die Augenbrauen.

Erklärend fügte Leo an: »Du weißt doch, ich kaufe manchmal wieder Zigaretten. Die Erhöhung der Tabaksteuer meine ich.«

Die heutige Leserbriefspalte unter der Überschrift »Logo-Skandal: Wir wollen unser altes Wappen behalten!« schenkte sich Leo und schob Carola die Zeitung rüber, trank seinen Kaffee aus und beugte sich zu einem Abschiedskuss über sie. Dann streichelte er seinen kleinen Namensvetter, der sich mit heftigem Schwanzwedeln und wohligem Brummeln bedankte, und verließ das Haus.

21.

Im Laufe des Vormittags klingelte das Telefon. Leo nahm den Hörer ab und meldete sich. »Trinkaus!«

»Kommissar Rolf Zufall, Polizeistation Herborn. Einen schönen guten Morgen!«

»Ich wünsche einen Ebensolchen,« erwiderte Leo. »Was gibt's? Fließt die Dill jetzt aufwärts?«

»Ne! Aber ich habe eine Info, die euch hohe Kriminale vielleicht interessiert.« Zufall steigerte die Spannung durch eine kurze Pause. »Es geht um Bergmann.«

Es war Leo anzusehen, wie ein Ruck durch ihn ging, jede Flapserei verflog. Er erwiderte nur ein fragendes interessiertes »Ja?«

»Ich habe gerade mit dem Kollegen gesprochen, der gestern für euch die Versiegelung von Bergmanns Wohnung vorgenommen hat. Und ich habe vor ein paar Wochen von demselben Herrn Bergmann eine Strafanzeige aufgenommen.«

»Weswegen?«

»Sein Auto war zerkratzt und alle Reifen sind zerstochen worden.«

»Sein Elektromobil?«

»Nein, wieso? Ein 5er-BMW. Außerdem hat man ihm dabei das Wort ›Arsch‹ auf die Kühlerhaube gekratzt.«

»Das interessiert mich aber wirklich! Hast du schon was ermitteln können?«

Man spürte förmlich, wie Zufall am anderen Ende der Leitung den Kopf schüttelte. »Dieser Kleinkram läuft doch nur so nebenher, das weißt du doch. Die Leute bekommen ihre Bescheinigung über die Strafanzeige und gehen damit zu ihrer Kaskoversicherung. Jeder vernünftige Ermittlungsversuch ist doch da völlig unverhältnismäßig. Die Akte liegt noch hier bei mir. Irgendwann machen wir dann das Buch zu: Täter nicht zu ermitteln!« Mit einer gewissen Resignation in der Stimme schloss Zufall damit zunächst seinen Bericht.

Er hatte ja Recht, aber Leo wollte noch ein Bonmot loswerden: »Es sei denn, Kommissar Zufall hilft.«

»Wieso ich?«

»Quatsch! Doch nicht du persönlich! Ist doch nur so ein Gerede.«

»Darüber kann ich schon nicht mehr lachen! Ha ha!«

»Entschuldige, Rolf, Spaß beiseite. Jetzt sieht die Sache anders aus. Wir haben den Mord an Bergmann aufzuklären.«

Sie diskutierten darüber, ob Zufall die Akte nach Wetzlar schicken oder selbst erst ermitteln sollte. Jetzt war der Aufwand nicht mehr unverhältnismäßig, sondern sogar notwendig. Immerhin konnte die Aufklärung der Kratzaktion das erste Steinchen in ihrem Puzzle zum Auffinden des Bergmannschen Mörders sein. Also sollten die umliegenden Häuser abgeklappert werden: Klinkenputzen. Wer hatte eventuell etwas Auffälliges bemerkt? Rolf sollte das vor Ort in die Hand nehmen.

Am Nachmittag wurden die bereits ermittelten Fakten zusammengetragen und die weiteren Schritte erörtert. Der Personenkreis hatte sich vergrößert. Hanne war mit Volldampf an den Abschluss der Schmuddelsache gegangen und stand nun für die Suche des Mörders von Bergmann zur Verfügung. Sie war zusammen mit Dirk Roß und Leo Trinkaus nicht etwa zu ihrem Inspektionsleiter, sondern dessen Stellvertreter, dem Ersten Kriminalhauptkommissar Jobst Aßmann, gegangen. Der Leiter, Kriminaloberrat Kell, hatte sich gerade zu einem zweigeteilten, insgesamt vierwöchigen Lehrgang abgemeldet. Er sollte sich zu den Themen »Budgetierung in untergeordneten Polizeigliederungen« und »Neue Entwicklungen bei Personalführungsstrukturen« fit machen. Es wurden in der Dienststelle Wetten abgeschlossen, ob Kell gerade in Bezug auf das zweite Thema resistent gegen neue Entwicklungen bliebe. In einer gemütlichen Runde gab er ab und zu seine Maxime zum Besten: »Gute Personalführung zeichnet sich dadurch aus, dass man die Mitarbeiter so heftig über den Tisch zieht, dass sie die Reibungshitze als Nestwärme empfinden«.

Nun lastete also die gesamte Verantwortung für die inhaltliche und organisatorische Arbeit auf den nicht gerade überbreiten Schultern seines Stellvertreters. Aber Aßmann schaukelte das schon, war dies doch letztlich nichts anderes, als zu seiner Zeit als Leiter der Polizeistation Wetzlar. Da er die Fäden zusammenhalten wollte, um seinen Kollegen den Rücken »nach oben« und gegenüber der Presse frei zu halten, traf man sich in seinem großen Zimmer. Dies hatte außerdem den unschätzbaren Vorteil, von B.A. bedient zu werden. Der Kaffee schmeckte hier prima und ein »Rollgriff« in B. A.'s Plätzchendose gehörte zu den kleinen Freuden fast jedes Wetzlarer Polizeibeamten. Auch der für diesen Fall zuständige Staatsanwalt Peter Grün hatte seine Dienststelle im Wetzlarer Philosophenweg verlassen und sich zu ihnen gesellt, schließlich wusste auch er die Vorzüge einer Betreuung durch B.A. zu schätzen.

Eigentlich diente diese Besprechung lediglich dazu, Hanne Ziegler, Jobst Aßmann und Peter Grün auf den aktuellen Informationsstand zu bringen, denn richtig voran ging es noch nicht. Leo konnte inzwischen von den erfolglosen Ermittlungen ihres Kollegen Andi Rau berichten. Dieser hatte noch während der Spurensicherung vor Ort ein ausführliches Gespräch mit der Besitzerin der Basset-Hündin Gina geführt. Danach war er bestens darüber informiert, wer morgens dort oben durch das Dalheimer Revier streifte: Anja, Billy, Bobby, Diana, Kira, Lord, Max, Rex, Riko, Rusty, Tapsi und Sam mit ihren Herrchen oder Frauchen sowie eine Joggerin, ein Jogger und ein Rentner. Andi hatte sie alle aufgesucht. Die Wohnungen der offensichtlich Berufstätigen, die er am Vormittag nicht erreichen konnte, hatte er sogar nochmals am Abend angefahren. Aber alle Besuche verliefen ohne eine positiv verwertbare Erkenntnis: Niemand hatte etwas Auffälliges gesehen. Zwei Personen konnten sich zwar an einen lauten Knall erinnern, hatten dem aber keine Bedeutung beigemessen. Andis Klingeltour bei den Hundebesitzern hatte lediglich ein »besonderes Vorkommnis« ergeben: Als er die Gartenpforte, neben der ein Schild mit der Aufschrift »Vorsicht vor dem bisschen Hund!« angebracht war, öffnete, kam ihm das »bisschen Hund« entgegen gelaufen. Max, ein junger Neufundländer mit ungefähr 65 Kilogramm sprang mit lautem Gebell an ihm hoch und umarmte Andi auf seine Art. Dieser ruderte mit den Armen, um das Gleichgewicht zu halten. Andi war hundeerfahren und erkannte sofort, dass er keinen Kampfhund vor sich hatte. Max freute sich eben nur so heftig über den Besuch, er mochte eben alle Menschen. Andi streichelte seinen neugewonnenen Freund und konnte dann mit diesem zusammen zur Haustür gehen, um Maxens Frauchen zu befragen. Aber auch hier erfuhr er nichts, was die Ermittlungen weiterbringen würde. Nur eines hatte ihm dieser Besuch eingebracht: Ein von Max vollgeschleimtes Hosenbein.

Lediglich die Joggerin hatte noch einen weiteren vagen Tipp gegeben: Ab und zu traf sie auf einen älteren kleinen Mann, der dort oben manchmal dem neuen Sport des nordic-walking frönte. Dieser Mann würde aber garantiert nicht dort oben wohnen. Sie würde ihn höchstens einmal im Monat dort sehen. Er hätte immer einen grauen Trainingsanzug getragen, mit einem großen Emblem auf der Brust, welches an eine stilisierte Blume erinnerte. Sonst hatte diesen Mann niemand von den anderen Befragten gesehen.

»Apropos Emblem.« Hanne assoziierte. »Habt ihr heute die Zeitung gelesen? Es waren wieder jede Menge Leserbriefe zu dem neuen Stadtlogo abgedruckt. Alle ablehnend! Von irgendeinem Verein hat sogar jemand gefragt, warum denn nicht alle Bögen der Brücke enthalten seien. Das wäre doch Betrug an dem alten Bauwerk.«

Jobst reagierte unwirsch. Er hatte ja schließlich die Diskussion der anderen Drei am Vortag nicht mitbekommen. »Hanne, ich bitte dich! Bleibt mal bei der Sache!«

»Tschuldigung!«

»Okay, Andi hat auf jeden Fall gute, wenn auch frustrierende Arbeit geleistet. Aber das kennen wir ja.« Jobst Aßmann meinte, dies müsse auch mal gesagt werden.

Sie suchten also vorerst eine vermutlich männliche Person mit Schuhgröße 43, die einen VW Golf III fuhr. Plötzlich merkte Leo Trinkaus auf: »Hoffentlich verrennen wir uns da nicht gleich am Anfang. Fährt nicht Dr. Strunck einen Golf III?«

Dirk Roß lachte. »Du meinst, Leo, der war der Täter? Womöglich hat der auch noch Schuhgröße 43! Aber ich kann dich beruhigen: Der Doc fährt ein noch älteres Modell, einen Golf II, den kannst du von der Verdächtigenliste streichen!«

Sodann hörten sich die Kollegen Leos Bericht über sein Telefonat mit dem Herborner Kollegen Zufall an. Alle waren sich einig, hier könnte ein guter Einstieg in die weiteren Ermittlungen liegen, sobald die Ergebnisse aus Herborn vorliegen würden. Die weitere Arbeit wurde aufgeteilt: Dirk sollte Kontakt zu den Kieler Kollegen halten und dann mit Hanne deren Erkenntnisse aufarbeiten. Hanne war geradezu prädestiniert, Zusatzinformationen durch heftiges Surfen im Internet aufzustöbern. Im Hinblick auf das Thema Windenergie waren sie alle noch blutige Laien. Wie lief das in solchen Gesellschaften ab, womit wurde das Geld gemacht und wer hatte warum etwas gegen diese Technologie? Leo selbst wollte Zufalls Ermittlungen in Herborn begleiten. Jobst schließlich hatte einem Zeitungsredakteur versprochen, ihm im Laufe des Nachmittags vielleicht nähere Angaben nach ihrer Sitzung geben zu können. Er würde ihm erzählen, es würden parallel schon mehrere Spuren untersucht, über die er allerdings aus ermittlungstechnischen Gründen noch nichts sagen dürfe. Alle fünf hatten natürlich morgens schon den Zeitungsartikel gelesen, so dass rundum gelacht wurde, als Hanne einwarf:

»Jobst, willst du denn den Redakteur nicht mit ein paar Einzelheiten zu seiner Verschwörungstheorie füttern?«

Staatsanwalt Grün hielt sich in diesem Gespräch in ähnlicher Weise wohltuend zurück, wie dies die Kollegen auch an Hubsi Zimmermann schätzten. Er ließ sie zunächst mal ihre Arbeit erledigen, ohne zu meinen, sich gegenüber »seinen Hilfsbeamten« profilieren zu müssen. Der Staatsanwalt führte zwar das Verfahren bis zur Anklageerhebung, vertraute aber bei der Faktensammlung zunächst einmal auf die berufliche Erfahrung der Polizeibeamten.

Während der Aufteilung der weiteren Arbeit spürte Leo, wie kurz sein Handy vibrierte. Eine SMS für ihn war eingegangen. Das konnte eigentlich nur Caro sein. So war es auch tatsächlich, sie hatten vereinbart, dass sie sich während des Dienstes lediglich mit einer SMS meldet, wenn sie ihn sprechen wollte. Er konnte dann entscheiden, wann er zurückrufen wollte. »RR KC« stand im Display, ihr Zeichen für »Rückruf, Kuss Caro«. Leo meinte, den Rückruf sofort erledigen zu können.

Zum einen war ihre Besprechung faktisch zu Ende. Sie saßen eigentlich nur noch zusammen, weil noch Kaffee da war und B.A. die Plätzchendose noch einmal nachgefüllt hatte. Während des sich an die Besprechung anknüpfenden lockeren Tratsches über neue Personalentscheidungen bei Polizei und Staatsanwaltschaft würde sein Anruf nicht stören. Natürlich wurde Peter Grün auch angebaggert, ob er denn schon was über die neue Richterin berichten könne, die frisch ein Strafrechtsdezernat am Amtsgericht Wetzlar übernommen hatte.

Zum anderen kannten sich alle so gut, dass sich Leo selbst ein Privatgespräch in dieser Atmosphäre leisten konnte. Der Rückruf sollte sich aber sogar als Hilfe für ihre Ermittlungen herausstellen.

»Hallo, mein Muckel! Schön, dass du gleich zurückrufst!« Schon dem Klang ihrer Stimme war die ganze innere Verbundenheit zu entnehmen, die ihre Liebe ausmachte.

Aber Leo war es irgendwie peinlich, jetzt im Beisein der Kollegen so zu antworten, wie er es gern getan hätte. Er entschied sich also zu einem kurzen »Ja?«, merkte dann aber noch rechtzeitig, dass dies zu kalt und abweisend klingen würde. Deshalb hängte er noch etwas an: »Was gibt es, Caro? Wir sitzen gerade bei Jobst zusammen.«

Als das Wort »Caro« fiel, unterbrachen die anderen sofort ihren Personaltratsch. »Schöne Grüße!«, »Hallo Caro!« und »Stör uns nicht bei wichtigen Gesprächen!« klang es so laut durch das Zimmer, dass sogar B.A. kurz ihren Kopf hereinsteckte. Sie bekam natürlich sofort mit, worum es ging, murmelte ein »Mein Kindergarten« und flüsterte dann zu Leo gerichtet: »Grüß sie schön von mir«. Leo nickte und erledigte den Auftrag sofort.

Caro hatte in einer Arbeitspause den Lokalteil der Zeitung durchgeschaut und dabei die Ankündigung einer Veranstaltung gesehen. Am Abend traf sich BIG WIND im »Dalheimer Eck« zu einer öffentlichen Versammlung, bei der Stadtrat Schwetzer Rede und Antwort stehen sollte. Caro meinte, dies könne doch ihren Leo durchaus interessieren. Sie selbst wollte sich auch informieren.

»Prima Idee! Vielen Dank für deine Hilfe! Wann geht das los?«

»Um acht. Dann können wir vorher noch was essen. Holst du mich ab?«

Leo sollte Salat einkaufen und schon mal alles vorbereiten. Für heute war ohnehin alles besprochen. Er verabschiedete sich, bedankte sich im Vorzimmer für die gewohnt hervorragende Bedienung und ging.

Unterwegs kaufte er noch Römersalat und Mozzarella und zauberte daraus zusammen mit Ananas, Mandarinen und gerösteten Pinienkernen einen köstlichen Salat mit einer Kräuter-Jogurt-Sauce. Dann holte er Caro an der Anwalts- und Notarskanzlei ab. Während er dort auf sie wartete, rief er seinen Sohn Stephan an.

»Hallo Kleiner, wo bist du?« Die typische Eingangsfrage der Handybenutzer.

»Bei Franzi. Warum?«

»Ich wollt mich nur mal wieder melden und fragen, ob du mit uns essen willst. Ich habe einen großen Salat vorbereitet.«

Aber er bekam heute einen Korb, denn Stephan wurde gerade von seiner neuen Flamme mit Hamburger und Pommes verwöhnt. Sie plauschten noch kurz und verabredeten zu überlegen, ob sie am Wochenende vielleicht was zu viert unternehmen könnten. Das war im Moment der höchste Grad an Verbindlichkeit, die von seinem Sohn nach dem Aufblühen der jungen Liebe zu der Abiturientin zu erwarten war. Leo hatte dafür großes Verständnis.

22.

Für Caro und Leo gab es im »Dalheimer Eck« nur noch Stehplätze. Erst an zweiter Stelle stand allerdings bei dem Großteil der Erschienenen an diesem Abend die Sorge um ihre Wohnqualität, vielmehr hatte sie die

Neugier nach exklusiven Informationen über den Tod des Gebietsbevollmächtigten der Futura in die Kneipe getrieben.

Am Kopfende des Raumes waren zwei Tische zusammengestellt, an denen fünf Männer saßen. Caro und Leo kannten lediglich den Herrn, der von ihnen aus gesehen als zweiter von rechts Platz genommen hatte. Es war Stadtrat Schwetzer. Sie hatten zwar noch nicht persönlich das Vergnügen seiner Bekanntschaft gemacht, hatten aber sein Konterfei schon so häufig zu den unterschiedlichsten, für einen Politiker üblichen Gelegenheiten in der Zeitung gesehen. Mal im frischgebügelten grünen Overall bei der Bepflanzung einer Grünanlage, dann mit funkelnagelneuem Helm und Spaten bei dem ersten Spatenstich in einem neuen Baugebiet oder im fetzigen T-Shirt zur Eröffnung eines Events des Stadtmarketingvereins, aber er konnte auch mit dem Vorstand und dem Aufsichtsratsvorsitzenden einer ortsansässigen Bank aus Anlass der Gesellschafterversammlung hervorragend im eleganten Dreiteiler für das Pressefoto posieren. Er war Mitte Dreißig, höchstens Ende Dreißig und machte mit seiner schlanken Figur einen durchtrainierten Eindruck. Sein dynamisches Outfit betonte er durch einen Drei-Tage-Bart. An diesem Abend wollte er wohl nicht overdressed wirken und hatte helle Jeans und ein Leinenjackett gewählt, das Hemd offen, ohne Krawatte.

Schwetzer sprach intensiv mit dem Herrn ganz rechts, während der Herr in der Mitte, offensichtlich der Vorsitzende oder Versammlungsleiter, mit seinem Nachbarn links flüsterte. Die Person ganz am linken Rand, an Jahren mit Abstand der Älteste der fünf, schaute recht unbeteiligt, grüßte allerdings ab und zu

Hereinkommende mit erhobener Hand. Der Geräuschpegel im Raum war sehr hoch. Es war eigentlich unerträglich. Die Hitze des Tages stand noch im Raum, inzwischen durch die vielen Menschen in einer Mischung aus Schweiß, Tabak und Alkohol.

Der Herr in der Mitte erhob sich, klopfte mehrfach mit seinem Kugelschreiber an sein Wasserglas und räusperte sich, ohne dadurch den Geräuschpegel im Raum merklich senken zu können. Er klopfte also noch heftiger an sein Glas und begann: »Meine Damen und Herren, ich bitte um Ruhe, wir wollen anfangen!« Das Gemurmel wurde leiser. »Meine Damen und Herren, ich darf Sie im Namen der Bürgerinitiative BIG WIND ganz herzlich zu unserer heutigen Versammlung begrüßen.« Er blickte kurz auf seinen Zettel. »Da ich heute so viel neue Gesichter sehe – worüber wir vom Vorstand natürlich erfreut sind – möchte ich mich und meine Vorstandskollegen kurz vorstellen. Mein Name ist Doktor Andreas Richert. Ich praktiziere als Dermatologe hier in Wetzlar und bin der erste Vorsitzende der Bürgerinitiative. Rechts von mir«, dabei wies er mit der rechten Hand auf seinen Nachbarn, »sitzt Herr Rechtsreferendar Reinhold Greiner. Er ist der 2. Vorsitzende und der Geschäftsführer der Bürgerinitiative.«

Ein Zuschauer, der am ersten Tisch schräg neben dem Vorstandstisch saß, fing sofort heftig an zu klatschen und rief »Bravo!«. Viele andere schauten überrascht, dann begann mit etwas Verzögerung ein träges, verhaltenes Klatschen. Greiner schickte einen bösen Blick zu dem Bravo-Rufer.

»Daneben sitzt Herr Heinz Fandel, der Alt-Bürgermeister von Aßlar, der allerdings inzwischen in unserem glücklicherweise noch schönen, ruhigen Dalheim wohnt. Er ist einer unserer beiden Beisitzer im Vorstand.« Nach dem Motto: Wenn wir nun schon einmal mit der Klatscherei angefangen haben, wurde ab jetzt bei den restlichen Vorstellungen jeweils pflichtschuldig geklatscht. Caro bemerkte allerdings, dass der Bravo-Rufer wohl offensichtlich ein Greiner-Fan war, denn bei den übrigen Vorgestellten hielt sich sein Applaus in Grenzen. Sodann wechselte Dr. Richert zum anderen Tischende, um den Beisitzer Stromann vorzustellen und beendete die Runde mit Stadtrat Schwetzer. Dessen Begrüßungsbeifall zeichnete sich durch eine höfliche Reserviertheit aus. Das Auditorium war zumindest skeptisch, wenn nicht sogar davon überzeugt, dass Schwetzer mit dem ganzen Magistrat zusammen den Windpark durchsetzen wollte.

Der 1. Vorsitzende fuhr fort. »Ehe ich unserem Geschäftsführer, Herrn Greiner, die Versammlungsleitung für heute Abend übergebe, darf ich sie bitten, sich aus einem traurigen Anlass zu erheben. Wie Sie wahrscheinlich schon gehört haben, ist der Gebietsbevollmächtigte der Futura, Herr Dieter Bergmann, einem Verbrechen zum Opfer gefallen.«

Noch während sich die ersten Zuhörer langsam erhoben, tat sich wieder der Bravo-Rufer hervor. Vielleicht wollte er es nur murmeln, aber es war, weil nach dem Wort »Opfer« betretenes Schweigen eingetreten war, doch deutlich zu hören: »Gut, dass der weg ist!«

Greiner sprang sofort auf und brüllte: »Willi, du spinnst doch! So etwas sagt man nicht, schäm dich!« Dann drehte er sich zum Publikum und ergänzte: »Entschuldigung, aber das geht wirklich zu weit.« Er erntete beifälliges Gemurmel. Willi war anscheinend ein spätes

Kind – und dies war wohl auch den Dalheimern bekannt.

Dr. Richert nahm seinen Manuskriptzettel auf und fuhr fort, nachdem sich die Gemüter beruhigt hatten. »Wir trauern um Herrn Dieter Bergmann. Er ist zwar unser Widersacher, unser Gegner gewesen, aber er war nicht unser Feind. Diesen tragischen Tod hat er nicht verdient, so wie niemand einen solchen Tod verdient. Wenn wir auch alle hier der Meinung sind, ein Windpark dürfe nicht in Dalheim gebaut werden, so ändert dies nichts an der Wertschätzung für jedes Individuum. Wir gedenken des Menschen Dieter Bergmann.«

Nach einer stummen Besinnung von ungefähr fünfzehn Sekunden bat er die Versammlung, wieder Platz zu nehmen und übergab die Leitung an Greiner. Dieser stieg gleich voll in die Sache ein: »Meine Damen und Herren, liebe Freunde! Auch ich begrüße Sie und wünsche dem Abend einen guten Verlauf. Ob der gut wird, hängt sehr von Ihren Ausführungen ab, Herr Schwetzer. Sie kennen unsere Auffassung, wir werden eine solche Verschandelung unseres Wohngebietes nicht hinnehmen!«

Großes zustimmendes Getöse im Saal. Zwischenrufe wie »Genau!«, »Sehr richtig!«, »Kalte Enteignung!« flogen durch den Raum, aber den Vogel schoss wieder Willi ab, der nach Leos Beobachtungen schon das dritte große Bier vor sich stehen hatte. »Wir kämpfen bis aufs Messer – ohne Rücksicht auf Verluste!« Wer jedoch nahm Willi für voll?

Leo war übrigens nicht der Einzige, der sich kurze Notizen machte. An Willis Nachbartisch saß der Redakteur Manfred Preuss-Sachs von der Wetzlarer Zeitung mit einem Notizblock und einer Digitalkamera vor sich. Er schrieb im Wetzlarer Lokalteil unter dem Kürzel »mps«. Aufgrund seiner völlig unabhängigen und überparteilichen Art der Berichterstattung hatte dieses Kürzel sicher nicht nur unter den kommunalpolitisch interessierten Polizeikollegen seine Langform als »Magistratspressesprecher« erhalten.

Greiner versuchte, die Versammlung durch entsprechende Handbewegungen zu beruhigen und hob wieder an: »Liebe Leute!«, er musste abbrechen und nahm einen zweiten Anlauf. »Liebe Leute! Hören wir uns doch mal an, was der Herr Stadtrat zu sagen hat. Bitte schön, Herr Schwetzer, wie steht die Stadt Wetzlar zu dem Vorhaben, und wird es genehmigt werden?«

Schwetzer hatte inzwischen einen dunkelroten Kopf bekommen, nestelte gerade seine dritte Zigarette aus der Packung, obwohl die Reste der zweiten im Aschenbecher noch nicht verglüht waren. Er stand kurz auf, vollzog die Andeutung einer Verbeugung und setzte sich wieder. Nach einem tiefen Zug an seiner Zigarette lehnte er sich zurück und eröffnete sein Statement: »Meine lieben Mitbürger aus Dalheim und Umgebung! Es besteht nach meiner Auffassung überhaupt kein Grund zur Beunruhigung! Ich verstehe vollkommen Ihre Ängste und Befürchtungen, denn sie sind ja letztlich auch meine. Nein, nicht nur meine, sondern auch die des Magistrates der Stadt Wetzlar. Ich möchte an dieser Stelle nicht versäumen, Sie ausdrücklich auch von unserem Oberbürgermeister Mitmann ganz herzlich zu grüßen. Das Wohl unserer Stadt und damit aller Wetzlarerinnen und Wetzlarer hat uns am Herzen zu liegen. Deshalb wehre ich mich ja auch so dagegen, einfach als Wirtschaftsförderungsdezernent in eine Ecke gestellt zu werden. Ich darf doch gar nicht derjenige sein, der die Wirtschaft fördert, wo es nur eben geht.«

Hier wurde er aus dem Publikum mit mehreren »Genau!« kommentiert.

Der Stadtrat nahm dies auf und fuhr fort: »Sehen Sie, da sind wir uns doch einig. Ich bin schließlich auch Umweltdezernent – und wenn Ihr Problem hier in Dalheim nicht ein klassisches Problem ist, was den Umweltdezernenten anzugehen hat, dann weiß ich es nicht. Deshalb sind Sie bei mir an der richtigen Adresse. Ich sage Ihnen heute, meine lieben Dalheimer, dass ich alles in meiner Macht Stehende tun werde, damit Ihre Interessen gewahrt bleiben. Es gibt für die Futura keinerlei Zusagen oder Zugeständnisse, hier in Dalheim einen Windanlagenpark bauen zu dürfen, keinerlei! Das sage ich hier ganz ungeschützt. Wir haben momentan lediglich eine Voranfrage vorliegen, die noch nicht beschieden ist. Außerdem, das wissen Sie sicherlich, ist die Stadt noch im Besitz von ungefähr 60 Prozent der für die Anlage benötigten Fläche und der Magistrat wird der Stadtverordnetenversammlung keinen Vorschlag unterbreiten, diese Fläche an die Futura zu verkaufen. Und dafür werde ich mich auch nach meiner Wiederwahl einsetzen, die ja wohl hoffentlich in zwei Monaten gut über die Runden gehen wird.« Beim letzten Satz legte er ein breites Lächeln auf, erntete aber fast keine Reaktion. So kam er zum Schluss seines Statements: »Ich danke Ihnen, meine Damen und Herren, für Ihre Aufmerksamkeit. Ihre Ängste sind bei uns in guten Händen, das versichere ich Ihnen!«

Damit beendete er zunächst seine Ausführungen, steckte sich eine Zigarette an und nahm einen kräftigen Schluck aus seinem Wasserglas. Auf politisch-rhetorisch unerfahrene Einwohner musste seine kurze Rede beeindruckend wirken. Bei vielen Zuhörern spürte man auch deutlich eine gewisse Art der Erleichterung. Nach einer Überlegenspause gab es sogar vereinzelt leichten Beifall. Leo konnte sich aber nur ein müdes Lächeln abringen, hatte er doch im letzten Jahr einen unentgeltlichen Kurs »Politikersprache« bei dem Ex-Landrat Stolze kurz vor dessen Tode belegt. Er wusste also, dass man Politikeraussagen nicht an ihrem Wortlaut messen musste, vielmehr bedeuteten die Verklausulierungen im Zweifel immer etwas anderes. Nur kannte er Schwetzer eben noch nicht persönlich. Ein politisches Greenhorn, welches tatsächlich einfach freiweg die Wahrheit sagt, konnte er nicht mehr sein, schließlich war er schon fast eine ganze Amtsperiode von sechs Jahren hauptamtlicher Stadtrat. Aber immerhin war es theoretisch möglich, dass Schwetzer zu der seltenen Spezies von Berufspolitikern gehörte, die sich nicht haben verbiegen lassen und ihre Meinung ehrlich kundtaten, auch wenn Leo aufgrund des Erscheinungsbildes und des Auftretens nicht daran glaubte.

Zwei Nachfragen gab es noch an Schwetzer, sie beschäftigten sich aber nicht mit dem Vorhaben des Windparks. Vielmehr wollten zwei Zuhörer wissen, was denn der Politiker als letzte Informationen zum Ableben des Gebietsbevollmächtigten Bergmann vermelden konnte. Dessen Antwort bestätigte dann doch Leos allgemeines Bild von Berufspolitikern: »Meine Damen und Herren, ich bin im Moment noch nicht mit allen Einzelheiten des Falles vertraut. Das, was Sie sicher in der Zeitung gelesen haben, kann ich Ihnen auch aus meinen Informationen bestätigen. Ich warne aber davor, voreilig Schlüsse zu ziehen. Lassen wir doch erst einmal die

Kriminalpolizei ihre Ermittlungsarbeit machen. Diese Ermittlungen sollten wir nicht stören, immerhin ist es ein laufendes Verfahren. Ich kann Ihnen aber versichern, dass wir alles Menschenmögliche tun werden, diese brutale Tat aufzuklären.«

Du müsstest eigentlich Schwätzer mit »ä« und nicht mit »e« heißen, dachte Leo Trinkaus. Der Stadtrat gehörte auch zu den Menschen, die das »wir« gern benutzten, wenn andere die Arbeit zu verrichten hatten. Und was hieß schon »nicht mit allen Einzelheiten des Falles vertraut«. Gar nichts wusste der, nicht mal eine einzige Einzelheit. Das wollte er aber nicht sagen. Für Leo war klar, der Mensch hatte seine Informationen nur durch die Lektüre der Zeitung bekommen. »Das, was Sie sicher aus der Presse gelesen haben, kann ich Ihnen auch aus meinen Informationen bestätigen.«, klang allerdings viel gewichtiger.

Der Rest der Veranstaltung war für den Hauptkommissar weniger interessant. Schwetzer hatte zumindest für heute der BI erst einmal Wind aus den Segeln genommen. Es wurden neue Termine festgelegt und der Vorstand beauftragt, sorgsam das weitere Verhalten des Magistrates zu überwachen. Greiner sollte vorsorglich herausfinden, wie viel ein Gutachten kosten würde. Der Referendar versprach, dazu in der Anwaltskanzlei, in der er momentan eine Ausbildungsstation absolvierte, Erkundigungen einzuholen.

23.

Der unter mehreren Aspekten hitzige Abend musste anschließend noch ausführlich analysiert und begossen werden. Während der Großteil der Veranstaltungsteilnehmer im »Dalheimer Eck« blieb, verließen Caro und Leo den stickigen Ort. Sie brauchen nur in Richtung Innenstadt den Berg hinunter zu fahren und konnten gleich in der Altenberger Straße in der »Pizzeria Toscana« Station zu machen. Dieses Restaurant war schließlich eines der ersten, in das Leo von seinem Kollegen Dirk Roß geführt worden war, als er in Wetzlar angefangen hatte. Seitdem hatte er es schon häufig auch mit Carola aufgesucht, weil sie beide von Qualität, Ambiente und dem Preis-Leistungs-Verhältnis überzeugt waren. Es lag heute praktisch auf ihrem Heimweg. Sie konnten noch draußen auf der Terrasse Platz nehmen, dort war jetzt ein angenehm kühler Wind aufgekommen, der die Hitzeglocke des Tages vertrieb. Sie setzten sich nebeneinander an einen Tisch an der Hauswand und bestellten Merlot und Mineralwasser. Carola hakte sich mit ihrem Arm in den von Leo und schmiegte sich an ihn.

»Mein Muckel, nun erkläre du doch mal einem einfältigen Mädchen, ob der Windpark nun kommt oder nicht.« Caro war aus den Ausführungen des Stadtrates nicht richtig schlau geworden.

Leo lachte. »Da brauchst du meine Hilfe. Zum Glück bin ich inzwischen ja halb-diplomierter Dolmetscher für Politikersprache. Ich will es nicht gleich Politikerchinesisch nennen, denn wir wollen ganz sicher eine so alte Kultur nicht beleidigen, oder?« Er küsste sie und erwartete keine Antwort auf seine rhetorische Frage. »Lassen wir mal beiseite, dass Herr Schwetzer ein ehrenwerter, ehrlicher Mann sein kann, was ich nicht glaube. Wir beide kennen ihn eben nicht, oder?« Carola schüttelte den Kopf. »Also unterstellen wir mal, es handele sich um einen ganz ›normalen‹ Berufspolitiker, der kurz vor seiner Wiederwahl steht.« Er unterbrach seine Ausführungen, prostete seinem Schatz zu und tastete seine Hosen- und Hemdtaschen ab. Er hatte jetzt Lust auf eine Zigarette, aber wie so häufig nichts dabei. Schnorren ging nicht, weil auch seine Caro höchstens eine Geselligkeitspafferin war. Er drehte sich um, um nach dem Wirt Ausschau zu halten. Der bemerkte das sofort, zog ihm wunschgemäß eine Schachtel aus dem Automaten und schenkte ihm noch ein Einwegfeuerzeug.

Carola steckte für sich und ihren Muckel jeweils eine Zigarette an; während Leo den ersten Zug genussvoll in seine Lungen zog, paffte sie ihm den Qualm ihres ersten leichten Zuges entgegen. Dann setzte Leo seine Übersetzung mit einem kurzen Blick auf seine Notizen fort. »Zusammengefasst hat Schwetzer sicher nichts Falsches gesagt, er hat aber gleichzeitig nichts erklärt, was die Bürgerinitiativler in Sicherheit wiegen könnte. Schau mal, mein Schatz, wenn er gesagt hat, er verstehe vollkommen die Ängste und Befürchtungen der Leute, denn diese seien ja letztlich auch seine, so versteht er sie eben nur. Aber trotz aller Ängste kann in der Sache natürlich auch anders entschieden werden.«

»Moment mal!« Er musste den Satz mit einem weiteren Blick auf seine Notizen noch mal für Carola langsam wiederholen. Erst dann verstand sie, dass sie jedes Wort genau beachten musste. »Okay, ich verstehe. Wenn man es so betrachtet hast du recht.« Sie war verblüfft.

Ihr Muckel schaute wieder auf seinen Zettel. »Pass auf, es geht weiter: ›Das Wohl unserer Stadt und damit aller Wetzlarer hat uns am Herzen zu liegen.‹, hat er gesagt – oder so ähnlich. Also hat er nicht gesagt, es liegt uns am Herzen. Eigentlich hätte er sagen müssen: ›Es müsste uns am Herzen liegen.‹, aber dann wäre es zu deutlich geworden, dass es in Wirklichkeit so nicht ist. Willst du noch mehr Übersetzungen, mein Schatz?«

»Ich hänge an deinen Lippen«, antwortete Caro und gab ihm einen Kuss.

»Na schön. Dann hat Schwetzer doch davon gesprochen, er dürfe gar nicht derjenige sein, der die Wirtschaft fördere, wo es nur eben gehe, kannst du dich erinnern?«

Carola überlegte kurz und antwortete: »Hmm! Warte mal, ich habs kapiert: Das heißt dann, es dürfte nicht sein, aber es ist trotzdem so!«

»Wunderbar! Die Kandidatin hat den Test bestanden!«

»Da fällt mir noch was ein, Muckel, da war doch noch was mit ›alles im meiner Macht Stehende‹?«

»Stimmt! Und jetzt weißt du auch schon, was er damit gesagt hat?«

»Aber ja doch, das bedeutet: ›Was kann ich dafür, dass ich nicht die entsprechende Macht habe.‹, oder?«

»Richtig, du hast es kapiert, du kannst jetzt Politikerin werden! Das Infamste kam meines Erachtens am Schluss. Da hat er erzählt, der Magistrat werde der Stadtverordnetenversammlung keinen Vorschlag unterbreiten, diese Fläche an die Futura zu verkaufen. Frau Kandidatin, was heißt das?«

Sie hatte es wirklich kapiert, denn wie aus der Pistole geschossen antwortete sie: »Dann gründet die Futura eine Untergesellschaft und es wird an die verkauft!«

Leo bemühte sich gar nicht erst, seine Verblüffung zu verbergen. »Stimmt, daran habe noch nicht einmal ich jetzt gedacht. Mir ist an derselben Aussage was anderes aufgefallen, allerdings nur Dank Stolzes Nachhilfeunterricht: Wenn der Magistrat eigentlich für den Verkauf ist, es aber der Öffentlichkeit nicht offenbaren will, dann stellt tatsächlich nicht er den Antrag im Parlament, sondern lässt diesen Antrag durch eine der Koalitionsfraktionen stellen. Wenn dann die Parlamentsmehrheit den Verkauf beschließt, kann Schwetzer und jedes andere Magistratsmitglied zukünftig immer mit Recht behaupten, sie – also der Magistrat – hätten das ja nicht beantragt.« Er ließ anscheinend die Ausführungen des Stadtrates noch einmal vor seinem geistigen Auge Revue passieren, jedenfalls schloss er mit dem Fazit: »Ich glaube nicht, dass uns der heutige Abend der Lösung unseres Falles näher gebracht hat. Diese Politikerlügen sind doch ganz normal. Es fällt uns eben meistens nur nicht auf.«

»Aber interessant war es trotzdem – und ich habe viel gelernt. Dann hat also der Stadtrat die Eingangsfrage des Versammlungsleiters nicht beantwortet.«

»Richtig! Denn wie ›die Stadt Wetzlar‹ dazu steht und ob das Vorhaben genehmigt wird, hat er tunlichst offen gelassen. Er hat nur vom Magistrat gesprochen, aber der entscheidet nun mal eben nicht über den Verkauf des Geländes, das macht das Parlament.«

Caro erkundigte sich noch nach Leos Einschätzung der Gedenkminute für Bergmann. Sie waren sich einig, dass der 1. Vorsitzende kein Politiker war, sondern als Arzt den Eid des Hippokrates geschworen hatte. Er war dem menschlichen Leben in einer Weise verpflichtet, die ihm diese Achtung auch gegenüber einem Widersacher auferlegte. »Und dieser Willi hat einfach einen Knall«, endete Caro.

»So sieht es aus.«

Sie waren inzwischen die letzten Gäste, saßen aber einfach so gemütlich da und genossen den kühlen Nachtwind. Um dem Wirt wenigsten noch etwas Umsatz zu bescheren, bestellten sie noch jeweils einen »Coupe Danmark« und Milchkaffee, nachdem sie nachgefragt hatten, ob sie an diesem Abend mit ihrem Sitzfleisch dem Wirt auf den Wecker gehen würden. Der war aber, wie bei allen Stammgästen, großzügig und setzte sich sogar noch auf einen Plausch an ihren Tisch.

Zu Hause durfte Schneckchen noch ein paar Bäume, Zaunpfosten und Gartentürchen am Brückenborn anpinkeln, um sein Revier abzugrenzen, ehe sich Herrchen und Frauchen ins Bett kuschelten.

24.

Als das Weckradio ansprang, kam Leo nicht schnell genug aus dem Bett, um es abzuschalten. So musste er sich anhören, wie die Opposition jetzt doch einem Gipfeltreffen zur Reform der Krankenversicherung zustimmen würde, allerdings nur unter der Voraussetzung, dass der Kanzler vorher erklärte, die Vorschläge der Opposition als Gesetzentwurf einzubringen. Muckel war so aufgebracht, dass er sich wütend noch einmal ins Bett zurücklegte. »Ich penne noch ne Runde. Gestern habe ich ja eigentlich Überstunden geschoben und Schneckchen war ja auch nachts noch mal draußen.« Ohne eine Antwort von Caro abzuwarten, drehte er sich auf die Seite und schloss die Augen. Sein Schatz hatte sicher nichts dagegen, sie war als lediglich »Nachmittags-Berufstätige« vormittags immer flexibel. Schneckchen verstand dies als Einladung, sich am Fußende des Bettes noch einmal zusammenzurollen.

Um acht Uhr klingelte das Telefon. Dirk schmiss Leo aus dem Bett und fragte nach, ob und wann denn der

Herr Kollege die Polizeibehörde mit seiner Anwesenheit beglücken wollte. Leos Erklärung mit dem Abfeiern der Überstunden belustigte Dirk. »Ihr seid doch versumpft, gib es doch einfach zu, dann ist es doch gut. Die Kieler haben Unterlagen geschickt, ich bin da jetzt mit Hanne dran. Lass dir Zeit!« Leo versprach, Letzteres wörtlich zu nehmen.

Beim Hundespaziergang wurde er klatschnass, denn an diesem Morgen öffnete plötzlich nach vielen Wochen der Himmel seine Schleusen. Es goss gleich so kräftig, dass der Boden das Wasser nicht aufnehmen konnte; der Regen spülte die ausgetrocknete Krume einfach weg.

Nun saß Leo im Morgenmantel am Frühstückstisch, nachdem er sich seiner nassen Kleidung entledigt hatte. Er nahm die Zeitung in die Hand, um nachzuschauen, ob »mps« sich schon zur BI-Versammlung ausgelassen hatte. Und richtig: Der nichtamtliche Magistratspressesprecher hatte schnell reagiert. »Magistrat mit der Bürgerinitiative einig! Umweltdezernent Schwetzer versteht die Bedenken von BIG WIND« Leo las nicht weiter, ging vielmehr kopfschüttelnd ins Bad und reichte Caro die Zeitung. »Der ›mps‹ braucht vielleicht auch einen Dolmetscherlehrgang.«

Caro öffnete die Badezimmertür und reichte Leos Handy herein. »Muckel, ein Kommissar Zufall will dich sprechen.« Dabei gab sie ihm einen Klaps auf den Po.

»Hallo Rolf, was gibt's Neues?«

»Hallo Leo. Ich hab wahrhaftig was Interessantes herausbekommen und bin gerade bei einer Zeugin in der Mozartstraße wegen der Autokratzerei. Ich habe mir gedacht, du willst vielleicht selbst mal mit der Zeugin sprechen, dann warte ich nämlich hier auf dich.«

»Gute Idee! Ich komme gleich.«

Er ging in den Flur, um Stift und Papier zu bekommen und notierte sich die Anschrift. Kurz bevor er auflegen wollte, fragte Zufall noch: »Kaffee oder Tee?«

»Wie bitte?«

»Frau Grandt lässt fragen, ob du lieber Kaffee oder Tee trinkst.«

»Kaffee!«

25.

Kriminalhauptkommissar Leo Trinkaus sprang aus dem Wagen, schlug den Kragen seiner Jacke hoch und rannte zum Haus, um nicht schon wieder durchgeweicht zu werden. Frau Grandt, eine ältere Dame zwischen Mitte Sechzig und Anfang Siebzig, öffnete ihm die Haustür und führte ihn ins Wohnzimmer zu ihrem Ehemann und Rolf Zufall. Letzterer übernahm die gegenseitige Vorstellung und danach auch die Einleitung des Gesprächs.

»Frau Grandt. Ich darf Sie dann bitten, Herrn Kriminalhauptkommissar Trinkaus noch einmal das zu berichten, was Sie mir schon erzählt haben.«

»Sehr gern, Herr Hauptwachtmeister«, antwortete diese, hielt es aber für wichtig, Leo zunächst Kaffee einzuschenken. »Mit Zucker und Milch bedienen Sie sich bitte selbst.«

Leo nickte. »Vielen Dank, Frau Grandt.«

Auch der Ehemann wollte nun die Gastfreundschaft betonen. »Greifen Sie auch ruhig bei den Häppchen zu, die meine Frau so delikat zubereitet hat, Herr Kriminalrat.« Wieder nickte Leo freundlich.

Frau Grandt setzte sich jetzt hin, lehnte sich zurück, verschränkte die Arme und räusperte sich. »Also an diesem Donnerstagabend haben wir hinten im Garten gegrillt. Unser Sohn und unsere Schwiegertochter waren zu Besuch da. Zwischendurch musste ich immer mal ins Haus zurück und dabei ist mir aufgefallen, dass an der Haltestelle ein Auto geparkt war. Das gehörte aber nicht hier hin.« Auf Nachfrage erläuterte sie, was sie damit meinte. Die Personenwagen aus der Nachbarschaft kannte sie eigentlich alle, bis auf diejenigen, die zu den Hochhäusern gehörten. »Wissen Sie, Herr Kommissar, ich habe dem Herrn Wachtmeister schon erklärt, dass dort häufig Mieterwechsel stattfinden, das sehe ich dann immer an den Möbelwagen.«

Leo hielt es für aussichtslos, die Dienstgrade zu korrigieren, auch Kommissar Zufall hatte dies schon aufgegeben. Rolf Zufall mischte sich ein: »Frau Grandt hat mir erzählt, drüben bei den Hochhäusern wären aber noch viele Parkplätze frei gewesen, so dass der Wagen an der Haltestelle sicher keinem Mieter dort gehört hätte.«

»Richtig, Herr Hauptmeister. Der gehörte da irgendwie nicht hin.«

»Frau Grandt, können Sie uns denn den Typ des Wagens beschreiben.« Leo wagte gar nicht, sogar noch nach dem Kennzeichen zu fragen.

»Das war ein schwarzer VW, Sie haben mir doch vorhin Bilder gezeigt, Herr Wachtmeister.« Damit zeigte sie zu Rolf Zufall hinüber, der den Faden aufnahm.

»Ich hatte vorsorglich eine Pkw-Typen-Mappe mitgebracht. Die Dame hat einen VW Golf III erkannt.«

Leo ließ sich vorsorglich die Typenmappe geben und blätterte sie noch einmal langsam vor Frau Grandt durch. Er wollte sicher gehen, es hätte bei der ersten Durchsicht ja auch ein Zufallstreffer sein können. Aber die alte Dame zeigte wiederum auf den Golf III.

Sie erzählte weiter. »Der Typ war für mich gar nicht so wichtig, meine Herren. Das Kennzeichen hat mich aufmerksam gemacht: LDK – RG 612.«

Leo setzte seine Tasse wieder ab, aus der er eigentlich trinken wollte. »Respekt, Frau Grandt, dass sie sich sogar das Kennzeichen haben merken können.«

Sie lächelte stolz, winkte aber ab. Nun mischte sich der Ehemann wieder ein. »Das war doch eine ihrer leichtesten Übungen. ›RG 612‹ ist doch für meine Frau ganz einfach: R wie Roswitha und G wie Grandt. Sie ist ein Nikolaustagskind, geboren am 6.12., so was kann man sich doch leicht merken.« Er lachte laut und ergänzte, auf die Häppchen zeigend: »Nun greifense doch zu, Herr Oberkommissar, ich will doch die Häppchen nicht alleine essen!«

Nun war klar, warum der guten Frau gerade dieses Fahrzeug aufgefallen war. Kommissar Zufall war tatsächlich zum Tragen gekommen! Auch Rolf Zufall hatte bereits weiter ermittelt. Es handelte sich tatsächlich um den besagten Abend und der Halter des Golf III war auch schon bekannt: Reinhold Greiner aus Wetzlar-Dalheim. Im Laufe des Abends war das Fahrzeug dann plötzlich weg. Nach Mitternacht stand es dann aber wieder an der Haltestelle geparkt. Dies konnte auch Herr Grandt bestätigen, der von seiner Frau nachts nach einem Toilettengang auf den Umstand aufmerksam gemacht worden war.

Auch wenn Leo die Eigenheiten der beiden alten Herrschaften und deren Jonglieren mit den Dienstgraden unter der sicher etwas zu heftigen Rubrik »Senilenbonus« ablegte, so war die Schilderung gerade wegen der Verbindung zu den Initialen und dem Geburtsdatum glaubhaft. Auch die Eselsbrücke, wie die Herrschaften auf den besagten Donnerstag zurückrechneten, passte. Jetzt musste dem Geschäftsführer und 2. Vorsitzenden von BIG WIND auf den Zahn gefühlt werden. Die Fahrt nach Herborn schien sich gelohnt zu haben.

26.

Die beiden Polizisten traten hinaus auf die Mozartstraße. Der Gussregen hatte so plötzlich wieder aufgehört, wie er heute morgen angefangen hatte. Die Luftfeuchtigkeit hatte sich um Einiges erhöht, so dass den Beiden sofort der Schweiß aus dem Körper getrieben wurde. Sie standen an Zufalls Streifenwagen.

»Soll ich den Bericht von heute zusammenschreiben und dir dann die Akte schicken? Oder siehst du keine Verbindung zu deinem Fall?«

»Ne ne, das machen wir anders. Noch ist die Kratzerei deine Sache, meine ist der Mord. Was hältst du davon, wenn wir beide uns jetzt den Greiner mal vornehmen?« Er erläuterte ihm die Verbindung, weil Zufall natürlich mit dem Namen Greiner nichts anfangen konnte. So fuhren sie also beide nach Wetzlar. Zufall informierte seine Dienststelle, Trinkaus gab einen Kurzbericht an Hanne Ziegler durch und bat sie nachzuschauen, was sie über Reinhold Greiner finden konnte.

Greiner war natürlich nicht zu Hause, es wäre auch zu schön, um wahr zu sein. »Der ist doch jetzt sicher auf der Arbeit«, meinte Zufall.

»Richtig, der Herr Referendar ist bei seiner Ausbildungsstelle. Aber die bekomme ich wahrscheinlich schnell raus.« Leo rief Caro an, sie sollte die Nummer von Dr. Richert raussuchen. Der wusste sicher, wo Greiner zu erreichen sei. Er schilderte seinem Schatz kurz, worum es ging.

»Lass mich das mal machen, das macht mir Spaß. Ich rufe den Doktor mal an und sag dir dann Bescheid.«

Das wollte Leo nicht. Schließlich war es eine amtliche Ermittlung und keine Privatangelegenheit.

»Och Muckel!« Carola spielte die Eingeschnappte. »Ich schnüffle auch mal gerne. Als Frau bin ich da besser als du – und du brauchst dann Hanne damit nicht zu belämmern.«

Der Hauptkommissar war zwar nicht überzeugt, aber überredet. Nach fünf Minuten rief Carola zurück, nannte ihm Greiners Handynummer, außerdem Namen, Anschrift und Telefonnummer der Anwaltskanzlei, in der Greiner derzeit arbeitete.

»Was hast du dem Doktor erzählt?«

»Es hat sich eben eine Frau Schnippenhöfer-Niemczyk von der Redaktion der Rundschau nach dem Geschäftsführer von BIG WIND informiert. Für eine Reportage über Geschäftsführer von Bürgerinitiativen. Der Doktor hat gesprudelt wie ein Brunnen; insbesondere als ich angedeutet habe, auch mit ihm vielleicht noch zu sprechen.«

»Du bist eine Schlange!«

»Danke sehr!«

»Weißt du auch was zu der Anwaltskanzlei, du Privatdetektivin?«

»Hmm!«

»Nun sag schon, lass dir nicht alles aus der Nase ziehen!« Er wurde unruhig.

»Die sind auf Verwaltungsrecht spezialisiert. Falls du also Angst hast, Greiner würde dann gleich seinen Verteidiger mitbringen, so kann ich dich beruhigen.«

»Danke, mein Schatz, du hast mir sehr geholfen – welchen Namen hast du als Redakteurin?«

»Schnippenkötter-Niemietz oder so ähnlich, das kann bei Bedarf aber auch wechseln!«

War das der Beginn einer neuen Form der Ermittlungsarbeit? Rolf Zufall grinste jedenfalls während des gesamten Telefonates.

Sie mussten sich entscheiden. Entweder in der Kanzlei auftauchen, Greiner dort befragen, gleich mitnehmen oder aber ihn dort anrufen und bitten, doch einmal auf der Dienststelle vorbeizuschauen. Die Möglichkeit, ihm eine schriftliche Vorladung als Beschuldigter zu schicken, hatten beide gleich ausgeschieden. Dann würde er sofort hellhörig werden, sich präparieren und womöglich gleich mit einem Rechtsverdreher aufkreuzen. Sie wollten aber soweit als möglich den Überraschungsmoment nutzen. Letztlich ergab das auch ein Minuszeichen hinter der Alternative mit dem Anruf. Also entschieden sie sich für das Modell »Rollkommando«: Rein und Mitnehmen!

27.

Die Unterlagen aus Kiel waren angekommen, die Kollegen dort hatten wirklich schnell gearbeitet. Kriminaloberkommissar Roß sichtete die Post zunächst diagonal, um sich einen Überblick zu verschaffen und schmunzelte vor sich hin. Der Kieler Kollege, der die Unterlagen zusammengestellt hatte, hieß tatsächlich Finke, so ein Zufall. Er blätterte weiter. Gegebenenfalls würde er noch einen Kollegen einschalten müssen, der sich besser mit Wirtschaftsstrafsachen auskannte.

Diese erste Durchsicht zeigte ihm aber schon die Struktur des Unternehmens. Die Futura war eigentlich die Muttergesellschaft, um die herum eine Vielzahl von Tochtergesellschaften in Form von Kommanditgesellschaften entstanden waren. Für jeden Windpark eine eigene Gesellschaft, Grundstückseigentümer aus dem Bereich der jeweiligen Anlagen und auch einfach nur Kapitalanleger wurden gesucht, um sich mit einer entsprechenden Einlage als Kommanditisten zu beteiligen. Außerdem gehörte es zur Geschäftspolitik der Futura, die jeweils betroffene Stadt oder Gemeinde ebenfalls als Kommanditistin zu gewinnen. Wer weiß, dachte Dirk, mit welchem Risiko die jeweilige Kommune da beteiligt wird. Aber der Futura kann das sicher nur nützen.

Für Wetzlar war schon eine DalheimWIND, so der Kurzname der KG, in Vorbereitung. Die planungsrechtlichen Voraussetzungen mussten aber noch von der Stadtverordnetenversammlung Wetzlar in Form eines Bebauungsplanes beschlossen werden. Erst dann wollte sich die Futura, nein – wahrscheinlich die DalheimWIND - mit dem Ankauf der Grundstücke beschäftigen. Bergmann sollte vor Ort als Bevollmächtigter sowohl die vorbereitenden Verhandlungen mit der Stadtverwaltung führen, als auch schon Grundstückseigentümern das Projekt schmackhaft machen. Letzteres bezog sich nicht nur auf die Verkaufs- sondern auch die Investitionsbereitschaft. Dirk wiegte seinen Kopf hin und her. Zuletzt hatte Bergmann wohl mehr mit der

Bürgerinitiative zu kämpfen. Allein das Bestehen einer solchen Initiative war auf jeden Fall für die Verhandlungen mit der Stadt nicht förderlich.

Anerkennend stellte Dirk fest, dass sich die Kieler Kollegen auch hinsichtlich des persönlichen Umfeldes des Getöteten sachkundig gemacht hatten. Bergmann war unbeweibt, hinterließ auch sonst keine Angehörigen mehr. In der Futura gab es einen Mitarbeiter, mit dem Bergmann näher bekannt war. Name, Adresse und Telefonnummer dieses Mitarbeiters befanden sich bei den Unterlagen. Die Kollegen boten sich sogar an, bei Bedarf mit diesem Kontakt aufzunehmen.

Parallel zu Dirk Roß arbeitete die Kriminalkommissarin Hanne Ziegler im Nebenraum an ihrer Internetrecherche. Sie beschäftigte sich mit den Regelungen des »Gesetzes für den Vorrang Erneuerbarer Energien«, kurz EEG genannt. Diese sahen vor, dass Strom, der aus solchen erneuerbaren Quellen wie Windkraft erzeugt und ins Stromnetz eingespeist wird, von dem Netzbetreiber mit mindestens 8,9 Cent pro kWh für die Dauer von fünf Jahren ab dem Zeitpunkt der Inbetriebnahme der Anlage zu vergüten war. Diese Frist verlängerte sich nach einem gewissen Schlüssel, was letztlich dazu führen konnte, dass die festgeschriebene Vergütung für zwanzig Jahre zu zahlen war. Das brachte eine nicht unerhebliche Planungs- und Finanzierungssicherheit für die Anlage. Die von den Energieversorgungsunternehmen an die Windkraftanlagenbetreiber zu zahlende Vergütung war deutlich höher, als deren Zahlungen an »konventionelle« Anbieter. Ein politischer Preis gegen den Ausverkauf der natürlichen Ressourcen. Ungläubig las Hanne nochmals den Begriff »konventionelle«. Sie schüttelte sich, weil unter diese Definition auch Kernenergieanlagen gerechnet wurden. Hanne fand noch etwas über eine geplante Neuregelung des EEG, aber diese würde wohl im Prinzip nichts ändern.

Dirk wollte ein Pause einlegen und ging auf einen Kaffee zu seiner Kollegin nach nebenan. Er gehörte zu den Menschen, die ihre Leitlinien durchaus dem jeweiligen Bedürfnis anpassen konnten. Dies galt insbesondere für die richtige Methode, der Hitze Herr zu werden. Hatte er Kaffeedurst, vertrat er die Auffassung, gerade an heißen Tagen müsse man heiße Getränke zu sich nehmen. Ansonsten schwor er auf Kaltgetränke, insbesondere nach Dienst auf kühlen Gerstensaft.

Mit zwei vollen Kaffeebechern und einer obligatorischen Wurststulle in seinen großen Händen stand er in der Tür. »Hanne, mach mal Pause. Ich komme mit Kaffee!« Er stellte die beiden Tassen ab, quittierte Hannes dankbaren Blick und setzte sich der Kollegin gegenüber an deren Schreibtisch. »Nach dem, was ich bisher gelesen habe, kann man ja mit Windenergie richtig Geld verdienen.«

»Du Scherzkeks, warum denn nicht? Bist du auch so überrascht, dass zum Beispiel ein Bäcker mit dem Verkauf seiner Waren richtig Geld verdienen kann?«

»Nee, das ist ja was anderes.« Dirk kaute seelenruhig während des Sprechens weiter. »Da weiß man das ja. Ist ja auch normal. Ich habe aber gedacht, diese Ökos machen das aus Prinzip und zur Naturerhaltung oder wie die das nennen.«

»Mein großes liebes Krümelmonster! Wo lebst du eigentlich?«

»Hack doch nicht so auf mir rum, ich frage doch nur.« Er hielt ihr dabei seine Stulle entgegen, wohl meinend, ob Hanne mal abbeißen wollte. Sie schüttelte aber den Kopf. »Ich kann doch nicht alles wissen.« Dann hob er die rechte Hand und spreizte drei Finger wie ein gläubiger Christ ab. »Ich schwöre, ich bin lernfähig.«

Hanne lachte und wiegte ihren Kopf hin und her. »Ich weiß nicht, ob du lernfähig bist. Aber ich bestätige dir jederzeit gern, dass du lernwillig bist. Spaß beiseite! Das ist genau so ein Geschäftszweig, wie andere auch. Das ist doch nichts Schlimmes! Das müssen auch keine Ökos sein, wie du das nennst. Wenn mit irgend etwas Geld verdient werden kann, wird es auch gemacht. Und jetzt komm mir nicht damit, das würde ja alles künstlich subventioniert. Was ist mit der Kohle, was mit der Kernkraft, gibt es da keine gesetzlichen Vergünstigungen?«

Dirk zuckte mit den Schultern. »Ich glaube schon.«

»Aber immer! Für mich, mein lieber Dirk, liegt das Problem ganz woanders: Du hast noch keine Kinder, ich schon – zumindest eins. Wir dürfen einfach unsere Erde nicht ausbeuten bis zum ›Geht-nicht-mehr‹, wir haben schließlich eine Verantwortung für die nächsten Generationen, deshalb müssen wir verstärkt auf erneuerbare Energien setzen. Das heißt dann natürlich auch, diese entsprechend zu fördern.« Sie haute dazu mit der flachen Hand auf den Tisch. »Stell dir mal vor, wir hätten damals, als das mit der Kernenergie angefangen hat, stattdessen in gleichem Umfang in die Erforschung der erneuerbaren Energien investiert. Dann wären wir heute schon viel viel weiter! Wenn ich das richtig verstanden habe, hat die Windenergie inzwischen einen Anteil von sieben Prozent am Stromverbrauch in Deutschland erreicht. Und jetzt kostet das eben seinen Preis!«

Hanne musste ihr Grundsatzreferat abbrechen, weil das Telefon klingelte. Leo brauchte ihre Hilfe, sie sollte einen Reinhold Greiner abchecken. Das Ergebnis verlief negativ.

28.

»Einen schönen guten Tag, wir hätten gern mal Herrn Rechtsreferendar Greiner gesprochen. Lässt sich das einrichten?« Leo und Rolf standen vor dem Empfangstresen der Anwaltskanzlei und strahlten die junge Dame an. Dieser blieb nichts anderes, als zurückzustrahlen. Rolfs Uniform wirkte so vertrauenserweckend, dass sie auf die Schnelle nicht auf die Idee kam, nach dem Anlass für Leos Wunsch zu fragen. Diese Kanzlei war wohl temperiert, anscheinend lief eine Klimaanlage. Die beiden Polizeibeamten fröstelten sogar leicht, weil der Temperaturunterschied zwischen »Innen« und »Außen« so groß war.

Die Sekretärin telefonierte kurz und schon nach einer Minute stand der Nachwuchsjurist in der Tür. Leo Trinkaus erkannte ihn sofort. Umgekehrt war dies nicht so, was auch nicht weiter verwunderlich war. In dem vollen Hinterraum des »Dalheimer Eck« war Leo in der Menge untergegangen.

Greiner schaute erstaunt, als er den Schutzpolizisten sah, sagte aber doch freundlich: »Guten Tag, meine Herren. Was kann ich für Sie tun?«

Leo straffte sich. »Herr Greiner, ich nehme Sie vorläufig fest wegen des Verdachts des Mordes an Dieter Bergmann. Kommen Sie bitte mit!«

Greiner lachte spontan laut los. »Sie machen einen Witz, haben Sie keine anderen Sorgen?«

»Ich mache Sie darauf aufmerksam, dass Sie zur Sache keine Angaben zu machen brauchen. Bitte kommen Sie!«

Die junge Frau öffnete konsterniert ihren Mund und brauche einige Sekunden, um sich zu fangen. Dann funktionierte ihr Verstand wieder, geschult durch viele Kriminalfilme. »Soll ich jemand für Sie benachrichtigen? Brauchen Sie einen Verteidiger?«

Der Referendar winkte ab. »Lassen Sie mal, mit so einem absonderlichen Vorwurf werde ich erst einmal selbst klar kommen. Wenn nicht, melde ich mich. Sagen Sie aber bitte dem Chef Bescheid.«

»Auf geht's!« sagte Leo und wies zur Verstärkung mit der Hand in Richtung Ausgangstür. In diesem Augenblick betrat ein älterer Herr in dunklem Dreiteiler den Raum, es war der Chef der Kanzlei. Leo beantwortete dessen Frage nach dem Grund ihres Kommens wahrheitsgemäß und stellte sich vor.

»Brauchen Sie denn dazu nicht einen Haftbefehl, meine Herren?« So eine Frage muss man einem auf Verwaltungsrecht spezialisierten Juristen zugestehen. Seine allumfassende Ausbildung, die ihm auch die Grundzüge der Strafprozessordnung vermittelt hatte, lag schon über dreißig Jahre zurück. Leo erklärte ihm kurz den Unterschied zwischen der Anordnung der Untersuchungshaft und der vorläufigen Festnahme nach der Strafprozessordnung und bemühte sich dabei, nicht oberlehrerhaft zu klingen. Es gab andere Gelegenheiten, bei denen er Verteidiger gern vorführte, wenn sie ihm all zu blöd kamen, aber dieser Anwalt hatte ganz vernünftig gefragt und sich nicht als allwissend dargestellt.

»Dann brauchen Sie aber doch einen Anwalt, Herr Greiner. Ich werde mich um einen Kollegen bemühen, der sich auf Strafrecht spezialisiert hat.«

Greiner wehrte ab. »Das ist nicht nötig, Herr Hampe. Das schaffe ich schon, der Vorwurf ist doch geradezu aberwitzig. Trotzdem danke!« Er drehte sich um und ging zur Tür, als wollte er die Sache schnell hinter sich bringen.

29.

Rechtsreferendar Reinhold Greiner wurde zunächst einmal in eine Arrestzelle der Polizeistation Wetzlar verbracht. Leo wollte seinen Kommissariatskollegen erst den Herborner Schutzpolizisten vorstellen und erzählen, wie ihnen der berühmte »Kommissar Zufall« geholfen hatte. Nach der Berichterstattung verließ allerdings Zufall das »fremde Revier«, nun lag die weitere Bearbeitung in den bewährten Händen von K 10. Hanne Ziegler hatte in der Zwischenzeit ihren Auftrag ebenfalls erledigt. Reinhold Greiner war für die Polizei bisher ein unbeschriebenes Blatt, es gab keine Eintragung, noch nicht einmal im Verkehrszentralregister.

Zur eigenen Absicherung sollten Beschuldigtenvernehmungen immer von zwei Polizeibeamten gemeinsam durchgeführt werden. Die Erstvernehmung von Greiner wich aber von dieser Regel ab, sie waren zu dritt. Es geschah aus einem lapidaren Grund: Weder Dirk noch Hanne wollten zurückstecken, obwohl sie mit Wind-Energie-Recherche eigentlich noch genug zu tun hatten. Aber beide waren heiß darauf, dieses Früchtchen auszuquetschen. Leo wollte sie knobeln lassen, ohne Erfolg.

Dirk war dagegen, die Auswahl nach Schönheit zu treffen, Hanne widersprach heftig dem Kriterium des Körpergewichts. Nannte Dirk das höhere Dienstalter, brachte Hanne die größere Flexibilität ins Spiel. Leo resignierte: »Na meinetwegen, dann lasset die Kindlein eben mit mir mitkommen!« Dirk und Hanne streckten sich synchron gegenseitig die Zunge raus. »Aber dein Taschentuch-Mützchen ziehst du gefälligst während der Vernehmung ab, Dirk!« Roß brummelte und legte das noch feuchte Tuch sorgsam auf einen Heizkörper.

Als Greiner in das Vernehmungszimmer geführt wurde, schien es so, als sei er in der letzten Stunde etwas kleiner geworden. »Nehmen Sie bitte Platz, Herr Greiner. Sie sehen vor sich ein Mikrophon, wir wollen Ihre Vernehmung auf Band aufnehmen. Sind Sie damit einverstanden?«

Greiner nickte. »Tun Sie, was Sie nicht lassen können. Ich kenne schließlich das Procedere aus meiner Referendarstation bei der Staatsanwaltschaft.«

Leo hatte den entsprechenden Vordruck mitgebracht. Er ließ sich die Einverständniserklärung zur Protokollierung mittels Tonträger unterschreiben. »Tonbandprotokoll in dem Ermittlungsverfahren gegen Reinhold Greiner wegen Mordes.« Leo nannte das Datum, den Ort und die anwesenden Personen. »So, Herr Greiner. Sie stehen im Verdacht, Dieter Bergmann, den Gebietsbevollmächtigten der Futura Energie GmbH getötet zu haben. Es steht Ihnen frei, sich zur Sache zu äußern.«

»Das weiß ich, die Belehrungen können Sie sich sparen«, fiel ihm Greiner ins Wort.

»Tut mir leid, ich muss das tun. Ich belehre Sie außerdem, das Sie das Recht haben, schon jetzt einen Verteidiger hinzuzuziehen. Wünschen Sie das?«

Wieder schüttelte Greiner den Kopf. »Das habe ich Ihnen doch schon vorhin gesagt. Brauche ich nicht, ich habe Bergmann nicht getötet.«

»Ach, was haben Sie eigentlich für eine Schuhgröße, Herr Greiner?«

Dieser schaute sehr erstaunt, antwortete aber spontan: »43. Ich vermag jetzt zwar nicht zu erkennen, für was das wichtig sein sollte, aber bitte schön!«

Leo versuchte freundlich zu wirken und antwortete: »Ich bin zwar kein Fußfetischist, aber es hat mich trotzdem interessiert.« Mit einer Handbewegung deutete er an, das Thema zu wechseln. »Sie kennen den Todestag von Herrn Bergmann?«

»Natürlich, ich lese schließlich Zeitung!«

Schade, dass die drei vernehmenden Beamten nicht Gedanken lesen konnten, sonst hätten sie lauthals gelacht. Denn allen drei war dieselbe Bemerkung durch den Kopf geschossen: Greiner glaubt wohl immer, was in der Zeitung steht.

Leo nahm den Faden wieder auf: »Wo waren Sie vorgestern, sagen wir einmal so zwischen 6.15 und 6.45 Uhr?«

Der Beschuldigte überlegte kurz und stellte eine Gegenfrage: »Das war doch ein Montag, oder?« Auf das Kopfnicken der drei Gegenüber fuhr er fort: »Da habe ich zu Hause im Bett gelegen und geschlafen. Und – warten Sie – das kann leider niemand bezeugen. Ich lebe allein und niemand hat in dieser Nacht das Bett mit mir geteilt.« Er verschränkte die Arme und lehnte sich trotzig zurück. »Bin ich deswegen schuldig, weil ich kein

Alibi habe. Ich meine, mich aus meiner Ausbildung zu erinnern, dass die Rechtslage gerade umgekehrt ist. Nicht ich muss meine Unschuld beweisen, vielmehr Sie oder die Staatsanwaltschaft mir das Gegenteil!« Formal hatte er Recht.

»Dann wenden wir uns doch einmal einem anderen Tag zu.« Leo nannte das Datum der Autokratzerei in Herborn. »Können Sie uns denn sagen, wo Sie in dieser Nacht von Donnerstag auf Freitag gewesen sind?«

Greiner überlegte. Es sah so aus, als könne er mit dem Datum wirklich nichts anfangen. »Also so spontan fällt mir da nichts ein. Da müsste ich höchstens mal in meinem Terminkalender nachschauen, aber den habe ich nicht dabei. Ich musste nämlich, wie Sie vielleicht wissen, recht plötzlich das Büro verlassen. Es kann gut sein, dass ich an dem besagten Abend für die BI unterwegs war.«

Dirk mischte sich zum ersten Mal verbal ein. »Das können wir uns auch gut vorstellen.« Er fing sich einen bösen Blick des Hauptkommissars ein, der wieder das Wort übernahm.

»Ich will Ihnen mal eine Gedankenstütze geben, Herr Greiner.« Dabei betonte er das Wort »Herr« besonders. »Herborn, Mozartstraße, Einfahrt zum Parkplatz zum Hochhaus Schumannstraße.« Er legte eine kleine Pause ein und setzte dann das I-Pünktchen. »Und dann kratz, kratz, kratz!« Ein breites Grinsen überzog sein Gesicht, untermalt durch eine entsprechende kratzende Handbewegung. Auch Hanne und Dirk grinsten um die Wette und schauten Greiner erwartungsvoll an.

Der wechselte die Gesichtsfarbe und schluckte. Mit einem Mal fiel die bisher zur Schau gestellte Souveränität von ihm ab. Er schluckte nochmals und sagte dann:

»Jetzt wird es mir aber zu blöd, ich sage nichts mehr. Solange Sie mir nichts auftischen und nachweisen können, was unmittelbar mit dem Mord zu tun hat, sehe ich nicht ein, mich noch weiter mit Ihnen zu unterhalten. Ich möchte jetzt gehen!«

»Das dürfen Sie.«

Alle standen gleichzeitig auf und gingen in Richtung Tür. Leo war zuerst dort, öffnete sie und sagte zu dem uniformierten Kollegen auf dem Flur: »Der Herr möchte gehen, bring ihn zurück in die Zelle.«

30.

Nach kurzer telefonischer Information kam Staatsanwalt Grün herbeigeeilt. Das Tonbandprotokoll wurde abgeschrieben. Nun musste eine Entscheidung getroffen werden. Sollte Greiner dem Haftrichter vorgeführt werden, um zu erreichen, ihn in Untersuchungshaft zu nehmen?

Hanne Ziegler äußerte als erste ihre Skepsis. »Leo, meinst du nicht, du verrennst dich da in was? Wir haben nicht viel in der Hand. Sicher, die Sachbeschädigung an Bergmanns Wagen hat er begangen, aber ist er deshalb auch der Mörder?«

Dirk nickte. Peter Grün hatte sich alles angehört und war noch nicht überzeugt. »Ich habe auch Bauchschmerzen.«

»Nein, nein!« Leo Trinkaus kam in Fahrt. »Was seid ihr denn für Hasenfüße?« Dann begann er mit seiner Argumentationskette und zählte dazu an den Fingern ab. »Erstens: Greiner hat den Wagen von Bergmann zerkratzt. Zweitens: Er fährt einen Golf III. Drittens: Er hat Schuhgröße 43 und schließlich hat er viertens auch ein Motiv!« Er legte eine kleine Pause ein und setzte dann den Schlußpunkt: »Und er hat kein Alibi für die Tatzeit! Das muss doch auch einem Haftrichter einleuchten!« Leo blickte in die Runde.

»Eine Haftrichterin. Heute ist die Neue zuständig.« Diese Korrektur kam von Staatsanwalt Grün, der immer noch unschlüssig war. »Ja Leo, es spricht einiges dafür, aber wird sie mitmachen? Der Kratzer ist nicht automatisch der Mörder. Außer dem Fußabdruck und der Automarke haben wir noch nichts.«

Die Diskussion wogte hin und her; Leo hatte sich tatsächlich verrannt, wollte aber nicht zurückstecken. Er war sauer auf den Rechtsreferendar und dessen auf ihn arrogant wirkende Art. Momentan war nichts von seiner sonst üblichen Abgeklärtheit zu spüren. Selbst, falls Greiner mit einer späteren Haftprüfung erfolgreich sein sollte, so gönnte er ihm ein paar Tage in Untersuchungshaft.

Der Staatsanwalt beendete schließlich die Diskussion. »Aber egal!« Mit einer wegwerfenden Handbewegung schloss er: »Wir versuchen es, wir können uns ja schließlich keine blutige Nase holen.«

Also veranlasste Grün das Schreiben des Antrages auf Erlass eines Untersuchungshaftbefehles und telefonierte mit der Richterin, um den Termin abzustimmen. In knapp eineinhalb Stunden sollte die Vorführung erfolgen. Sie wollte aber vorher zumindest einmal die Ermittlungsakte überfliegen. Deshalb musste sich Peter Grün bald verabschieden, um ihr die Akte zum Amtsgericht bringen zu lassen.

Die Mittagspause hatte sich Leo heute wegen der vorher nicht absehbaren Entwicklung abschminken müssen. Jetzt machte sich doch ein flaues Gefühl in der Magengegend bemerkbar. Es war nicht die Anspannung wegen der Vorführung, es war der Hunger. B. A.'s Seelentröster, die Plätzchendose, war da ungeeignet, er brauchte was Handfestes. Er klapperte seine Kollegen ab, vielleicht hatte noch eine oder einer ein sogenanntes Hasenbrot dabei. Alles Bemühungen waren ohne Erfolg.

Dirk Roß deutete dies als gutes Omen. »Lass mal, ich erledige das.« Er stand auf und verschwand. Dirk hatte zwar in seiner Mittagspause nicht etwa gehungert, aber er ließ keine Gelegenheit aus, seinem Magen etwas zum Arbeiten zuzuführen. Er fuhr also in die Silhöfertorstraße, um auf die Schnelle den vietnamesischen Spezialitätenimbiss »Kim Phat« aufzusuchen. Dieser Imbiss war mit drei Schlagworten zu bezeichnen: Wohlschmeckend, preiswert und reichhaltig. Das erste Schlagwort kam Leo entgegen, das zweite war nicht unwesentlich für Hanne, während Dirk das Letztere für sich reklamierte. Er bestellte eine Frühlingsrolle Loempia, gebackenes Hühnerfleisch in süßsaurer Soße – immerhin waren dies neun Teile, auch wenn sie als Vorspeise bezeichnet wurden – und eine Portion gebratene Nudeln mit Eiern, Hühnerfleisch und Gemüse. Für nicht einmal neun Euro schleppte er eine solche Menge zur Dienststelle, dass Hanne und Leo davon rundum satt wurden und Dirk zumindest die Zeit bis zum Abendessen überbrücken konnte.

Rechtzeitig fuhren Dirk und Leo mit Greiner zum Amtsgericht, während sich Hanne auf den Feierabend vorbereitete, Mit Genugtuung legte Leo dem Festgenommenen die Handschellen an.

31.

Noch ehe sie im zweiten Stock das Zimmer der Richterin erreicht hatten, öffnete sich deren Tür. Heraus trat eine junge Frau Anfang dreißig in hellgrauem Hosenanzug mit dunkelgrauer Hemdbluse. »Hallo, Herr Trinkaus. Da haben wir ja auch mal beruflich miteinander zu tun!«

Leo war wie versteinert. Die Frau, die ihm die Hand entgegenstreckte, war allerdings nicht etwa die Richterin. Es war die Rechtsanwältin Ann Kathrin Hauenstein-Gisselberger, der jüngste »Zuwachs« der Kanzlei, in der Carola als Rechtsanwalts- und Notarsgehilfin arbeitete. Leo hatte Frau Hauenstein-Gisselberger beim letzten Kanzleifest kennen gelernt und sah sie ab und an, wenn er Caro mal dort abholte. Er erwiderte den Händedruck. »In dieser Sache?«

»Ja, ich verteidige Herrn Greiner.« Zu Greiner gewandt füge sie noch an: »Guten Tag Herr Greiner, ich bin Rechtsanwältin Hauenstein-Gisselberger. Ein Kollege, Herr Hampe – Ihr derzeitiger Chef - hat mich gebeten, Ihre Verteidigung zu übernehmen.« So war es tatsächlich gewesen: Hampe kam die Festnahmeaktion seines Referendars doch so komisch vor, dass er trotz der Weigerung Greiners seinen alten Schulfreund anrief. Und dieser alte Schulfreund war nun einmal zufällig Carolas Seniorchef. Bei dem wiederum hatte vor nicht allzu langer Zeit Frau Hauenstein-Gisselberger angefangen und sich auf Strafrecht und Familienrecht spezialisiert, zwei Gebiete, die zuvor in der Kanzlei nicht zu den Arbeitsschwerpunkten gehörten. Der alte Hauenstein, ihr Vater, war bis zu seiner Pensionierung Richter am Oberlandesgericht gewesen. Ihr Ehemann hatte sich in relativ kurzer Zeit in Wetzlar und Umgebung einen Namen als stellvertretender Vorstandschef einer heimischen Bank gemacht.

Die Rechtsanwältin wendete sie sich wieder Leo zu, weil das Nachfolgende nicht nur ihren neuen Mandanten, sondern auch die beiden Kriminalbeamten anging. »Ich habe bereits mit der Richterin gesprochen. Ich möchte jetzt erst einmal mit meinem Mandanten reden. Und, Herr Trinkaus, nehmen sie ihm doch endlich die Handschellen ab.«

Wer gute Ohren hatte, konnte hören, wie Leo mit den Zähnen knirschte. »Moment!« Er ging ins Richterzimmer

Dort saß schon Staatsanwalt Grün und stellte Leo der Richterin vor. Diese blieb sitzen und reichte Leo lediglich mit einem kurzen Lächeln die Hand. Auch sie war augenscheinlich noch jung an Jahren, wahrscheinlich noch etwas jünger als die Rechtsanwältin, die Leo gerade vor der Tür verunsichert hatte. Lisa-Annegret Stock-Hellmann hieß die neue Richterin. Noch eine Doppelnamenfrau, dachte Leo, der sich damit vor sich selbst als Chauvi outete. Aber er musste zumindest ein Vorurteil abbauen oder relativieren: Nicht nur die »Alt-68erinnen« tendierten zum Doppelnamen. Diese beiden Frauen waren Beleg dafür, dass auch in jüngerer Zeit die Möglichkeiten des neuen Namensrechtes ausgeschöpft wurden.

Sie schlug die Beine übereinander und drehte sich auf ihrem Schreibtischstuhl zur Seite, so dass Leo nicht nur ihr schwarzes Kostüm, sondern auch ihre langen schmalen Beine sehen konnte. »Herr Trinkaus, ich habe eben schon Herrn Grün erklärt, dass das alles doch etwas dünn ist. Aber hören wir uns einmal an, was der Beschuldigte zu sagen hat. Aber erst will natürlich seine Verteidigerin mit ihm reden. Wir warten also noch.«

Leo nickte, ging zur Tür und machte Dirk ein Zeichen, es sei alles okay. Der schloss die Handschellen auf. Die Verteidigerin verschwand mit ihrem Mandanten in einem anderen Zimmer.

Das Mandantengespräch dauerte knappe vierzig Minuten. Die Zwischenzeit überbrückte Peter Grün mit einem small talk mit der Richterin. Leo brauchte eine Zigarette, das Richterzimmer roch aber eher nach teurem Parfum als nach Tabak, ein Aschenbecher war auch nicht zu sehen. Also ging er auf den Flur, suchte seine Taschen nach der Zigarettenschachtel ab und setzte sich neben Dirk auf die Bank neben dem großen Aschenbecher. Auch das Feuerzeug, welches er in der »Toscana« geschenkt bekommen hatte, fand er. Er musste an Carola denken. So ein Mist, warum muss Greiner gerade jemand aus Carolas Büro bekommen. Womöglich wusste die Doppelnamenfrau schon von Carolas Ermittlungshilfsdiensten. Er erzählte Dirk von der Verbindung.

Der zuckte nur mit den Schultern. »Was solls? That's life! Ihr werdet doch Berufliches und Privates trennen können, oder?«

»Ich weiß, es ist Blödsinn, aber im Moment denke ich immer an ›Feind hört mit‹.

Dirk legte seinem Freund den Arm um die Schulter und sagte: »Ach, mein Leo! Nun warten wir erst mal ab, ob wir den Greiner ins Loch bekommen.«

Sie saßen stumm nebeneinander und warteten. Leo brachte es heute sogar auf zwei Zigaretten, bis endlich die Sitzung anfangen konnte.

32.

»Nehmen Sie bitte Platz!« Frau Stock-Hellmann begann mit den notwendigen Formalien und Belehrungen. Dann schaute sie fragend zur Verteidigerin. »Frau Kollegin, was hat Ihr Mandant noch auszuführen. Bleibt es bei seiner Einlassung bei der polizeilichen Vernehmung, oder will er noch etwas hinzufügen oder korrigieren?«

»Ja, Frau Vorsitzende, nachdem wir Rücksprache genommen haben, wird mein Mandant jetzt eine vollständige Einlassung abgeben. Um nicht unnötig Zeit zu verlieren, hat er mich gebeten, für ihn hier die Einlassung vorzunehmen.« Sie hielt kurz inne, straffte ihren schlanken Körper und wechselte zu einem weniger formellen Ton über. »Sagen Sie, Frau Kollegin, haben Sie etwas dagegen, wenn ich eine Zigarette rauche. Und wenn ich auch noch ein Glas Wasser bekommen könnte, wäre das ausgesprochen freundlich. Ich hatte einen harten Tag und auch, wenn es nicht mehr ganz so heiß ist, schwül ist es ja immer noch.« Ihre Bitte unterstrich sie mit einem gewinnenden Lächeln.

»Aber gern doch.« Frau Stock-Hellmann stand auf. »Irgendwo im Schrank habe ich für solche ›Notfälle‹ auch einen Aschenbecher.«

Da haben sich aber zwei gefunden, dachte Leo und kochte.

Die Richterin stellte einen Aschenbecher auf den Besuchertisch. Dann drehte sie sich auch zu den anderen

›Besuchern‹ um und fragte: »Möchte noch jemand ein Wasser?«

Alle einschließlich des Beschuldigten Greiner nickten und kommentierten dies mit einem »Ja, gern«, »Ja, bitte«, »Das wäre nett« und letztlich Dirk mit einem »Au, Klasse!«

Frau Stock-Hellmann lachte. »Bei so viel Durstigen muss ich kurz auf die Geschäftsstelle.« An der Tür drehte sie sich noch einmal um und ergänzte: »Nicht umsonst heißt die jetzt ja offiziell ›Serviceeinheit‹. Schauen wir, was sie für einen Service zu bieten hat.«

Ein Mitarbeiter der Geschäftsstelle brachte sechs Plastikbecher und zwei Flaschen Mineralwasser. Nachdem alle einen kräftigen Schluck genommen hatten und Dirk sich nach einem rhetorischen »Darf ich?« noch mal nachgenommen hatte, war die Rechtsanwältin erneut an der Reihe.

»Ich will gleich vorausschicken, dass mein Mandant seine Beteiligung an der Aktion, bei welcher der Pkw von Herrn Bergmann zerkratzt worden ist, vollkommen zugibt. Sie möchten bitte hieraus entnehmen, dass er mit der ganzen Geschichte reinen Tisch macht und auch den Mitverantwortlichen nicht schonen will. Er hat inzwischen erkannt, wie blödsinnig diese Aktion war und entschuldigt sich in aller Form für sein Verhalten.« Sie berichtete dann den Verlauf der Herborner Aktion unter Einschluss von Willis Beteiligung so ausführlich und umfassend, dass keiner der übrigen Anwesenden dazu eine Nachfrage stellte. Als der Name Willi fiel, wusste Leo gleich, wer gemeint war. Willi war zwar der eigentlich Tatausführende, aber Greiner nahm die volle Verantwortung auf sich. Er ließ letztlich Willi durch seine Verteidigerin als willenloses Werkzeug bezeichnen. Allein wäre Willi nicht auf die Idee gekommen und auch nicht in der Lage gewesen, eine solche Aktion durchzuführen. So jedenfalls Greiners Einlassung. Zwischendurch diktierte Frau Stock-Hellmann abschnittsweise das Protokoll auf Band. Leo hatte sich schon zu Beginn der Vorführung gewundert, dass keine Protokollantin zugezogen worden war. Die hätte doch gleich am Rechner mitschreiben können. Sofort nach Beendigung der Sitzung wäre dann das Protokoll fertig gewesen, anschließend hätte die Protokollantin gleich den Haftbefehl schreiben können. Oder wusste die Richterin bereits, dass kein Haftbefehl zu schreiben war?

»Ich komme jetzt zu dem für Sie wesentlichen Punkt, meine Dame, meine Herren.« Frau Hauenstein-Gisselberger war wieder an der Reihe. »Mein Mandant hat Herrn Bergmann nicht getötet. Er befand sich zum Todeszeitpunkt von Herrn Bergmann in seiner Wohnung, hat in seinem Bett gelegen und noch geschlafen. Und, um der entsprechenden Frage gleich vorzubeugen, allein! Ich habe Herrn Greiner gefragt, wer denn eventuell dies bestätigen könne. Er hat dies verneint. Er ist erst spät, nämlich um 9.30 Uhr aus dem Haus gegangen. Dabei hat ihn zwar seine Vermieterin gesehen. Mir ist aber klar, dass es sich dabei nicht um ein Alibi handelt, denn die Tatsache, dass mein Mandant um 9.30 Uhr beim Verlassen der Wohnung gesehen wurde, schließt seine Anwesenheit um 6.00 Uhr am Tatort nicht aus.«

»Also kein Alibi!« war der erste Beitrag von Staatsanwalt Grün.

»Ich bitte Sie, Herr Kollege. Wir wollen doch hier keine Beweislastumkehr betreiben.« Die Verteidigerin hatte sofort reagiert und wählte jetzt einen schärferen Ton. »Nicht Herr Greiner muss hier beweisen, dass er die Tat nicht begangen hat. Sie – und das muss ich einem erfahrenen Staatsanwalt nicht erläutern – müssten beweisen, dass Herr Greiner gemäß § 112 Absatz 1 Satz 1 StPO des Mordes an Herrn Bergmann dringend« – und dieses letzte Wort wiederholte sie noch einmal besonders betont – »dringend verdächtig ist und ein Haftgrund besteht. Zur Klarstellung: Ich bin überhaupt noch nicht bei der Beurteilung etwaiger Haftgründe. Es fehlt meines Erachtens im vorliegenden Fall offensichtlich schon am dringenden Tatverdacht, oder?« Dabei blickte sie freundlich die Richterin an.

Leo Trinkaus wäre am liebsten aufgesprungen und hätte ordentlich auf den Tisch gehauen. Da wollte doch diese Zicke ihren Mandanten reinwaschen, wo sich Leo sicher war, den Richtigen gefunden zu haben. Aber er musste bei dieser Veranstaltung in der zweiten Reihe bleiben. Hier war es die Aufgabe des Staatsanwaltes, den Haftbefehlsantrag zu untermauern.

Der startete auch noch einen halbherzigen Versuch. »Wir haben ja noch mehr zu bieten. Die Reifenspur und der Fußabdruck am Tatort passen auch zu Herrn Greiner und seinem Pkw.«

Fast im Chor, höchstens mit einer Zehntelsekunde Differenz ließen die beiden Damen ein »Ach nee?« hören und mussten lachen. Mit einer Geste ließ die Verteidigerin der Richterin den Vortritt. Diese bedankte sich lächelnd. »Herr Staatsanwalt, wir können ja nur spekulieren, aber es gibt sicher eine Menge Leute in der Region, die Schuhgröße 43 haben und einen VW Golf III fahren, oder?«

Aber nicht so viele, die auch ein Motiv haben, wie Herr Greiner!»

»Ein Motiv! Ein Motiv!« Jetzt polterte Ann Kathrin Hauenstein-Gisselberger los. »Hören Sie mir doch auf mit ihrem Motiv! Herr Greiner hat kein Motiv. Sonst hätte ja jedes Mitglied der Bürgerinitiative ein Motiv.« Sie wischte jedes mögliche Gegenargument mit einer Handbewegung weg. »Zumindest mal jedes Vorstandsmitglied!«

Grün durfte eigentlich ehrlicherweise dem nichts mehr entgegensetzen, wollte aber aus Solidarität mit den Kollegen der Kriminalpolizei einen letzten zaghaften Versuch unternehmen: »Die haben aber nicht diese Schuhgröße und fahren einen anderen Pkw-Typ.«

Leo und Dirk senkten den Kopf. Sie wussten, was jetzt kommen würde. Die Richterin stellte tatsächlich die Frage: »Haben Sie das denn überprüft?« Sie bekam keine Antwort. Es entstand für einen Moment eine peinlich Stimme, ehe die Richterin fortfuhr: »Na bitte, soll ich jetzt wegen des dringenden Tatverdachtes der Sachbeschädigung einen Haftbefehl ausstellen? Wegen Fluchtgefahr oder was? Herr Staatsanwalt, Sie sollten doch überdenken, ob Sie Ihren Antrag aufrechterhalten!«

Der Herr Staatsanwalt nahm den Antrag auf Erlass eines Haftbefehls zurück. Es bewahrheitete sich, dass keine Protokollantin benötigt wurde. Nun konnte in Ruhe das Protokolldiktat abgeschrieben werden. Nach diesem offiziellen Ende der Veranstaltung, stellte Leo noch klar, dass Greiner weiterhin als Beschuldigter geführt werde und das Verfahren gegen ihn nicht etwa mit dem heutigen Tag eingestellt sein.

»Daran kann ich Sie nicht hindern, Herr Trinkaus,« sagte die Richterin. Zumindest wird es ja ein Verfahren wegen Sachbeschädigung geben. Bei der Verabschiedung fragte Rechtsanwältin Hauenstein-Gisselberger noch, ob sie denn Carola grüßen solle, wenn sie jetzt in die Kanzlei zurückkäme. Sie erwartete keine Antwort, schaute auf ihre elegante Armbanduhr und stellte fest: »Ach, es wird eh zu spät, dann wird sie schon weg sein. Tschüüs!« Sie ging mit ihrem Mandanten von dannen.

33.

Es war spät geworden, aber so wollte keiner der drei nach Hause gehen. So eine Klatsche musste noch besprochen und reflektiert werden. Sie ließen sogar ihre Wagen in der Wertherstraße vor dem Gericht beziehungsweise der Staatsanwaltschaft stehen. Jetzt brauchten sie auch Bewegung, um sich den Frust abzulaufen. Wo sollten sie auf ein Bier hingehen? Die unmittelbare Umgebung des Amtsgerichts war nicht gerade mit einer Vielzahl von Kneipen gepflastert, deshalb blieb ihnen eigentlich nichts anders übrig, als erst einmal durch die Anlage in Richtung Domplatz loszugehen. Sie taten dies zunächst schweigend, bis Dirk in Höhe des Domes stehen blieb. Auch die anderen beiden hielten an.

»Wo wollen wir hin? Hauptwache? Bistro? Ratsschänke? Wirt am Dom?« Dirk wies bei jedem Namen in die jeweilige Richtung.

»Mir scheißegal!« Leo hatte sich immer noch nicht im Griff.

»Dann lasst das mal die Staatsanwaltschaft entscheiden. Wir gehen zu Nico und basta. Und du, Leo, reg dich langsam ab, es ist doch nichts passiert!«

Jeder von ihnen bestellte ein großes Bier, nachdem sie in der Ecke der Terrasse Platz genommen hatten. Dirk wollte seinen Kollegen aufrichten. »Peter hat

Recht, Leo. Es ist wirklich nichts passiert. Greiner ist noch nicht aus dem Schneider, aber eine weitere Gefahr sehe ich zumindest nicht akut. Der wird sich doch nicht den nächsten aus der Futura vornehmen, zumal ich im Moment nicht wüsste, wer das für dieses Wetzlarer Projekt sein sollte.« Er nahm noch einen kräftigen Schluck, ehe er seine Trostrede fortsetzte. Leo holte derweil seine Zigarettenschachtel hervor, deren Inhalt heute überproportional abnehmen sollte. »Schau mal, wir haben doch schon vorhin, also ich meine vor der Vorführung, die Bedenken aufgelistet. Und die stimmen nun mal! Wahrscheinlich ist es der Greiner nicht gewesen. Macht nichts, fangen wir wieder von vorn an. Wenn Hanne und ich die Unterlagen aus Kiel durchhaben und die mit Hannes Recherchen abgeglichen sind, haben wir vielleicht schon einen neuen Anhaltspunkt.«

»Wollt ihr wirklich jetzt noch alle Mitglieder der Bürgerinitiative zur Fußkontrolle antanzen lassen?« Peter Grün fragte zwar, wollte die Frage allerdings als Feststellung verstanden wissen.

Dirk schüttelte den Kopf. Leo zog zunächst die Schultern hoch, hatte aber schon eingesehen, dass ihnen das auch nicht weiterhelfen würde. Mit der identischen Schuhgröße allein würden sie der Richterin nicht imponieren. Wenn sie es objektiv betrachteten, wohl auch keinen anderen Richter.

»Was ist denn wirklich los mit dir, Leo?« Dirk musste noch mal an Leos Schale kratzen.

»Ich weiß nicht, es wäre doch schön gewesen, wenn wir den Täter schnell gehabt hätten. Und es ist doch auch nicht völlig aus der Luft gegriffen, dass Greiner als Täter in Betracht kommt.«

»Aber Leo, sonst bist du doch immer derjenige von uns, der lieber dreimal zu viel abwägt, als einmal zu wenig. Nun sieh es doch endlich ein!«

»Die beiden Weiber haben mich einfach geärgert! Basta!« Er trank einen Schluck und pumpte wie ein Maikäfer. Dann gab er sich einen Ruck. »Ihr habt ja Recht. Die beiden Weiber haben ihre Sache gut gemacht, ich bin derjenige, der schief gelegen hat. Mein Fehler, entschuldigt!«

Peter und Dirk atmeten erleichtert auf. Jetzt war er wieder »ihr Leo«. Sie tranken noch einen und klärten ab, wie sie sich gegenüber der Presse verhalten sollten. Ab jetzt würde die Polizei den Medien gegenüber keine Auskünfte mehr zu diesem Fall geben. Jetzt war die Staatsanwaltschaft zuständig, und die würde über den heutigen Tag kein Wort verlieren. Dafür würde Peter Grün sorgen. Die Öffentlichkeit könnte es als Niederlage der Ermittlungsbehörden auffassen, daran hatte die Staatsanwaltschaft aus den guten Gründen des Gemeinwohls kein Interesse.

Während der Staatsanwalt nach der Bedienung Ausschau hielt, um bezahlen zu können, fiel ihm noch etwas ein. »Sag mal, Leo, was hatte das vorhin eigentlich zu bedeuten? Die Hauenstein hat da so eine Bemerkung losgelassen. Sie wollte jemand grüßen von dir, anscheinend in ihrer Kanzlei.«

Leo erzählte von seiner Liebe und deren beruflichen Verbindung zu der Verteidigerin. Mit Peter war er nicht so eng verbunden, dass sie schon ihre privaten Verhältnisse im einzelnen ausgetauscht hatten. Deshalb konnte Grün auch mit dem Hinweis der Verteidigerin auf Carola nichts anfangen. Jetzt wurde er aber hellhörig.

»Moment Leo, da bekommen wir aber ein Problem. Du bist befangen! Da kann uns auch die Hauenstein noch Schwierigkeiten machen. Du musst dich da eigentlich rausziehen!«

Jetzt sprang Dirk seinem Freund bei. »Peter, mach mal halblang! Wir haben schon ganz andere Sachen gedreht, das fandest du auch gar nicht so verkehrt! Denk mal, wie du gelacht hast, als du letztes Jahr davon gehört hast, wie elegant Leo damals den Aal ausgebremst hat. Und jetzt kommst du so!« Dirk spielte auf einen politisch brisanten Fall des letzten Jahres an, bei dem Leo Trinkaus den eigentlich zuständigen Staatsanwalt, den sie alle »den Aal« nannten, hinters Licht geführt hatte, ohne diesen eigentlich richtig anzulügen. »Caro ist ja auch nicht die persönliche Sekretärin der Hauenstein-Gisselberger.«

Die Haftvorführung und das Zusammenspiel von Richterin und Verteidigerin hatte Staatsanwalt Grün wohl doch sehr beeindruckt. Jetzt blieb er jedenfalls hart und bestimmte, bis auf Weiteres sollte sich Leo entweder aus den Ermittlungen heraushalten oder aber gegenüber seiner Freundin eine »Sendepause«, wie er es nannte, einlegen.

Den Fall abgeben, das kam für Leo nicht in Frage! »Das ist mein Fall, und das bleibt auch meiner! Glaubst du etwa, ich kann Privates und Berufliches nicht trennen? Passe mah achde,« wieder einmal war in der Aufregung Leos Kasseläner Herkunft sprachlich durchgebrochen, »ob meine Caro nun bei Hampe, bei Mittendorp, bei Riemenschneider oder sonst einer Kanzlei oder aber beim Bäcker Eckhardt oder beim Metzger Siegfried schafft, ändert doch an meiner Arbeit in diesem Mordfall nichts! Jetzt bleib aber mal auf dem Teppich!«

»Es tut mir ja leid, Leo. Ich glaube dir ja, aber es ist zu heiß. Deine Carola kommt in der Kanzlei an die Akten ran. Sie kann, wenn auch unbewusst, Mandantengespräche mit Greiner mithören oder was aufschnappen. Und damit besteht die Möglichkeit, dass du an Informationen kommst, die du nicht bekommen darfst.«

Es ging noch einige Zeit hin und her, aber letztlich blieb Staatsanwalt Grün bei seiner Entscheidung. Seine mehrfachen Entschuldigungen konnten Leo auch nicht aufrichten. Dann verabschiedeten sie sich in gedrückter Stimmung. Peter Grün und Dirk Roß machten sich auf den Heimweg, nur Leo blieb noch sitzen.

Er bestellte sich gegen alle Gewohnheit noch ein Bier und ließ sich den Nachmittag noch einmal durch den Kopf gehen. Dann rief er Carola an.

»Hallo, mein Muckel. Schön, dass du dich meldest. Wird es heute später bei dir, mein liebster Chefermittler? Hast du einen neuen Auftrag für deine Privatdetektivin?« Carola sprach ganz liebevoll und konnte nicht wissen, dass sie in einer Wunde bohrte.

»Weißt du denn nicht, was heute Nachmittag passiert ist?« Ihr Muckel war wirklich überrascht.

»Nein! Um Gottes Willen, hoffentlich nichts Schlimmes!«

»Wie man es nimmt. Eure Neue hat die Verteidigung von Greiner übernommen.«

»Was meinst du mit ›eure Neue‹? Du sprichst in Rätseln.«

»Na ja, eure neue Doppelnamen-Anwältin.«

»Ach, du meinst Frau Hauenstein-Gisselberger. Da weiß ich nichts von! Wieso ist das so schlimm, die ist eben auch Strafrechtlerin.«

Wie sag ich es meiner Caro, überlegte Leo. Es war ein beschissener Tag. Zunächst hatte er noch von Greiners vorläufiger Festnahme bis zur Haftvorführung alle wesentlichen Regeln der Ermittlungsarbeit außer Acht gelassen, dann die Quittung dafür von Frau Stock-Hellmann bekommen und schließlich – als wäre dies nicht schon genug – von Peter Grün vor die Alternative zwischen Pest und Cholera gestellt worden. »Wir dürfen uns mit im Moment nicht sehen, Caro. Staatsanwalt Grün hat mir die ›gelbe Karte‹ gezeigt.« Er berichtete ausführlich, aber umständlich.

»Aber ich habe doch quasi nichts mit Frau Hauenstein-Gisselberger zu tun. Das weißt du doch selbst! Ich arbeite doch im Notariatsbereich, du kennst doch meinen Chef.«

»Ja, natürlich weiß ich das. Aber Peter Grün ist einfach die Gefahr zu groß, dass du Informationen über mich oder ich über dich bekommen könnte, die dann an die ›andere Seite‹, wenn ich das so sagen darf, gelangen könnten.« Caro wollte widersprechen, aber Leo war noch nicht fertig. »Warte mal, Caro. Selbst wenn wir kein Wort über diesen Fall wechseln, so könnte doch bei uns in der Direktion, bei der Staatsanwaltschaft oder bei euch in der Kanzlei der Verdacht aufkommen.«

»Aber Leo!« Caro verstand die ganze Argumentation nicht und wurde richtig sauer. »Das können die doch auch denken, wenn wir uns in der Zwischenzeit nicht mehr sehen und auch nicht miteinander reden. Oder?«

»Das stimmt, Liebes. Aber das können wir nicht verhindern. Ich soll jedenfalls von mir aus alles Nötige tun, um für mich selbst die Vorkehrungen zu treffen. Wenn Grün weiß, wir sehen uns nicht und reden nicht miteinander, dann ist es ihm egal, was andere meinen.« Er musste schlucken. »Du wirst mir sehr fehlen. Ich genieße es inzwischen, mit dir über meine Arbeit zu sprechen. Deshalb kann ich jetzt nur so schnell wie möglich klären, ob Greiner nun der Täter war oder nicht. Ich will diese ›Kontaktsperre‹ doch nicht. Ich liebe dich, mein Schatz.«

»Ich liebe dich auch. Deshalb will ich auch diese Kontaktsperre nicht, verstehst du das?« Es trat für einen Moment eine Stille in der Konversation ein. Dann bohrte Caro weiter. »Warum können Hanne und Dirk eigentlich den Fall nicht allein fertig machen? Du könntest ja schließlich auch gerade krank sein, dann müsste es doch auch ohne dich gehen, oder?«

Die korrekteste und kürzeste Antwort wäre eigentlich ein knappes »Ja!« gewesen, so wollte es Leo allerdings nicht ausdrücken, auch wenn er kein Politiker war. »Erstens bin ich nicht krank und zweitens kennst du mich doch. Hast du nicht letztes Jahr anlässlich dieser beschissenen Unterbrechung unseres ersten Abends bei mir gesagt, also sinngemäß, so wäre das halt, wenn man sich mit einem Kripomenschen einlassen würde? Ich mag das doch auch nicht, mein Schatz!«

»Ach Muckel, natürlich habe ich das damals gesagt. Es fällt nur so schwer zu begreifen, dass für dich der Beruf vor unserer Beziehung rangiert.«

»Das tut er nicht! Zumindest nicht grundsätzlich! Er überlagert unsere Beziehung nur kurzzeitig.«

»Ach Muckel, du bist blöd! Versprich mir eins: Gleich morgen redest du noch mal mit Jobst darüber. Dann soll eben der noch einmal bei der Staatsanwaltschaft Druck machen, es muss doch einen Weg geben, dass du deinem Beruf nachgehen kannst, ohne mich auszugrenzen. Versprichst Du?«

»Ja, großes Ehrenwort! Und schlaf gut, mein Schatz!«

»Das werde ich nicht!«

Leo trank sein Bier aus und ging im doppelten Sinne betröppelt zu Fuß nach Hause zur Frankfurter Straße in seine eigene Wohnung. Es hatte nämlich plötzlich wieder angefangen zu regnen.

34.

Als Stephan Trinkaus die Wohnungstür aufschloss, hörte er die Klänge von »Oh, What A Perfect Day« aus dem Wohnzimmer schallen. Er drehte sich zu Franzi um und flüsterte. »Au weia, dicke Luft! Mein Daddy hat Herzschmerz. Dann spielt er Lou Reed, gleich kommt ›Walk On A Wild Side‹ und ganz schlimm wird es bei ›Früher oda später‹ von Wolfgang Ambros. Kennst du?« Franzi schüttelte den Kopf. Konnte sie in ihrem Alter auch schlecht kennen, wenn sie nicht gerade Eltern hatte, die auf dieser Musik standen oder sie manchmal brauchten. Stephan musste erläutern. »Das Original ist von Bob Dylan. ›One Of Us Must Know‹. Und das fängt bei Ambros für Herzschmerzkranke so schön an.« Er sang seiner Franzi leise vor, immer noch in der Tür stehend. »I hob net wolln, dass´d mir jetzt bees bist.«

Franzi gluckste »Okay, kapiert!« Sie kicherten miteinander und nutzten die Gelegenheit, sich zu streicheln und zu küssen. Das junge Glück hatte die Probleme von Stephans Vater im Moment nicht. Aber auch sie wussten schon, dass Probleme in Beziehungskisten ganz schlimme Schmerzen auslösen konnten. Sie gingen zur Begrüßung ins Wohnzimmer.

»Hallo, Herr Trinkaus!« rief Franzi freundlich.

Stephan entschied sich für die direkte Art. »Hallo Papa, du zu Hause? Hängt der Haussegen schief? Krach mit Carola?« Drei Fragen auf einmal.

»´N Abend ihr beiden. Ich hänge schief, sonst niemand. Aber wie kommst du darauf? Kannst du Gedanken lesen?«

»Nee, ich kenne nur immer noch deinen Musikgeschmack und bin inzwischen alt genug zu wissen, was es bedeutet, wenn du Lou Reed hörst. Gleich kommt dann sicher,« er brach den Satz ab, weil »Walk On A Wild Side« gerade fertig war und wartete auf den Anfang des nächsten Titel. Prompt begann Ambros mit »I hob net wolln, dass´d mir jetzt bees bist.« Stephan lachte los und vollendete jetzt den angefangen Satz mit den Worten »Wolfgang Ambros. Entschuldige Papa, ist nicht böse gemeint. Erzähl mal!«

Und Papa erzählte die verzwickte Geschichte seinem erwachsenen oder zumindest volljährigen Sohn und dessen Freundin. Nachdem er geendet hatte, schaltete Stephan eigenmächtig die Stereoanlage mit einem »Schluss mit dem Trübsalblasen!« ab. Jetzt mussten sich Vater und Sohn also wieder eine Weile gemeinsam in der Frankfurter Straße arrangieren. Franzi wollte beim »Aufrichten« helfen und bot sich an, für alle drei ein formidables Abendessen zu richten. Nach einer Weile kam sie mit Rühreiern mit Speck und Toastbrot zurück. Es wurde ein schöner Abend.

35.

Kriminalhauptkommissar Klaus Kellner saß an seinem Schreibtisch im K 23, dem Kommissariat, das für die

Ermittlungen von Vermögens- und Fälschungsdelikten zuständig war. Wie jeden Morgen nahm er sich nach der Lektüre der Tageszeitung und dem Genuss eines Bechers Kräutertee und zweier Knäckebrote mit Halbfettmargarine und Tomaten den Stapel der eingegangenen Post vor. Jetzt, im letzten Jahr vor seiner Pensionierung, konnte ihn nichts mehr aus der Ruhe bringen. Inzwischen dauerte die tägliche rituelle Anlaufphase auch schon ein bisschen länger.

Heute befand sich mal wieder ein anonymer Brief in der Post. Das Kuvert war bereits im Posteingang aufgeschnitten worden, unter dem Eingangsstempel hatte der stellvertretende Inspektionsleiter, Jobst Aßmann, sein »BR« vermerkt. Auch wenn dies im allgemeinen Sprachgebrauch der Ämter als »Bin ratlos« gezeichnet wurde, sollte es »Bitte Rücksprache« bedeuten. Ein diagonaler Blick zeigte Kellner sofort, dass der Anonymus oder die Anonyma meinte, Hintergründe zum neuen Logo der Stadt Wetzlar mitteilen zu müssen. Da Kellner als regelmäßiger Zeitungsleser die veröffentlichte Meinung zu diesem Komplex kannte und sich selbst als wertkonservativ bezeichnete, studierte er mit Interesse den Brief.

Dieser befand sich nicht etwa in einer Klarsichthülle, um eventuelle Spuren noch sichern zu können. Dies hatten sich die Beamten abgewöhnt. Zum einen wurden anonyme Briefe im Zweifel nicht verwertet, zum anderen war eigentlich niemand mehr so blöd, Spuren auf dem Papier zu hinterlassen. Computergefertigte Briefe, wie ihn Klaus Kellner gerade vor sich hatte, bedeuteten für die Kriminaltechniker auch nicht mehr die Herausforderung, die früher die gute alte Schreibmaschine auslöste. Damals konnte ein Mann wie KTA Udo Kempf noch mit der Lupe Unregelmäßigkeiten im

Schriftbild aufspüren. Heutzutage wusste er schon nach dem ersten Blick, dass es sich zum Beispiel um »Word, Arial 12 pt« handelte. Letztlich war es auch egal, ob man nun einen Nörgler, Bekenner, Hobbydetektiv oder Besserwisser ausfindig machen konnte, der zu feige war, mit seinem Namen gerade zu stehen.

Kellner las:

»Betreff: Machenschaften in der Stadtverwaltung Wetzlar

Sehr geehrte Damen und Herren!

Ich möchte Sie darauf aufmerksam machen, dass es unbedingt notwendig ist, sich einmal mit der Vergabepraxis der Stadt Wetzlar zu beschäftigen. Dies wäre eine dankbare Aufgabe für die Kriminalpolizei. Ich denke da z. B. an die jüngst durchgeführte Vergabe für das neue Logo der Stadt Wetzlar. Sollten Sie der Meinung sein, hier wäre zuerst ein Magistratsbeschluss gefasst worden, ein Logo zu entwickeln, dann eine Ausschreibung und danach die Vergabe für die Entwicklung erfolgt, so liegen Sie schief.

Bei uns läuft das anders. Da wird zunächst mit jemand gesprochen, der das Logo machen soll. Wenn das dann fertig ist, wird so eben nebenbei im Magistrat nachträglich die Vergabe des Auftrages beschlossen, damit der Graphiker sein Geld bekommt. Ich würde Ihnen empfehlen, doch mal Herrn Stadtrat Schwetzer zu fragen, wie er das hinbekommen hat, ohne die übrigen Magistratsmitglieder hellhörig zu machen.

Aber das mit dem Logo und seinen Kosten von 40.000 Euro sind ja nur peanuts. Sie sollten sich mal die Akten aus Schwetzers Baubereich anschauen, z.B. die Vorhaben ›Nussmühle‹, ›Ostergarten‹ oder ›Anger‹, um nur einige zu nennen. Wie zufällig kommen immer die

Spezis von Herrn Schwetzer zum Zuge, auch wenn sie sich hinter diversen Firmen verstecken. Und wer macht die Hand auf?

Mit freundlichen Grüßen

Ein gesetzestreuer Bürger«

Kellner nahm einen Schluck und las den Brief noch einmal langsam durch, ehe er sich auf den Weg zu Jobst Aßmann machte.

Als er nach seiner kurzen Besprechung Aßmanns Zimmer wieder verließ, saßen Hanne Ziegler und Dirk Roß schon im Vorzimmer und ließen sich von B.A. mit Kaffee und Plätzchen verwöhnen. Dirk hob einen Arm zum Gruße. »Morjen Klaus!«

»Guten Morgen, das ›Bistro Alexander‹ ist ja schon wieder gut besucht.«

Alle wussten, es wäre erfolglos, Kellner Kaffee oder Plätzchen anzubieten. Er war im Hause bekannt für seine spartanische Lebensweise. Hanne sagte ganz lieb: »Wir haben ja nur gewartet, bis du mit Jobst fertig bist. Nicht nur K 23 hat mit dem Chef wichtige Dinge zu besprechen.«

Mit einem »Ihr seid doch die Wichtigsten hier!« verließ Kellner den Raum.

36.

Rein gefühlsmäßig hatte Leo die ganze Nacht kein Auge zugemacht. Das stimmte natürlich nicht, aber es war auch nicht weiter verwunderlich, dass er bei seiner Gemütslage lange wachgelegen, sich von einer Seite auf die andere gewälzt hatte und zwischendurch häufig wach geworden war. Er tastete im Unterbewusstsein oft neben sich, aber da war weder die warme weiche Haut seiner Liebsten noch das Fell des kleinen Schmusers, nichts. Erst gegen morgen kam der Erschöpfungsschlaf über ihn und schaltete seine innere Uhr aus. So wurde er nicht um sechs wach, hatte auch vergessen, den Wecker zu stellen. Heute weckte ihn auch keine feuchte Hundezunge, um ihm anzuzeigen, es wäre Zeit auf die erste Runde zu gehen.

Gegen halb neun trieb ihn der Blasendruck aus dem Bett in das Badezimmer. In seinem geräderten Zustand hätte er sich fast den Kopf an der Badezimmertür angeschlagen, es war nämlich abgeschlossen. Erst jetzt nahm er die trällernde hohe Stimme aus dem Badezimmer wahr. »Steph, bist du´s?«

»Nein!« brummte Leo. »Beeil dich, Franzi, ich muss mal!«

Franzi entschuldigte sich, brach ihre Morgentoilette ab und öffnete schon eine knappe halbe Minute später die Tür. Sie hatte sich notdürftig ein Badelaken umgeschlungen und noch nasse Haare. »Dann muss ich wohl unterbrechen. Guten Morgen!«

Nach dem zweiten fliegenden Badezimmerwechsel tauchte auch ein morgenmuffeliger Stephan auf, der an diesem Tage erst zur Spätschicht musste, der letzten seines Zivildienstes. Danach würde er mit Franzi Urlaub machen und diesen dazu nutzen zu klären, wie es mit ihnen weitergehen sollte. Wo würde sie einen Studienplatz bekommen? Könnten sie zusammenbleiben? Aber dazu müsste er sich auch endlich entscheiden, wie er sich seinen weiteren Ausbildungsweg vorstellte. Leo war jedenfalls an diesem Morgen froh, nicht allein zu sein, zumal seine Gedanken immer wieder zu einem anderen Haushalt am Brückenborn schweiften.

37.

Als Leo nach zehn Uhr sein Dienstzimmer betrat, war dieses leer. Von Dirk war nichts zu sehen. Er öffnete die Tür zum Nachbarzimmer, auch Hanne war ausgeflogen. Da er nicht gerade behaupten konnte, von großer Arbeitsmotivation gepackt zu sein, ging er einen Stock höher. Dann werde ich eben mal B.A. auf den Wecker fallen, dachte er.

B. A. sprang auf, kam auf Leo zugelaufen und nahm ihn in den Arm, noch ehe dieser richtig im Zimmer stand. »Mein armer armer Leo! Du erzwungener Strohwitwer! Aber geh mal schnell rein, da gibt es eine Überraschung für Dich!« Sie schob Leo vor sich her. An der Tür zu Aßmanns Zimmer hielt sie kurz inne. »Halt, warte! Nimm dir gleich noch eine Tasse mit!« Sie drehte sich zum Schrank, drückte Leo eine Tasse mit Untertasse in die Hand, öffnete die Tür und schob Leo hinein. »Schaut mal, wer da kommt!«

Leo blickte indigniert in die Runde. »Was ist denn los, B. A.? Wollt ihr mich jetzt alle verkackeiern?«

»Setz dich erst mal.« Jobst strahlte. »Vor einer Minute habe ich den Hörer hingelegt. Wir haben gemeinsam Peter bearbeitet – und zwar erfolgreich!«

Hanne, B.A., Dirk und Jobst grölten wie Hooligans beim Fußballspiel. Sie hatten es tatsächlich geschafft, dem Staatsanwalt zu vermitteln, wie schwachsinnig die »Kontaktsperre« war. Solange selbst die Verteidigerin Leos Verbindung zu Carola nicht als Verfahrenshindernis sehen würde, gab es keinen vernünftigen Grund, die beiden Verliebten schmoren zu lassen. Als Kompromiss hatten sie sich darauf geeinigt, Leo nicht unmittelbar in Kontakt zu Greiner treten zu lassen, falls eine solche Kontaktaufnahme tatsächlich noch notwendig werden sollte. Leo fiel ein Stein vom Herzen. »Kann ich mal telefonieren?« Natürlich durfte er, dass er es konnte, wussten eh alle. Sein Gespräch mit Carola dauerte nicht lange. »Braucht ihr mich heute noch?«

»Leo, wir sind doch keine Unmenschen,« beantwortete Jobst die Frage. »Hanne und Dirk sind noch nicht mit ihren Recherchen fertig. Jetzt geht es wieder von vorne los. Wir haben alle mehr davon, wenn du morgen wieder voll da bist.«

»Aber übertreibs nicht,« rief Dirk. »Du bist nicht mehr der Jüngste!«

Hanne stand auf, streichelte Leo kurz den Arm und flüsterte »Ich freue mich für euch.« Auch B. A. knuffte Leo nochmals freundschaftlich, ehe dieser zügig und verlegen das Zimmer verließ.

38.

Die Besprechung zwischen Kriminalhauptkommissar Klaus Kellner und seinem Vorgesetzten Jobst Aßmann hatte nicht lange gedauert. Nun saß Kellner wieder an seinem Schreibtisch und hatte schon die ersten Telefonate geführt. Auch Aßmann war der Auffassung, diesen anonymen Brief dürfe man nicht einfach zur Seite legen, zumindest sollte Kellner seine Beziehungen spielen lassen, die er sich im Laufe seiner Dienstjahre aufgebaut hatte. Würde sich schon relativ früh ergeben, dass hier ein Querulant am Werke war, könne man die Sache immer noch ad acta legen.

Kellner führte insgesamt zehn Telefonate mit Männern und Frauen aus der Stadtverwaltung, aus der Baubranche und dem Bereich Design. Sieben Telefonate erwiesen sich als mehr oder weniger überflüssig, weil sie nicht mehr Informationen boten, als Kellner ohnehin als fleißigem Zeitungsleser und regelmäßigem Nachrichtenhörer schon bekannt waren. Aber die übrigen drei Telefonate waren doch interessant.

Eine Designerin machte sich über das neue Logo lustig. Sie hatte die Abbildung in den letzten Tagen im Rahmen der Pressekampagne in der Zeitung gesehen. Jeder, der einen Pinsel oder Stift halten könne und sich auch nur eine Spur von Kreativität bewahrt hätte, könne solch ein Logo fabrizieren. »Da hätte die Stadt auch eine Schulklasse dransetzen können, die wäre zumindest genau so erfolgreich gewesen!« So, wie sie das Wort »erfolgreich« betonte, wusste Kellner, was gemeint war.

»Was kostet denn so was?« wollte Kellner wissen. »Zehn?«

Die Antwort »Ja, vielleicht auch zwanzig Euro für die Klassenkasse.« verunsicherte Kellner dann doch. Er hatte nur in der Kurzform gesprochen und meinte natürlich zehntausend Euro. Deshalb fragte er noch einmal nach. »Und wenn das eine Firma gemacht hat?«

»Vergiss es, Klaus! Das war nie im Leben ein Profi – und wenn, hätte er dafür kein Geld nehmen dürfen. Höchstens `ne Aufwandsentschädigung für ein Blatt Papier und drei Farbstifte.«

Sein Gewährsmann aus der Stadtverwaltung verhielt sich zunächst sehr bedeckt, flüsterte dann allerdings in den Hörer, so etwas könne man am Telefon nicht besprechen. Er wollte sich stattdessen mit Kellner in einer Kneipe treffen. Dies wiederum lag dem Kriminalbeamten fern, so dass dessen Gegenvorschlag einen Besuch bei ihm in der Polizeistation vorsah. Dort wollte aber der Gewährsmann nicht gesehen werden. Schließlich einigten sie sich auf einen gemeinsamen Spaziergang in freier Wildbahn am Nachmittag um fünf Uhr. Als Treffpunkt vereinbarten sie die Einfahrt zum Kloster Altenberg.

Das Gespräch mit einem Mitarbeiter einer Wetzlarer Baufirma konnte einen Anfangsverdacht begründen, musste es aber nicht. Es konnte auch lediglich Ausdruck der Enttäuschung desjenigen sein, der bei vielen Ausschreibungen nicht zum Zuge gekommen war. Als Kellner die Begriffe »Nussmühle«, »Ostergarten« und »Anger« einwarf, stutzte sein Gesprächspartner.

»Stimmt! Da sind wir überall nicht zum Zuge gekommen! Gerade bei ›Ostergarten‹ und ›Anger‹ waren wir uns eigentlich sicher, das beste Angebot abgegeben zu haben, aber es wurde nichts. Und wir waren schon bis ans Limit gegangen, weil es uns nur auf den Umsatz ankam.«

»Wissen Sie noch, wer damals den Zuschlag bekommen hat?«

»Aber ja, das war niemand aus Wetzlar, das waren auswärtige Firmen. Das heißt, genau habe ich es nicht mehr im Kopf, da müsste ich nachschauen. Beim ›Ostergarten‹ war es, glaube ich, die Firma Bauermann, irgendwo im Südhessischen. Soll ich Sie zurückrufen? Ist da was dran?«

»Im Moment reine Routine, es geht mir eigentlich um einen anderen Zusammenhang. Aber interessieren würde es mich schon. Natürlich wie immer: Vertraulich!«

»Klar, ich melde mich!«

Er rief tatsächlich nach einer halben Stunde zurück. Klaus Kellner war gerade dabei, das Wasser für einen Pfefferminztee zu kochen. Er schaltete den Kocher vorsorglich ab, nahm den Telefonhörer hoch und meldete sich: »Kellner.«

»Ich habe die Informationen, die Sie wollten. Haben Sie was zum Schreiben?«

»Hmm. Hab ich.«

»Also: Beim Projekt ›Ostergarten‹ hat tatsächlich die Firma Bauermann GmbH aus Heusenstamm den Zuschlag bekommen, beim ›Anger‹ war es die Firma Ro-Bau GmbH, aber nicht mit ›h‹ – wie roh oder gekocht – sondern nur mit ›r‹ und ›o‹, das ist wohl die Abkürzung des Namens des Geschäftsführers Rosner. Die Firma sitzt übrigens in Haiger. Beide Firmen wurden als Generalunternehmer eingesetzt.«

»Alle Achtung! Wie konnten Sie das so schnell herausbekommen?«

»Das war relativ einfach. Es gab damals heftigen Zoff wegen der Aufträge. Genaueres weiß ich allerdings nicht. Aber mir ist gleich nach Ihrem Anruf eingefallen, dass der Zoff damals durch sogenannte Kompensationsgeschäfte beigelegt wurde, da brauchte ich dann nur die Unterlagen rauszusuchen.«

»Aha!« war alles, was Kellner darauf in Erwartung weiterer Erläuterungen sagte.

»Ja, wir haben dann von beiden Firmen wieder einen Teil der Gewerke übernommen, also als Subunternehmer, was jeweils ungefähr dreißig Prozent des Gesamtauftrages ausmachte. Da ist auch für uns noch was hängen geblieben, obwohl wir da wieder was von weitergeben mussten.«

»Was heißt ›weitergeben‹, sind da Schmiergelder geflossen?«

»Nein, das wäre ja ungesetzlich. Natürlich nicht! Entschuldigung, ich meine damit, dass wir wiederum einen Subunternehmer beauftragen mussten, für den Erdaushub, für teures Geld, weil wir dazu keine Kapazitäten hatten. Glücklicherweise hatten wir inzwischen andere Aufträge bekommen. Die Firma für den Erdaushub hatte uns übrigens Bauermann empfohlen.«

»Können Sie mir zufällig auch noch den Namen dieser Firma sagen?«

»Oh, scheint ja eine größere Sache zu sein.«

»Nein, ich mache nur gerade einen Fortbildungskurs über das Vergabewesen. Ich soll hier den Bereich übernehmen, da ist es immer gut, Kontakte zu haben und die richtigen Leute zu kennen.« Das klang nicht schlecht, würde aber wohl einen alten Hasen nicht überzeugen. »Also, wer hat den Erdaushub gemacht?«

»Das war beide Male die Firma Gehlen aus Wetzlar.«

»Vielen Dank, da haben Sie mir aber sehr weitergeholfen. Dafür dürfen Sie mir auch mal einen Stein in den Garten werfen!« Kellner lachte. »Nur schade, dass Sie mir zur ›Nussmühle‹ nichts sagen konnten.«

»Halt, stopp, Herr Kellner. Das habe ich durch Zufall auch erfahren. Ist ja schon über zwei Jahre her. Damals hat die ASCEND BAU den Zuschlag bekommen, es lief aber anders. Da hatten wir von Anfang an keine Chance, von vornherein hatte Distelkötter das schon arrangiert.« Der Informant meinte, zu dem Namen Distelkötter keine nähere Erläuterung geben zu müssen, war dieser doch wegen seiner späteren Kandidatur für den Landratsposten zu einer, wie man dies oft nannte, »Figur der kommunalen Zeitgeschichte« geworden.

Kellner hätte natürlich noch gern die Rechtsformen der Baufirmen gewusst, soweit sein Informant diese nicht genannt hatte. Er wollte aber nicht überziehen und beließ es dabei. Er bedankte sich nochmals für die schnelle und diskrete Hilfe. Als er mit dem Satz schloss »Wie gesagt, Sie dürfen mir dann auch«, wurde er von seinem Gesprächspartner unterbrochen.

»Ich weiß doch: Einen Stein in den Garten werfen.« Er lachte.

Mit diesem Gespräch konnte Klaus Kellner sehr zufrieden sein. Als Nächstes ging er daran, die Handelsregisterauszüge für die genannten Firmen anzufordern. Sollte dies nicht reichen, würde er auch an die Hauptakten herankommen.

39.

Während im K 23 Klaus Kellner versuchte, durch diverse Telefonate zu ergründen, ob an dem anonymen Brief etwas »dran war«, brüteten im K 10 Hanne Ziegler und Dirk Roß über den Unterlagen für den Betrieb von Windkraftanlagen, um ihre Erkenntnisse aus der ersten Durchsicht der Kieler Informationen zu vertiefen. Da ihr Kollege Trinkaus zur gleichen Zeit zwischenmenschliche Kontakte pflegte, konnte dieser zumindest in dieser Phase keine beruflichen Fehler machen.

Die Grundstruktur der Firmenkonglomerate stellte sich im Grunde genommen immer gleich dar. Im Mittelpunkt stand jeweils eine Mutter-GmbH, die als Energieagentur in Vorhaben der Nutzung erneuerbarer Energien investiert. Diese Mutter hatte dann Töchter zu gebären. Dies waren Beteiligungsgesellschaften, die in einer bestimmten Region die Planung, Errichtung und den Betrieb von Anlagen zur Gewinnung von elektrischer Energie aus Wind vornahmen, und zwar in der Gesellschaftsform einer GmbH & Co. KG. Persönlich haftende Gesellschafterin, also Komplementärin, dieser Kommanditgesellschaften wurde eine Beteiligungs-GmbH. Im Konzernbereich gab es im Zweifel nur eine Beteiligungs-GmbH, die dann in den unterschiedlichsten KGs als Komplementärin auftrat. Sie gehörte zu 100 % der Mutter-GmbH.

Diese wiederum ging als erste Kommanditistin mit einer kleinen Einlage in die Betreiber-KG und hatte dafür zu sorgen, dass weitere Kommanditisten gefunden wurden, die sich beteiligen wollten. Die in den ersten Jahren zu erwartenden Verluste waren für diejenigen interessant, die diese Verluste steuerlich absetzen konnten. Später sollten dann Gewinne zu einer relativ guten Verzinsung des eingelegten Kapitals führen. Hauptsächlich für die Mutter-GmbH und den dahinter stehenden Gesellschaftern.

Auch in diesem Ökologiebereich, so bestätigte sich Hanne Ziegler ihre früheren Vermutungen, geht es zu, wie im ganz gewöhnlichen Kapitalismus. Aber warum auch nicht? Sie streckte sich, weil sie sich durch das lange Sitzen am Rechner verkrampft hatte.

Aus den Unterlagen, die Dirk Roß aus Bergmanns Aktenordner entnommen hatte, konnte Hanne nun auch diese Struktur auf den Futura-Fall übertragen. Die Futura Energie GmbH in Kiel war die Mutter-GmbH. Diese hatte die Futura Energieanlagen-Beteiligungsgesellschaft mbH gegründet, welche persönlich haftende Gesellschafterin in vielen Kommanditgesellschaften der Futura war und diese Position demnächst in der Dalheim-

WIND Gesellschaft mbH & Co. KG in Wetzlar übernehmen sollte. Aus diesen Unterlagen, insbesondere dem Entwurf eines Beteiligungsprospektes für DalheimWIND ergab sich, dass zunächst die Mutter-GmbH die Verhandlungen um den Ankauf der Grundstücke führen würde. Sollten Grundstückseigentümer nicht verkaufsbereit sein, musste versucht werden, diese zum Abschluss langfristiger Gestattungsverträge zu bewegen. Außerdem würde von Kiel aus der Bauantrag zur Errichtung des Windparks bei der Stadt Wetzlar gestellt werden. Die Mutter-GmbH wollte die gesamte Anlage errichten und dann der KG vor Ort zu einem Festpreis verkaufen.

Dirk musste feststellen, dass eigentlich außer diesen allgemeinen Informationsunterlagen nur noch persönliche Papiere in Bergmanns Ordnern zu finden waren, Zeugnisse, Arbeitsverträge und Steuerunterlagen. Für die Motivsuche also nichts oder aber ein weites Feld. Schließlich fand er aber noch einen aus der Zeitung ausgeschnittenen Artikel, der sich mit einem neuen Engagement der mihevag beschäftigte. Er ging damit zu Hanne hinüber.

»Schau mal, Hanne, was ich gefunden habe. Kannst du da noch mal nachbohren?«

Seine Kollegin blickte fragend auf. »Klar! Worum geht's?«

Dirk hielt ihr den Presseartikel hin. »Die mihevag will jetzt auch in Windkraft machen!«

Hanne ging auf die Homepage der mihevag, über ein paar links wusste sie aufgrund ihrer inzwischen erworbenen Fachkenntnisse bald mehr. Dirk setzte sich währenddessen hin und trank einen Kaffee, nachdem er die

Suche nach einer sauberen Tasse erfolgreich beendet hatte.

»Ich hab es!« Hanne hatte den richtigen Durchblick. »Kann ich auch gut verstehen. Warum sollte die mihevag teuer bei fremden Windparkbetreibern deren Strom bezahlen? Wenn der Preis schon fest geschrieben ist, kann man doch daran noch verdienen. Man muss eben selbst eine Wind-Energie-Firma gründen. Dann zahlt sie zwar immer noch den selben Preis, verdient ihn aber mit der Tochterfirma. Nicht schlecht! Eine »mihevag-wind gmbh« ist schon vorsorglich gegründet. Sicher versprechen sich die umliegenden Landkreise als Anteilseigner der mihevag davon eine Verbesserung ihrer miesen Haushaltslage.«

Dirk kam ins Grübeln. »Meinst du, da könnte ein Konkurrenzkampf zwischen Futura und mihevag am Laufen sein?«

»Warum nicht«, antwortete Hanne spontan. »Müssen wir morgen mal mit Leo drüber sprechen, wenn er wieder ansprechbar ist.«

40.

Kurz nach siebzehn Uhr an diesem Donnerstag nahmen zwei einsame Wanderer vom Kloster Altenberg aus den steinigen Weg in Richtung Dalheim, genauer gesagt: In Richtung zum Dalheimer Grillplatz. Es war ihnen nicht bewusst, dass sie sich damit einem Ort näherten, an dem die derzeitige Ermittlungsarbeit des K 10 ihren Ausgangspunkt hatte.

Kriminalhauptkommissar Kellner hatte sein Fahrrad einfach an der Klostermauer angelehnt und abgeschlossen. Als ökologisch bewusst und auch sonst gesund lebender Mensch benutzte er vom Frühjahr bis zum späten Herbst für den Großteil seiner privaten und dienstlichen Fahrten dieses Fortbewegungsmittel. Die Strecke von der Frankfurter Straße zum Altenberg war ihm als Solmser Bürger wohlbekannt, fuhr er doch jeden Morgen und jeden Abend im Lahntal am Altenberg entlang. Der gut ausgebaute Radweg führte ihn sicher von Niederbiel bis nach Wetzlar hinein. Morgens fuhr er häufig in Begleitung eines weiteren passionierten Radlers, eines Nachbarn, der als »höheres Tier« in der Kreisverwaltung arbeitete. Seit diesem Jahr gestaltete sich ihre Fahrtstrekke noch komfortabler, nachdem endlich die Fußgänger- und Radfahrerbrücke über die Dill fertiggestellt worden war. An diesem Nachmittag brauchte er nur einen kleinen Umweg auf seiner Fahrt nach Hause zu nehmen, die »Bergwertung« zum Altenberg hinauf, um sich mit seinem Informanten zu treffen.

Sie schlenderten den Weg entlang. Obwohl niemand zuhören konnte, sprachen sie relativ leise, was den konspirativen Charakter des Spaziergangs betonte.

»Was haben Sie für Informationen für mich?«

»Es geht um das Logo. Das hat ja eine Eigendynamik entwickelt! Aber das ist ja oft so bei Kleinigkeiten.« Als Kellner ihn fragend anschaute, erklärte er: »Na ja, für die Öffentlichkeit ist das scheinbar keine Kleinigkeit. Das merkt man schon an dem Presserummel. Ich meinte das eher finanziell gesehen. Wissen Sie, Herr Kellner, ich glaube inzwischen, die Summe, um die es geht, muss nur groß genug sein, damit Otto Normalbürger sie sich nicht mehr richtig vorstellen kann. Dann geht jede Schieberei durch, ohne dass es jemand mitbekommt.«

Hier musste Kellner doch relativieren. »Manchmal bekommt es aber doch jemand mit!«

Der Informant nickte zustimmend. »Da haben Sie Recht, ich meine das ja nur so allgemein. Und beim Logo, was Sie so interessiert, klemmt es eben auch.« Er unterbrach den Dialog für einen Moment, um sich eine Zigarette anzustecken. Vorher hielt er die Packung auch Kellner hin. Der schüttelte aber nur angewidert den Kopf. »Weder die ›Lenkungsgruppe c.i.‹, noch der Magistrat...«

Klaus Kellner konnte mit dem englisch ausgesprochenen »Si ai« nichts anfangen und fragte dazwischen.

Der Informant hatte als Mitarbeiter der Stadtverwaltung wie selbstverständlich vorausgesetzt, jeder, also auch Kellner, wüsste etwas mit dieser Abkürzung anzufangen. »Ach so, Entschuldigung. Ich meine die ›Lenkungsgruppe corporate identity‹ bei uns. Also weder die, noch der Magistrat als Ganzes wollten dieses Logo so haben.« Hier brach er ab. Es kam ihnen nämlich ein Rentnerehepaar auf seinem Spaziergang entgegen. Sie grüßten freundlich, Kellner und sein Informant grüßten zurück. Dann herrschte zunächst Funkstille, bis sie sich außer Hörweite zuzüglich eines Sicherheitsabstandes befanden. Dann fuhr der Informant fort: »Ich glaube, früher hat in der Verwaltung eigentlich nie jemand den Begriff ›Logo‹ benutzt. Da war es eben das Stadtwappen, was wir auf dem Briefpapier hatten.«

»Wer war denn dann so scharf auf das Dingen?«

»Na, Schwetzer, der Stadtrat, hat das gepusht, ohne Ende! Aber ich jedenfalls habe mir abgewöhnt, mich über so was aufzuregen. Ich habe noch zwei Jahre, und dann habe ich mir den Ruhestand auch verdient! Oder?«

So eindeutig konnte Kellner die rhetorische Frage nicht beantworten, dazu hatte er zu wenig Informationen über die dienstlichen Leistungen seines Informanten. Deshalb blieb er einfach stumm und wartete auf die Fortsetzung. Die folgte auch sogleich mit einer Schimpfkanonade auf Stadtrat Schwetzer.

Inzwischen hatten sie kurz vor der Höhe über Dalheim eine Weggabelung erreicht, hielten sich links und gingen zum Waldrand weiter. Dort nahmen sie auf einer Bank Platz, hatten an diesem Tag allerdings keine Muße für den Blick über das Lahntal. Bis zum Schloss Braunfels konnte man bei klarem Himmel sehen. Kellner holte einen kleinen Block und einen Stift aus seiner Hosentasche und fertigte erste Notizen.

»Also?« Kellner schaute seinen Begleiter erwartungsvoll an.

»Ja, das Tolle ist folgendes: Schwetzer hat seinen Herzenswunsch nach einem neuen Logo nicht etwa im Magistrat vorgebracht, sondern es einfach durch einen Spezi entwickeln lassen. Nachdem es dann schon fertig war, hat er sich vom Magistrat das Geld dafür bewilligen lassen. Genau weiß ich es nicht, soviel ich aber gehört habe, dachten die Magisträter, nach ihrem Bewilligungsbeschluss sollte überhaupt erst ein Logo-Vorschlag entwickelt werden. Aber es war schon da und sollte plötzlich schon offiziell benutzt werden.«

Kellner fühlte sich in dem bestätigt, was ihm anonym angetragen worden war. »Hat denn niemand der Magistratskollegen aufgemuckt? Da müsste doch der Oberbürgermeister einschreiten, oder?«

»Aufgemuckt wurde erst, als der Presserummel anfing, aber dann auch nur intern.«

»Und was ist mit dem Oberbürgermeister?« Klaus Kellner fragte nach. Er vermochte auf Anhieb nicht zu erkennen, ob sein Informant bewusst die Beantwortung seiner zweiten Frage ausgelassen oder in seiner Erregung sich zunächst nur auf die erste Frage konzentriert hatte.

Letzteres traf aber zu, denn jetzt antwortete er spontan. »Nee, der hängt sich da nicht sofort rein. Unter Mitmann gilt, dass jeder Dezernent für seinen Bereich selbst verantwortlich ist und Fehler allein auszubügeln hat. Und das Dingen wurde von Schwetzer nun mal als Wirtschaftsförderung verkauft, eigentlich auch Blödsinn. Aber inzwischen ist das Logo intern schon wieder gestoppt, bis auf Weiteres, wie es so schön heißt.«

»Ich habe aber in der Zeitung von dem Gerücht gelesen, Max Mitmann wolle sich mit dem Logo ein Denkmal setzen. Deshalb sehe es aus wie ›MM‹?«

»Das ist doch nur Lästerei. Das hängt alles zu an Schwetzer!« Es entstand eine kleine Pause.

Aber Kellner hatte noch eine Frage. »Und wer ist der Spezi, der den Auftrag bekommen hat?«

»Das weiß ich nicht, an die Unterlagen komme ich nicht ran. Zumindest wird es schwer, denn da müsste ich noch andere anzapfen. Das ist auffällig und Sie wissen ja, dass ich vorsichtig sein muss.«

Kellner nickte. Ihm war die Geschichte noch in Erinnerung. Vor ungefähr zwei Jahren hatte sich sein derzeitiger Banknachbar erfolglos auf eine Abteilungsleiterstelle in Schwetzers Dezernat beworben. Gewisse »Unregelmäßigkeiten« wurden ihm von Schwetzer vorgeworfen, die aber offiziell nie verfolgt worden waren.

»Ist das denn so wichtig?« hakte der Informant nach.

Der Kriminalpolizist schüttelte den Kopf. »Im Moment sicher nicht. Auf jeden Fall aber vielen Dank für die Informationen, vielleicht komme ich noch einmal darauf zurück!« Er erhob sich.

Sein Banknachbar tat es ihm gleich, zertrat die Kippe seiner Zigarette und begann eine Bitte zu formulieren: »Herr Kellner, denken Sie aber daran, das muss alles...«

Kellner unterbrach ihn mit einer Handbewegung. »Ich weiß doch, es muss alles unter uns und vertraulich bleiben.«

Getrennt gingen sie zu ihren Fahrzeugen zurück. Auf der Fahrt bergab in Richtung Oberbiel war sich Kellner immer noch nicht schlüssig, ob im Fall »Logo« ein strafrechtlichen relevantes Handeln vorliegen würde. Vielleicht wollte sein Informant auch nur die alte Rechnung von vor zwei Jahren begleichen.

41.

Carola und Leo schwebten an diesem Tag im siebten Liebeshimmel. Nach Stunden großer Zärtlichkeit führte Leo abends seine Carola aus. Er hatte die Pizzeria »Adria« in der Wetzlarer Weißadlergasse ausgewählt; sie wollten also zunächst bei Lisa und Rocco speisen. Eigentlich hätte sich an diesem Abend nach seiner Vorgeschichte auch bestens ein »Dinner for two« zu Hause angeboten, aber Leo hatte noch einen zweiten Punkt im Programm. Noch in der Polizeistation hatte er bei einem Kollegen den Veranstaltungsteil der Zeitung studiert und ein »Wiedergutmachungskonzert« gefunden.

Deshalb saßen sie jetzt in der »Adria«. Zunächst wollten sie draußen Platz nehmen, aber Carola fröstelte leicht. An diesem Abend blies etwas Wind durch die enge Gasse. Im Lokal war es aber sehr angenehm. Seit zur Straße hin die großen Fenster eingebaut waren, hatte sich das Ambiente des Restaurants sehr zum Positiven verändert. Die Fenster waren fast schon Türen, jetzt waren sie geöffnet, so dass man das Gefühl hatte, im Freien zu sitzen, aber eben sehr geschützt. Mehrere prachtvolle Hortensiensträuße schmückten den Raum, die Tischdecken passten sich im Farbton an, dafür hatte Lisa ein Händchen.

Noch ehe Rocco mit Speisekarten kam, strich Caro ihrem Schatz über den Unterarm. »Schau mal, Muckel, so was in der Art gehört einfach in jede Pizzeria in Deutschland.« Sie wies mit dem Kopf in Richtung Ausgang. Dort stand eine Kopie von Michelangelos David ungefähr im Maßstab 1:4.

Leo lachte. »Sieht doch gut aus! Rocco sollte das Lokal vielleicht in Pizzeria ›Firenze‹ oder ›Palazzo Vecchio‹ umbenennen.«

»Ach du!« Carola spielte die Empörte. »Du siehst das zu rational! Das passt auch so gut!«

»Meine Meinung, mein Liebling!« Er schaute sich um. »Ein bisschen Kitsch gehört dazu!«

Rocco hatte die italienischen Namen gehört und kam an ihren Tisch. »Scusi?« Er wurde sogleich über Leos Assoziationen zu David aufgeklärt und musste nun auch lachen. »Dies ist die ›Adria‹ und bleibt die ›Adria‹. Aber den David räumen wir trotzdem nicht raus!«

Da beide tagsüber nicht zum Essen gekommen waren, hatten sie jetzt einen Mordshunger. Carola begann mit einer »Minestrone«, während Leo einen kleinen »Insalata Capriciosa« genüsslich verspeiste. Lisa hatte Barbera und Mineralwasser gebracht und erkundigte sich, ob alles nach dem Geschmack der Gäste war. Zwischen Vorspeise und Hauptgang schmiedeten sie Pläne für einen Urlaub. Wenn der Fall, über den sie nicht reden durften und inzwischen auch nicht mehr reden wollten, abgeschlossen sein würde, wollten sie losfahren. Aber allein die Erwähnung des Wortes »Fall« führte bei Leo zu einer kurzzeitigen Verfinsterung seines Gesichtsausdruckes.

»Lasagne mit frischen Steinpilzen« wählte Carola als Hauptgang, Leo entschied sich für ein »Steak Valdostana«, also ein Schweinesteak mit Schinken und Käse überbacken in Tomatensoße mit Pommes Frites und Salat. Nach einem ersten Probehappen schwärmte Leo ob seiner vortrefflichen Wahl und reichte Carola seine Gabel zum Kosten über den Tisch. »Wirklich toll!« pflichtete Carola ihm bei. Sie selbst wartete lieber, bis ihre Lasagne die Ofenhitze abgegeben hatte und schnitt dazu die Oberfläche des Nudelteiges ein. Der Dampf stieg auf. Nachdem das Gericht mundgerecht abgekühlt war, konnte auch Carola die Lasagne genießen. Auch Leo musste eine Gabel voll probieren. Während des Essens schmiedeten sie weiter an ihren Kurzurlaubsplänen.

Zwischenzeitlich betrat ein Pärchen das Lokal. Noch bevor sie am Nachbartisch Platz nahmen, kamen Lisa und Rocco zur Begrüßung auf sie zu. Stammgäste wurden besonders herzlich begrüßt. »Stellt euch vor, wir haben kurz vor Ladenschluss noch eine Lexikonreihe verkauft«, flüsterte die Frau zu Lisa gerichtet, allerdings nicht leise genug für das Kriminalistenohr. »Da haben wir gedacht, wir kommen zu euch rüber und feiern das mit einem Essen!«

Wie in der großen Altstadtfamilie üblich, freute sich Lisa mit den Nachbarn und strich der Frau kurz über deren Oberarm. »Prima, dann haben wir auch noch was davon, Barbara!« Lisa lachte und fragte wegen der Getränke nur »Wie immer?«

Caro und ihr Leo mussten ihre Urlaubsplanungen aber aus einem anderen Grund unterbrechen. Hanne und Jens Ziegler kamen überraschenderweise in das Lokal.

»Dürfen wir denn das junge Glück heute stören, oder sollen wir uns in die hinterste Ecke setzen?« Hanne grinste breit. Natürlich durften die beiden sich dazu setzen. Sowohl Carola als auch Leo kannten inzwischen ihr »Schlappmaul« so gut, dass sie wussten, wie lieb die Frage gemeint war. Da ihr Söhnchen Sven bei den Großeltern schlief, wollten sich die Eltern einen schönen Abend genehmigen.

Leo ermahnte seine Kollegin. »Denk daran, Hanne, kein Wort zu unserem Fall! Nun setzt euch endlich!«

Hanne schüttelte in Zeitlupe den Kopf und machte dadurch auch Carola aufmerksam. »Lieber Leo, das wird nicht mehr lange gelten. Greiners Verteidigerin hat sich heute schon gemeldet, die hat wahrhaftig eine Zeugin gefunden. Greiner hat ein Alibi!«

Carola atmete erleichtert aus, Leo hingegen konnte einen gewissen Ärger nicht verbergen. Dafür bekam er einen Knuff von Carola über den Tisch hinweg. »Nun freu dich doch, Muckel! Für uns!«

Hanne erklärte weiter. »Greiners Vermieterin ist eine alte Dame. Die leidet unter Schlafstörungen. Außerdem ist sie zwar nicht neugierig, aber eben interessiert an allen Dingen, die so in der Umgebung passieren. Deshalb hat sie an dem Montagmorgen ab fünf Uhr am Fenster gesessen und rausgeschaut. Greiners Wagen hat die ganze Zeit vor der Tür gestanden, bis er dann gegen halb zehn weggefahren ist. Wir haben es schon überprüft.«

Leo gab sich noch nicht geschlagen. »Er kann ja auch zu Fuß – vielleicht hintenrum – weggegangen sein. Vielleicht war die alte Dame da gerade auf dem Pippiklo!«

Hanne war im Begriff zu verzweifeln. »Leo, du alter Dickkopf! Verrenn´ dich nicht immer tiefer! Dann stimmt doch deine eigene Argumentation nicht mehr. Wie sollen denn Greiners Reifenspuren an den Tatort gekommen sein, wenn er zu Fuß dorthin ist?«

»Okay, okay! Ich gebe mich geschlagen!« Er wirkte jetzt aufrichtig, konnte sich aber einen Nachsatz nicht verkneifen. »Aber dann geben wir die Akte nach Herborn zurück an Rolf Zufall. Der soll dann zumindest das Verfahren wegen Sachbeschädigung weiterführen.«

»Ja! Damit die arme Seele Ruhe hat. Aber in den Knast wird Greiner dafür nicht müssen!« Hanne holte tief Luft und setzte hinzu: »Nun freue dich doch endlich mal! Und jetzt Schluss mit dem Dienstlichen!« Sie beugte sich über die Speisekarte und frage ihren Mann: »Was nimmst du?«

Jens Ziegler schlug als Pastaliebhaber sofort die für ihn richtige Seite der Karte auf und musste nicht lange suchen. »Ich nehme ›Tagliatelle Paesane‹!« Die Bandnudeln mit Schinken, frischen Champignons und Zwiebeln in einer Tomaten-Sahnesoße kannte er bereits. »Wenn du auch was Nudeliges nimmst, helfe ich dir gern.«

Aber Hanne hatte ihre eigenen Vorstellungen und entschied sich für eine schlichte Pizza, allerdings die »Pizza Jörgito Spezial«. Dabei handelte es sich um das Leibgericht des früheren Wirtes einer Katakombenkneipe in der Nachbarschaft: eine Pizza mit Schinken, Salami und grünen Peperoni. Auch dabei blieb noch ein Eckchen für Jens übrig.

Als Rocco nach ihren Wünschen für das Dessert fragte, wehrten alle bis auf Carola ab. Hanne strich zur Erklärung mit der flachen Hand über den nur in ihrer Fantasie vorhandenen Bauchansatz, Jens hatte nichts mit Süßem im Sinn und nahm lieber gleich einen Grappa. Leos Magen war mit Vorspeise und Hauptgang genügend gefüllt, aber ein Latte Macchiato tat ihm zur Abrundung gut. Carola hingegen verdrückte mit großem Appetit noch ein Stück Tiramisu.

Dann widmeten sie sich zu viert dem durch Zieglers Eintreffen unterbrochenen Thema »Wahl eines Urlaubsortes«. Hanne und Jens schwärmten von der Insel Rügen und der reizvollen Topografie.

»Wasser wäre nicht schlecht«, meinte Carola und Leo nickte.

»Wenn ihr allerdings ein bisschen mehr Seegang haben und nicht kraxeln wollt,« warf Jens ein, »dann nehmt doch Norderney! Aber bitte beides nicht in der Hauptsaison und nicht in den Schulferien. Für den Herbst eine tolle Erholung, wenn ihr keine Sonnenanbeter seid.«

Selbstverständlich spendierte Rocco noch eine Runde, ehe sie die »Adria« verließen. Der so nicht geplante, aber doch schöne Abend mit Zieglers führte zu einer Abänderung von Leos Abendprogramm. Der Konzertbesuch fiel aus. Eigentlich hatte er seine Carola mit einem Besuch im »Franzis« überraschen wollten. Dort spielte an diesem Abend John »Big Mouth« Harriman, eine Blueslegende von knapp 70 Jahren und immer noch on tour.

42.

Leo erschien ausgeruht, quasi als neuer Mensch, nach seinem freien Tag zum Dienst. Auf seinem Schreibtisch lagen schon Hannes und Dirks Ermittlungsberichte vom vorigen Tag. Inzwischen hatte er tatsächlich den notwendigen Abstand gewonnen und seine Fehler bei der Fixierung auf Herrn Greiner eingesehen.

Er begrüßte Dirk lediglich kurz und nahm sich die Berichte vor. Mit Dirk konnte er ohnehin schlecht sprechen, der mampfte nämlich schon um diese Uhrzeit an seinem Zweitfrühstück. Leo las zunächst Hannes letzte Erkenntnisse über Greiners Alibi, sah noch einmal schwarz auf weiß, was er am Vorabend schon in der »Adria« erfahren hatte. Logischerweise verfügte er, die Aktenteile, die sich mit der »Kratzaktion« in Herborn beschäftigten, aus der Akte herauszunehmen und unter der ursprünglichen ZK-Nummer zuständigkeitshalber an die Polizeistation Herborn zurückzugeben. Lediglich Kopien für die hiesige Ermittlungsakte sollten gefertigt werden. Den Abschlussvermerk formulierte er wie folgt: »Es bestehen derzeit keine nachweisbaren Anhaltspunkte für eine strafrechtlich relevante Beteiligung des Beschuldigten Greiner an der Tötung des Bergmann. Aufgrund seines Geständnisses (Bl. 14 f. d. A.) ist er lediglich wegen der Sachbeschädigung am Fahrzeug des Geschädigten überführt. Für die Fortführung dieses Verfahrens ist K 10 nicht zuständig.«

Willi fiel ihm wieder ein. Vielleicht war der auch nur an der Kratzaktion in Herborn beteiligt. Hanne könnte noch mal mit der Rechtsanwältin Hauenstein-Gisselberger sprechen, das Gerichtsprotokoll war schließlich noch nicht da. Wenn Hanne den vollständigen Namen und die Adresse von diesem Willi hätte, müsste sie dessen Alibi für den Tötungszeitpunkt überprüfen. Leo ärgerte sich nochmals über sein benageltes Verrennen. Dabei hatte er bei der Vorführung Greiners vergessen, sich diese Daten über Willi gleich zu notieren. Aber er machte sich ohnehin keine Hoffnungen, über Willi der Lösung seines Falles näherzukommen. Er ging kurz zu Hanne hinüber und gab ihr den Vermerk mit den entsprechenden Anweisungen.

Dann begann seine Nachhilfestunde in Sachen »Organisation der Windkraftanlagenbetreiber«. Als er Dirks Schlusssatz las, aus Bergmanns Aktenordner seien nur dürftige Informationen und ein kleiner Hinweis auf eine Konkurrentenauseinandersetzung zu entnehmen, hielt er inne, blickte an die Zimmerdecke und schlug kräftig auf die Schreibtischplatte. Er brüllte los. »So eine Scheiße! Was bin ich für ein Idiot!«

Dirk zuckte zusammen. Er hatte sich gerade deshalb so erschreckt, weil sie gegen ihre sonstige Gewohnheit kaum ein Wort miteinander gewechselt hatten. So konzentriert hatte sich Leo in die Berichte vertieft. Noch ehe Dirk nachfragen konnte, nahm Leo den Telefonhörer in die Hand und wählte.

»Hallo Udo! Ich bin´s, Leo!«

»Hallo Leo! Hast du dich wieder beruhigt?«

»Was meinst du?«

»Ja, ich weiß natürlich auch schon von deinem Kamikaze-Ritt gegen diesen Geschäftsführer der Bürgerinitiative.«

»Danke für die Blumen. Ich bin wieder okay, Fehler machen wir doch alle, oder? Aber da wir gerade bei ›Fehler‹ sind, deswegen rufe ich an. Hast du inzwischen Bergmanns Wohnung in Herborn untersucht?«

Udo Kempf, der kriminaltechnische Angestellte, zögerte etwas mit der Antwort. »Nein, noch nicht. Du hattest doch gesagt, auf ein paar Tage komme es nicht an.«

Leo hätte jede Wette angenommen, dass er das so nie gesagt hatte. »So ein Quatsch! Ich habe gesagt, auf einen, mein Lieber, auf einen Tag käme es nicht an!«

Noch ehe Leo sich weiter in Rage reden konnte, hisste Udo verbal die weiße Fahne und begann mit Friedensverhandlungen: »Tut mir leid, Leo. Du kennst mich doch. Das habe ich doch nicht absichtlich gemacht. Viele Kommissariate wollen meine Hilfe, ich drehe keine Däumchen!« Er legte eine kleine Pause ein, um zu erkunden, wie Leo reagierte. Der blieb aber stumm. Ein gutes Zeichen! Udo fuhr fort: »Gleich morgen, nein morgen ist ja Samstag, gleich am Montag kümmere ich mich um die Wohnung, versprochen! Entschuldige, ich schiebe es dazwischen.«

»Danke! Und noch was: Hast du in dem Elektromobil ein Schlepp...«

»Notebook« flüsterte Dirk schwer verständlich mit vollem Mund dazwischen.

»...also ein Notebook gefunden?«

»Nein, nichts außer dem, was ihr schon habt. Warum?«

Leo erklärte, Dirk würde meinen, Bergmann hätte sicher auch ein Notebook gehabt. Vielleicht lag es in Bergmanns BMW. Erst bei diesem Gedanken ging Leo auf, dass er von diesem Fahrzeug , welches sicher immer noch auf dem Parkplatz vor dem Haus stand, dem KTA noch nichts gesagt hatte. Er holte dies jetzt nach und gab das Kennzeichen durch. Die Auswertung der Rechner könnte den Ermittlungen eine entscheidende Richtung geben.

Nachdem das Telefonat beendet war, blickte Dirk seinen Freund schuldbewusst an. Er wischte sich den Mund ab, schluckte einen Bissen herunter und unterbrach seine Lieblingsbeschäftigung. »Da hätte ich eigentlich auch drauf kommen können. Nicht nur du bist ein Idiot, Leo. Ich auch! Gerade weil du so benagelt auf Greiner losgegangen bist, hätte ich der Wohnungsuntersuchung und dem Rechner nachgehen müssen.«

»Dann sind wir jetzt eben quitt!« Mit der Hand zog er einen Schlussstrich und stand auf. »Ich gehe mal eben hoch zu Klaus Kellner vom K 23, noch etwas Nachhilfe in Wirtschaftssachen nehmen.«

43.

Kaum hatte Leo das Zimmer verlassen, klingelte das Telefon. Dirk nahm den Hörer ab. Es war der Geschäftsführer der Futura Energie GmbH aus Kiel. Sie begrüßten sich. Der Arbeitgeber wollte eine über den Tod seines Mitarbeiters hinaus wirkende Fürsorgepflicht erfüllen. »Ich wollte mich mal erkundigen, ob Herrn Bergmanns Beerdigung schon vorbereitet werden kann. Wir von der Futura wollen ihm ein ordentliches Begräbnis verschaffen.«

»Da muss ich erst bei der Staatsanwaltschaft nachfragen, ob die Leiche schon freigegeben werden kann«, antwortete Dirk. »Ich werde mich gleich erkundigen und mich dann sofort bei Ihnen melden. Sind Sie unter der Nummer zu erreichen, von der Sie jetzt sprechen?«

Der Geschäftsführer bejahte dies, Dirk schrieb sich die Nummer vom Display seines Telefonapparates ab, legte auf und wählte die Durchwahlnummer von Staatsanwalt Peter Grün.

»Hallo Peter, hier ist Dirk. Es geht um die Sache Bergmann. Der Chef von der Kieler Windfirma hat gerade angerufen wegen der Beerdigung. Kannst du die Leiche freigeben?"

Grün überlegte kurz. »Liegen die gerichtsmedizinischen Berichte alle bei euch vor? Wie sieht es danach aus?«

Dirk blätterte vorsorglich noch einmal die Akte durch. »Ja, ist alles da! Todeszeitpunkt, Art und Kaliber der Waffe, Todesart steht alles fest. Es brauchen keine weiteren Untersuchungen mehr durchgeführt werden. Bloß geholfen hat es uns noch nicht.«

»Na, dann gebe ich die Leiche frei. Ich erledige das sofort und lass euch den Wisch rüberschicken, okay?«

Dirk stimmte zu. »Dann sage ich dem Chef Bescheid. Aber noch was: Wie ist es denn mit dem ›Hustenbollerchen‹. Das ist doch auch noch sichergestellt. Können wir das auch freigeben?«

»Wie bitte?« Peter Grün war aus den Ermittlungen noch kein ermittlungsrelevantes ›Hustenbollerchen‹ bekannt. Er ließ sich aufklären. Dirk meinte Bergmanns Dienstwagen, das Elektromobil. Da die Kriminaltechniker dieses kleine Ding auch schon von vorn bis hinten inspiziert hatten, konnte es auch endlich vom Hof. »Gibt es sonst was Neues?« Der Staatsanwalt wollte das Telefonat gleich nutzen, um auf dem neuesten Informationsstand zu kommen.

»Nichts von Bedeutung. Leo ist gerade zu Klaus Kellner vom K 23 gegangen, um sich in Sachen Wirtschaftskriminalität Nachhilfe geben zu lassen. Es könnte doch Konkurrentenkämpfe zwischen der Kieler Firma und anderen sein.« Dirk dachte nach und hing dann ein »Oder so!« an.

»Ich liebe weiterbildungswillige Hilfsbeamte der Staatsanwaltschaft, tschüs!« Peter lachte und legte auf.

Nun griff sich Dirk den Notizzettel mit der Kieler Telefonnummer und rief den Geschäftsführer zurück. Er teilte ihm die Freigabe von Leiche und Fahrzeug mit. Da Bergmann allem Anschein nach keine persönlichen Bindungen im mittelhessischen Raum aufgebaut hatte und auch keine Angehörigen mehr lebten, sollte die Leiche nach Kiel überführt und dort beigesetzt werden. Dies wollte die Firma organisieren, man würde sich dann auch um die Grabpflege kümmern. Der Mitarbeiter der Firma, mit dem Bergmann näheren Kontakt hatte, wollte dies übernehmen.

Die Frage nach ersten Ermittlungserfolgen musste Dirk leider verneinen.

44.

Am selben Freitagvormittag liefen die kleinen grauen Zellen des Kriminalhauptkommissars Kellner auf Hochtouren. Zuvor bescherte ihm sein Guten-Morgen-Anlauf-Ritual viel Vergnügen. Zwar mundeten ihm wie immer Kräutertee und Knäckebrot, aber für das besondere Vergnügen zeichnete die Chefredaktion der Zeitung verantwortlich: Dort hatte man eine neue Phase der »Logo-Kampagne« eingeläutet. Für diesen Abend lud die Zeitung die Wetzlarer Bevölkerung zu einer Podiumsdiskussion in den großen Saal des Stadthauses am Dom ein. »Die Zeitung macht mobil« sollte auch in Zukunft als Titel für derartige Aktionen gelten, wenn die Zeitung der Leserschaft mitzuteilen meinte, für oder gegen welche Politik »der kleine Mann auf der Straße« aktiv aufzutreten habe. Die Abendveranstaltung stand unter dem Motto »Warum brauchen wir (k)ein neues Logo?«. Die Zeitung freute sich mitteilen zu können, sie hätte eine kompetente Persönlichkeit gefunden, welche die Podiumsdiskussion moderieren würde: Den Dezernenten für Bauen, Umwelt und Wirtschaftsförderung der Stadt Wetzlar, Herrn Stadtrat Schwetzer! Er sollte zwischen den unterschiedlichen Auffassungen vermitteln.

Also nicht nur Moderator, sondern auch Mediator, dachte Kellner. Da haben sie ja den Bock zum Gärtner gemacht! Nach seinen bisherigen Informationen war Schwetzer derjenige, der als Haupttriebfeder das ganze Fiasko erst herbeigeführt hatte. Und der sollte nun vermitteln. Neben ihm sollten auf dem Podium Vertreterinnen und Vertreter der Historischen Gesellschaft Wetzlar, des Bundes offensiver Rückbesinnung in Stadtangelegenheiten und der Gesellschaft für Heimatkultur sitzen. Die Position der Stadtverwaltung sollte Oberbürgermeister Max Mitmann erläutern, er hatte sich allerdings ausbedungen, einen Mitarbeiter aus der Lenkungsgruppe corporate identity mitzubringen. Schließlich würde der stellvertretende Chefredakteur der Zeitung, Peter-Michael Fetzig, quasi als Ombudsman der Leserschaft das Podium vervollständigen.

Für einen solchen Quatsch würde Karl Kellner den Abend nicht opfern, er konnte sich schon denken, wie es ausgehen würde. Trotzdem griff er zum Telefon und rief seinen Informanten in der Stadtverwaltung an. Auch der hatte natürlich schon die Zeitung gelesen.

»Sagen Sie mal, warum moderiert denn nicht der Mitmann, das kann der doch so gut? Der könnte doch den Schwetzer den Eiertanz überlassen, die städtische Position zu vertreten.«

»Richtig, aber ich vermute dahinter die Kollegialität unter den hauptamtlichen Magistratsmitgliedern. Wer Mist gebaut hat, soll auch die Chance erhalten, das wieder glatt zu bügeln. Ich glaube, das habe ich Ihnen schon gestern erklärt. Jeder kämpft für sein Dezernat allein. Aber wie ich unseren OB kenne, wird der auch keine Lanze für das neue Logo brechen, sondern sich auf die Position zurückziehen, alles sei erst einmal ein unverbindlicher Vorschlag gewesen. Endgültig sei noch nichts entschieden. Schließlich dürfe es doch kein Denkverbot für die Lenkungsgruppe geben in einem demokratischen Rechtsstaat. Sollte mich wundern, wenn es nicht so kommen würde. Und hier im Flur stehen schon die Kisten mit dem neuen Briefpapier!«

Kellner bedankte sich und hakte das Thema Logo erst einmal ab. Er wandte sich dann dem Problem zu, die Firmen und die dahinterstehenden Personen zu durchleuchten, die bei den Bauvorhaben »Ostergarten« und »Anger« zum Zuge gekommen waren, die Firmen Bauermann GmbH aus Heusenstamm und Ro-Bau GmbH aus Haiger. Außerdem musste er die Firma Gehlen aus Wetzlar im Auge behalten, die als Subunternehmerin den Erdaushub vorgenommen hatte. Das Projekt »Nussmühle« meinte er erst einmal vernachlässigen zu können, weil ihm das Bindeglied Distelkötter zwischen Stadtverwaltung und der Firma ASCEND

BAU schon deutlich zeigte, wie es gelaufen war: Distelkötters politische Beziehungen hatten den Abschluss des Geschäfts nicht gerade behindert.

Der Kriminalbeamte surfte zunächst im Internet, dann schrieb er ein paar e-mails. Im Gegensatz zu Leo Trinkaus fühlte sich Klaus Kellner im Internet heimisch, was allerdings auch Voraussetzung für eine erfolgreiche Arbeit in seinem Tätigkeitsfeld war. Kellner wurde von vielen Kollegen immer noch verkannt, einige der Jüngeren taten ihn wegen seiner Ernährungsweise und seines Fortbewegungsmittels als »Öko« ab. Selbst zu Beginn des 21. Jahrhunderts klang dies noch abfällig, obwohl das Thema Umweltschutz inzwischen wie selbstverständlich zum Repertoire aller relevanten Parteien gehörte, oftmals allerdings im wahrsten Sinne des Wortes. Im ersten Jahr seiner Tätigkeit in Wetzlar hatte Leo aus dem Kollegenkreis mal den dummen Spruch gehört: Wenn der Klaus Kellner mit seinem Rad unterwegs ist, trinkt er höchstens einen Saft aus gewaltfrei gepressten heimischen unbehandelten Äpfeln! Hatte man einmal dieses Etikett, war es schwer, dieses wieder loszuwerden. Aber Kellners berufliche Erfolge sprachen für sich. Und wer von den Kollegen hatte nicht kleinere oder größere Macken, vielleicht mit Ausnahme von Dirk Roß?

Auf den Homepages der Firmen fand Kellner nähere Informationen, anschließend waren die Handelsregisterauszüge schnell beschafft. Geschäftsführer der Bauermann GmbH war ein Ralf Bauermann, Jahrgang 1953. Steffen Rosner hieß der Geschäftsführer der Ro-Bau GmbH aus Haiger, er war 47 Jahre alt. Die Wetzlarer Firma Gehlen war keine Gesellschaft, hierbei handelte es sich um eine Einzelfirma. Inhaber war inzwischen ein junger Mann namens Tahsin Ecevit. Über die tatsächlichen Gesellschafter gaben die Handelsregisterauszüge keine Auskunft. Dazu benötigte Kellner die Auskünfte aus den jeweiligen Hauptakten, in denen sich die Gesellschaftsverträge befanden. Aber das würde dauern. Er war es gewohnt, langsam aber stetig sein Ziel zu verfolgen. Zunächst einmal konnte er von den Namen her keine Verbindung zu Schwetzer ziehen. Schwetzer war nicht verheiratet, das wusste Kellner. Aber auch der Name von dessen Lebensgefährtin, Steffi Schlicht, half im Moment nicht weiter. Dieser Name war damals schnell Stadtgespräch geworden, als die Verbindung der beiden publik wurde. Es wurden Wetten vorgeschlagen, diese Frau würde im Falle einer Heirat niemals einen Doppelnamen annehmen. Es fand sich aber niemand, der dagegen hielt.

Wenn Klaus Kellner die Namen der Gesellschafter ermittelt haben würde, sollte der nächste Schritt einer mühevollen Kleinarbeit beginnen. Er hatte diesen Schritt schon vor ein paar Jahren während eines anderen Ermittlungsverfahrens mit Erfolg praktiziert. Damals wurde er mit einem Straßenköter verglichen, der sich festgebissen hatte: Über die Namen, Geburtstage und Geburtsorte hatte er die Standesämter ermittelt, darüber die Eltern, dann die Geschwister. Dann ermittelte er bei den Einwohnermeldeämtern die Adressen, was ihn zu den Wohnortstandesämtern führte. Dort konnte er schließlich in den Familienbüchern »stöbern«. Mit seinem System war ein Korruptionsring geknackt worden, der letztlich nur aus Mitgliedern einer einzigen weitverzweigten Familie bestand, was auf den ersten und zweiten Blick nicht erkennbar gewesen war. So wollte er nun auch verfahren, vielleicht würde es das letzte große Ding in seinem Berufsleben werden.

Er hatte allerdings keine Zeit, diesen Gedanken weiter nachzuhängen, denn es klopfte an der Tür.

45.

»Hallo Klaus, hast du mal ein paar Minuten Zeit für mich?« Leo Trinkaus steckte seinen Kopf herein, die Türklinke noch in der Hand haltend.

»Komm rein, guten Morgen Leo!« Klaus stand auf und reichte Leo die Hand. »Darf ich dir einen Tee anbieten? Kamille? Pfefferminz? Oder Melisse?« Nach einem kurzen Abwägen erschien Leo der Melissentee als das geringste Übel. Er wollte nicht unhöflich sein und das Angebot ganz ablehnen. Klaus nahm seinen elektrischen Wasserkocher und verließ das Zimmer, um Wasser zu holen. Nachdem er zurückgekommen war, wechselten sie ein paar belanglose Sätze über ihre Erleichterung, dass die ganz große Hitze endlich abgeklungen war. Leo erkundigte sich, ob das Radfahren für Klaus während der Hitzephase nicht zu gefährlich – wegen der Ozonwerte – gewesen sei. Erst als Klaus den Teebeutel in Leos Tasse versenkt und sich wieder gesetzt hatte, begann ihr dienstliches Gespräch.

»So, was hast du auf dem Herzen, Leo?«

»Es wäre schön, wenn du mir mit deinen Fachkenntnissen helfen könntest. Ich habe da gerade einen Fall, da muss mal jemand drüber nachdenken, der wirtschaftlichen Fachverstand hat.«

»Geht's um den Windparkmanager?«

Leo nickte und erzählte in groben Zügen den Stand der Ermittlungen. Am Ende der Erläuterungen kam er auf seine Bitte zu sprechen: »Ich würde jetzt gern einmal mit dem Stadtrat Schwetzer reden, um von ihm zu hören, was denn die Stadt wirklich vorhat. Weißt du, ohne das Politikerbrimborium. Einfach mal so auf den Zahn fühlen.«

Kellner nickte und schmunzelte.

Diese Reaktion deutete Leo allerdings falsch. »Ist das so lustig? Ich hätte dich eben gern dabei. Erstens fallen dir vielleicht Fragen ein, auf die ich nicht kommen würde. Zweitens kannst du die eine oder andere Antwort des Herrn Stadtrates sicher besser einordnen.«

Klaus wehrte ab. »Das ist gar nicht lustig, ich habe wegen etwas anderem schmunzeln müssen! Ich gehe sogar sehr gern mit dir, denn Schwetzer interessiert auch mich im Moment beruflich.« Leo schaute erstaunt auf. Jetzt war Klaus Kellner derjenige, der einen Kollegen in seine derzeitige Ermittlungsarbeit einführte. Sie wurden sich schnell einig. Selbst der Tee schmeckte nicht so schlecht, wie der passionierte Kaffeetrinker Trinkaus befürchtet hatte.

Leo rief sogleich in der Stadtverwaltung an und hatte Glück: Schwetzers Vorzimmerdame konnte oder durfte durchstellen. Kellner hörte über Lautsprecher mit. »Hier ist Trinkaus, Kripo Wetzlar. Guten Morgen Herr Schwetzer.«

Der Stadtrat erwiderte den Gruß und fragte: »Was kann ich für Sie tun?«

»Wir ermitteln in dem Mordfall Bergmann. Sie wissen ja, der Mitarbeiter der Firma Futura, die sich hier wegen eines Windparkes engagieren will.«

Schwetzer wusste und wollte gern helfen, soweit ihm dies möglich war. »Mir ist jetzt aber nicht so ganz klar, was wir als Stadt damit...«

»Das möchte ich Ihnen gern erläutern,« unterbrach ihn Leo. »Wir sind gerade dabei uns einen Gesamtüberblick zu verschaffen. Dazu gehört natürlich auch der Planungsstand der Anlage. Hat die Stadt schon die rechtlichen Voraussetzungen geschaffen? Wie sehen die im einzelnen aus? Gib es Schwierigkeiten mit Grundstückseigentümern? Interessieren sich Konkurrenzunternehmen für dieselbe Nutzung? Sie sehen, da sind doch einige Fragen. Ich würde gerne mit einem Kollegen für ein Stündchen zu Ihnen kommen. So schnell wie möglich, damit wir mit unseren Ermittlungen weiter kommen. Geht das vielleicht heute noch?» Leo feuerte regelrecht seine Fragensalve ab. Dann war es für einen Moment ganz still, die beiden Polizisten glauben zu spüren, wie Schwetzer nachdachte.

»Also Herr...«

»Trinkaus« half ihm Leo.

»Entschuldigung. Also Herr Trinkaus. Weil heute Freitag ist, muss ich zunächst bei meinem persönlichen Referenten nachfragen, ob er die Hilfsreferenten oder die Amtsleiter noch erwischt. Bleiben Sie bitte in der Leitung, ich schalte kurz um.« Nach zehn Sekunden war Schwetzer wieder zu hören. »Hallo!«

»Ja, Herr Schwetzer!«

»Ach so, Sie sind es wieder. Da hat was nicht geklappt. Kleinen Moment!« Die Verbindung wurde wieder unterbrochen, ehe Leo etwas sagen konnte. Als der Stadtrat sich wieder meldete, geschah dasselbe. Er schaffte es einfach nicht, von seinem Apparat auf der anderen Leitung ein paralleles Gespräch zu führen. Schließlich legte er den Hörer auf den Schreibtisch und ging zu seiner Sekretärin, um sich von dort weiterverbinden zu lassen. Bruchstückhaft konnten Leo und

Klaus die dort geführte Konversation mithören. Jetzt dauerte es bestimmt zwei Minuten, dann vernahmen sie Schritte, der Stadtrat kam in sein Büro zurück und meldete sich wieder: »Herr Trinkaus?«

»Ja!«

»Es klappt also. Ich kann das noch dazwischen schieben. Sie müssten dann allerdings in zwanzig Minuten hier sein. Geht das?«

Leo sagte zu und bedankte sich. »Ich finde es prima, dass das so unbürokratisch geht. Aber wir wollten keine Umstände machen. Es hätte doch gereicht, mit Ihnen allein zu sprechen.«

»Ich bin flexibel!« war des Stadtrates einzige Antwort, dann war die Verbindung unterbrochen.

»Ich glaube, der ist sogar sehr flexibel«, bemerkte Klaus. Sie tranken ihren Tee aus und machten sich auf den Weg, nachdem Leo seinen Partner Dirk Roß kurz informiert hatte. Kellners Fahrrad blieb stehen, sie fuhren mit einem Dienstwagen in die Stadt hinunter zum neuen Rathaus in die Ernst-Leitz-Straße.

46.

Die Besprechung fand nicht in Schwetzers Büro statt. Der zusammengetrommelte Mitarbeiterstab war so groß, dass sie sich in das Magistratssitzungszimmer am Ende des Flures begeben mussten. Die Vorstellung der beiden Kriminalbeamten ging schnell, auf die beiden unterschiedlichen sachlichen Zuständigkeiten ihrer Kommissariate gingen sie nicht ein.

Auf Seiten der Stadtverwaltung dauerte es länger. Die politische Mehrheit hatte sich vor einiger Zeit der vermeintlichen Stimme des Volkes gebeugt und trotz des gescheiterten Bürgerbegehrens zu diesem Thema die Zahl der hauptamtlichen Magistratsmitglieder von vier auf drei verkleinert. Letztlich hatte man wohl gemeint, mit einem »Wir sparen auch!« Pluspunkte für die nächste Kommunalwahl zu sammeln. So war Schwetzer zu seinem neuen umfassenden Dezernatszuschnitt gekommen. Allerdings kam der Stadt und damit dem Steuerzahler diese Reform teuer zu stehen, denn auf der sogenannten zweiten Führungsebene brachte die Verkleinerung der ersten Ebene eine wundersame Stellenvermehrung hervor. Schwetzer hatte nicht nur einen persönlichen Referenten, sondern auch jeweils einen Hilfsreferenten für die drei Bereiche Bauen, Umwelt und Wirtschaftsförderung erhalten. Die Hilfsreferenten sollten die Arbeit der Amtsleiter in ihrem jeweiligen Bereich koordinieren, während der persönliche Referent wiederum die Hilfsreferenten koordinierte und den Dezernenten dirigierte. Dies alles organisierte ein Dezernatsbüroleiter. Mit dieser komfortablen Ausstattung der zweiten Führungsebene konnte sich Stadtrat Schwetzer ganz auf das Tragen der politischen Verantwortung beschränken.

In dieser Besprechung wurde er also von seinem Referenten, den drei Hilfsreferenten, dem Dezernatsbüroleiter und den Leitern des Bauordnungsamtes, des Umweltamtes und des Liegenschaftsamtes flankiert.

Klaus beugte sich zu Leo herüber und flüsterte: »Das war zumindest eine generalstabsmäßige Organisation, die ganzen Nasen auf die Schnelle zusammenzutreiben.« Leo schmunzelte zustimmend.

Nach den Begrüßungsformalitäten erhob Stadtrat Schwetzer seine Stimme: »Meine Herren, in der Kürze der Zeit kann ich Ihnen leider nur eine Auswahl meiner führenden Mitarbeiter präsentieren. Trotzdem haben wir keine Mühen gescheut, die Mitarbeiter verfügbar zu haben, die Ihre Fachfragen beantworten können, soweit mir im Moment nicht alle Einzelheiten präsent sind. Greifen Sie doch zu!« Er wies mit der offenen Hand zu mehreren silbernen Warmhaltekannen und Kaltgetränken. Während er sich eine Zigarette ansteckte, setzte er sich an das Kopfende des großen Tisches.

Leo goss sich eine Tasse Kaffee ein, bedankte sich im Namen der Polizei für die schnelle Bereitschaft zum Gespräch und bat um Verständnis in Anbetracht des gewaltsamen Todes eines Menschen.

»Schlimme Sache dies«, murmelte Schwetzer dazwischen, was automatisch alle drei Hilfsreferenten zu einem Kopfnicken animierte. Klaus ermittelte währenddessen auf die Schnelle, dass alle Kannen lediglich Kaffee enthielten und öffnete sich eine kleine Flasche Mineralwasser. »Also fragen Sie ruhig«, sagte Schwetzer mit einem Blick auf die Uhr. »Eine Vernehmung ist das ja nicht. Hier im Saal werden Sie wohl den Mörder nicht finden.« Er lachte laut los und seine Mannschaft schloss sich ihm an, wenn auch weniger laut.

Leo kam zur Sache. »Was uns am meisten interessiert: Wird der Windpark von Ihnen genehmigt, oder ist er es schon?«

Spontan antwortete der Stadtrat: »So dürfen Sie die Frage nicht stellen!« Vielleicht hätte er seine Worte besser gewählt, hätte er gewusst, dass Kriminalhauptkommissar Leo Trinkaus im Jahr zuvor von dem inzwischen verstorbenen Ex-Landrat Stolze in die Diktion von Berufspolitikern eingeführt worden war. So musste er sich jetzt von der Erwiderung des Polizisten verunsichern lassen.

»Ich wüsste nicht, wer mir diese Frage verbieten könnte und dürfte.«

Zwei Amtsleiter konnten ein Grinsen nicht verbergen, während ihr Chef zunächst sprachlos blieb, bis er endlich verstanden hatte.

»Entschuldigung, ich habe mich wohl unklar ausgedrückt. Ich meine: So stellt sich die Frage nicht!«

»Doch Herr Schwetzer. Ich versichere Ihnen, genauso stellt sich mir die Frage jetzt im Moment.«

Jetzt grinsten alle Anwesenden bis auf den persönlichen Referenten und seinen Chef. Der Leiter des Bauordnungsamtes nahm kurzen Blickkontakt mit dem Hilfsreferenten Bauen auf, dieser wiederum versuchte sich mit einem Blick zum Referenten rückzuversichern. Da dieser aber auf seinen Dezernenten fixiert war, konnte er diese Form der Kommunikation nicht mitbekommen. Also traf der Hilfsreferent in Sekundenbruchteilen eine eigenständige Entscheidung und nickte dem Amtsleiter zu.

Dieser versuchte die Situation zu retten. »Erstens haben wir noch keine Baugenehmigung erteilt, zweitens liegt noch nicht einmal ein Bauantrag vor und drittens befinden wir uns erst im Stadium einer Bauvoranfrage.« Er blickte zu seinem Dezernenten, der schien mit der Hilfestellung zufrieden zu sein und übernahm wieder das Wort.

»Ach wissen Sie, meine Herren. Eigentlich will die Stadt so einen Windpark gar nicht haben. Wir waren aber gezwungen, für die Regionalversammlung Mittelhessen so ein Gebiet auszuweisen. Da haben wir das in Dalheim genommen, meinten aber, das wäre gut gewählt, weil es sich für einen Windpark nicht eignet. Das ist jetzt aber vertraulich, sie verstehen, meine Herren?«

»Wen meinen Sie mit ›die Stadt‹?« Leo bohrte nach.

Schwetzer verstand die Frage nicht. »Wie bitte, na uns!«

»Und wer ist ›uns‹?«

»Ja, die Stadt natürlich, habe ich doch gesagt!« Schwetzers Tonfall war anzumerken, dass er Leo für einen sehr begriffsstutzigen Kriminalbeamten hielt.

Es war zum Verzweifeln. Leo musste deutlicher werden, weil Schwetzer schon nach seinen paar Jahren als Berufspolitiker nicht mehr in der Lage war, die Beliebigkeit der Inhaltsbestimmung seiner Worthülsen zu erkennen. Klaus Kellner spielte den Vermittler: »Mein Kollege möchte es etwas genauer wissen. ›Die Stadt‹ kann ja viel bedeuten. Meinen Sie zum Beispiel in diesem Fall das Dezernat, sich selbst als Dezernenten, den Magistrat oder das Parlament oder was?«

»Ach so!« jetzt war der Groschen gefallen. »Der Magistrat natürlich, also ich meine, die Mehrheit im Magistrat.« Schwetzer fummelte eine Zigarette aus der Schachtel und murmelte ergänzend: »Wir waren uns da in der Runde der hauptamtlichen Dezernenten einig.«

Kellner, der sich eigentlich zurückhalten wollte, konnte seinen Mund nicht im Zaum halten. »Also ein Magistratsbeschluss wie beim neuen Logo?«

Schwetzer bekam einen roten Kopf und antwortete beleidigt: »Was hat das denn damit zu tun? Ich verstehe Sie nicht!«

Diesmal schaltete sich der Hilfsreferent Bauen zur Erläuterung und Rückführung auf das eigentliche Thema ein: »Es gibt einen Regionalplan Mittelhessen. In dem ist in Dalheim eine Fläche als ›Bereich für Windenergienutzung (BWE)‹ ausgewiesen. Die Stadt wurde vorher angehört und konnte Vorschläge unterbreiten.

Das war dann nach unserer Auffassung Magistratshandeln, damit hatte die Stadtverordnetenversammlung, also das Parlament, nichts zu tun. Wir sollten einen BWE vorschlagen und haben das gemacht. Es liegt nicht an der Stadt, schon im Vorschlagsstadium zu prüfen, ob die Fläche auch tatsächlich wirtschaftlich sinnvoll und ökologisch vertretbar für die Windenergie zu nutzen ist. Die Vorgaben des Regionalplanes hat die Stadtverordnetenversammlung dann in einem Flächennutzungsplan umgesetzt. Ein entsprechender Bebauungsplan befindet sich derzeit in Aufstellung. Muss ich Ihnen die Begrifflichkeiten FNP und B-Plan noch erläutern?«

Leo schaute Klaus an, als dieser leicht den Kopf schüttelte, sagte er schlicht: »Nein«. Doch dann schob er noch eine Frage nach: »Wird denn der B-Plan so beschlossen werden, dass die Anlage gebaut werden kann?«

Der Dezernent steckte sich bereits seine nächste Zigarette an und lächelte verbindlich. »Da müssen Sie die Damen und Herren Stadtverordneten fragen, das hat der Magistrat leider nicht in der Hand.«

»Ich bitte Sie, Herr Schwetzer! Auch Polizeibeamte kennen sich ein bisschen in der Politik aus. Es gibt doch eine Koalition, zu der Sie auch gehören. Da hat man sich sicher schon ein Meinungsbild gemacht, oder? Mein Kollege und ich können nicht glauben, dass Sie sich die Mühe mit einem B-Plan-Entwurf machen, ohne sich in der Koalition rückversichert zu haben.«

Jetzt schüttelte Schwetzer den Kopf und versuchte, nicht ungehalten zu wirken. »Das lässt sich so einfach nicht beantworten.«

Klaus Kellner stichelte: »Dann versuchen Sie es doch einfach.« Auch ihm gingen die Floskeln des Politikers auf den Geist.

Nun hob Schwetzer in belehrendem Ton an. »Wenn Sie das in der Praxis einmal über längere Zeit verfolgt hätten, meine Herren, wüssten Sie, dass es immer wieder Überraschungen in den Parlamentssitzungen gibt. Da scheren immer mal welche aus. Es gibt durchaus wechselnde Mehrheiten. Und, das wollen wir nicht vergessen, jeder einzelne Stadtverordnete ist in seiner Entscheidung frei.«

Leo hätte sich beinahe verschluckt, weil er gerade aus seiner Kaffeetasse trank, zumal der persönliche Referent meinte, dies noch betonen zu müssen: »Die Stadtverordneten üben ihre Tätigkeit nach ihrer freien, nur durch die Rücksicht auf das Gemeinwohl bestimmten Überzeugung aus und sind an Aufträge und Wünsche der Wähler nicht gebunden. Paragraph 35 Absatz 1 der Hessischen Gemeindeordnung.«

Ungefragt, als hätte er aber Leos nächste Frage geahnt, ergänzte Schwetzer: »Also ich als Wirtschaftsförderungsdezernent hätte eigentlich nichts gegen eine Windkraftanlage in unserer Stadt. Das bringt neue Aufträge, neue Arbeitsplätze und Steuereinnahmen.«

»Bei der Bürgerinitiative haben Sie das aber anders ausgedrückt!«

»Ich bitte Sie, Herr Trinkaus! Werden Sie nicht polemisch! Nein, nein!. Da habe ich als Umweltdezernent gesprochen, das dürfen Sie nicht verwechseln! Als solcher sehe ich natürlich den Ärger, der auf uns zukommt.«

Zaghaft meldete sich der Leiter des Umweltamtes, wartete aber eine Worterteilung nicht ab. »Umweltrechtlich gibt es da auch noch Probleme. Es geht um das Landschaftsschutzgebiet.«

Unwillig machte Schwetzer eine abfällige Handbewegung. »Da gibt es aber Auslegungsmöglichkeiten und Handlungsspielräume. Aber das brauchen wir hier ja nicht zu erörtern.« Er schaute auf seine Armbanduhr. »Können wir Ihnen sonst noch behilflich sein?« Der Stadtrat wollte offensichtlich zum Ende kommen.

»Ja, doch. Gibt es noch andere Interessenten als die Futura aus Kiel?«

An die Beantwortung dieser Frage lies Schwetzer keinen seiner Mitarbeiter. »Nein, es liegt noch keine weitere Bauvoranfrage vor.«

Das war wieder eine Antwort, die nur auf den ersten Blick zur Frage passte. Deshalb bohrte Leo nach. »Und sonst, informell? Hat die mihevag mit ihrer neuen Tochterfirma keine Ambitionen?«

Schwetzer war erstaunt, dass Leo davon wusste. Aber er glaubte nicht, dass die mihevag an einer solch kleinen Fläche Interesse hätte. Auf Nachfrage musste er allerdings zugestehen, er glaube es, wisse es aber nicht. Mindestens zwei Personen im Raum nahmen ihm dies nicht ab.

»Sind Ihnen Schwierigkeiten mit Grundstückseigentümern bekannt? Die Firma Futura ist doch sicher schon tätig geworden.«

»Offiziell nein,« antwortete Schwetzer, während er wieder auf seine Armbanduhr schaute, »aber Sie kennen sicher die Proteste der Bürgerinitiativler. Da will sicher keiner verkaufen oder Gestattungsverträge abschließen.«

»Ist das nicht eine Sache des Preises?« hakte Klaus Kellner nach.

»Das will ich nicht ausschließen! Wir beschäftigen uns mit der Grundstücksfrage allerdings erst, wenn die Stadtverordnetenversammlung den B-Plan tatsächlich beschlossen hat.«

Die Polizisten standen auf und bedanken sich für die Informationen und das Verständnis. Schwetzer brachte sogar zum Ausdruck, wie gut er es finden würde, dass sich die Kriminalpolizei auch für Umstände interessierte, die nach seiner Meinung mit dem Fall nichts zu tun haben konnten.

An der Tür hielt Leo noch einmal inne und drehte sich zum Stadtrat herum. »Ach, Herr Schwetzer, wie wollen Sie den heute abend im Stadthaus die Kurve kriegen?«

Der Angesprochene erweckte für einen Augenblick den Eindruck, er hätte auf eine Zitrone gebissen. Dann lachte er. »Kommen Sie doch hin. Sie werden sehen, wir schaffen es, einen vernünftigen Weg zu finden, der allen gerecht wird.«

Nun reichte Kellner dem Stadtrat die Hand. »Bei der Gelegenheit noch eine ganz private Frage. Es geht auch schnell. Wir konnten uns im Kollegenkreis nicht einigen. Wie ist das eigentlich bei den Wahlbeamten, sind Sie jetzt mit Ablauf Ihrer ersten Amtsperiode als Stadtrat pensionsberechtigt?«

»Nein Herr Kellner, erst muss ich wiedergewählt werden. Man braucht zwei Perioden. Warum wollen Sie denn das wissen?«

»Danke schön, da habe ich also Recht gehabt. Wie gesagt, hat nichts mit dem Fall zu tun. Das war nur eine Diskussion unter Beamten bei uns in der Dienststelle.«

Als die beiden Kriminalisten im Fahrstuhl abwärts fuhren, fragte Leo seinen Kollegen: »Wie schätzt du das ein? Er will mit dem Logo einen vernünftigen Weg finden, der allen gerecht wird.«

»Ganz einfach,« antwortete Klaus. »Das neue Logo wird zurückgenommen, es bleibt alles beim Alten. Die Geschichts- und Kulturvereine bekommen ihren Willen und können sich als Sieger fühlen, der Spezi vom Stadtrat bekommt seine Logo-Ausarbeitung trotzdem bezahlt und Schwetzer kann sich als Mediator feiern lassen.«

47.

Leo verspürte erst jetzt das Hungergefühl, als sie die Außentreppe des neuen Rathaus hinuntergingen. Er schaute nach rechts und blickte auf das »Bistro Botanik«. »Komm Klaus, wir setzen uns noch mal in das Bistro da. Lass uns das Gespräch von eben bereden.«

»Leo, ich bin kein Kneipengänger. Wir können doch in die Dienststelle zurückfahren.«

»Quatsch mit Soße! Ich lade dich auf einen Kaffee ein. Halt, geht ja nicht! Dann auf einen Tee, den hast du ja eben nicht bekommen! Nun sei nicht unhöflich!«

Das wollte Klaus nicht sein. Mit einem Hauch von Unwilligkeit ging er mit. Sie setzten sich vor das Lokal und störten sich nicht an dem hohen Geräuschpegel. Der Berufsverkehr setzte Freitags früher ein und verstopfte die Ernst-Leitz-Straße sowohl stadtein- als auch stadtauswärts. Die Bedienung nahm ihre Getränkebestellung auf und brachte die Speisekarte.

»Hab ich einen Hunger!« Leo überflog die Karte.

»Ich nehme aber nichts.«

Leo schaute seinen Kollegen erstaunt an. »Ich habe schon von deiner spartanischen Lebensweise gehört. Machst du das aus Prinzip?«

»Nein. Ich bemühe mich nur um eine relativ gesunde Lebensweise, aber angefangen hat es aus einem anderen Grund.« Er erzählte von seiner späten Heirat. Seine beiden Kinder waren noch im Studium, so dass sie ihm selbst im nächsten Jahr, wenn er pensioniert werden würde, noch »auf der Tasche liegen« würden. Er beschwerte sich nicht darüber, aber mit der Besoldungsgruppe A 11 konnte er nun einmal keine so großen Sprünge machen, zumal seine Frau nicht berufstätig war.

»Wir teilen es uns ein und sind glücklich dabei. Du weißt sicher selbst, dass es nach der Euro-Umstellung auch nicht billiger geworden ist.«

Leo verstand und tat dem Kollegen gedanklich Abbitte. Aber sein Appetit war verflogen. Ihn jetzt zum Essen einzuladen, sah einfach blöd aus. Er wollte aber auch nicht allein essen. Also lenkte er das Thema auf ihr Gespräch in der Stadtverwaltung.

»Bevor ich es vergesse, Klaus: Was sollte denn deine Frage an Schwetzer wegen der Pensionsberechtigung?«

»Das diente der Abrundung meines Bildes von ihm. Wenn da was an den Schiebereien dran ist, mit denen ich mich beschäftige, könnte dieser Umstand von Bedeutung sein. Motivmäßig, meine ich. Wenn seine Alterssicherung noch nicht steht, hat er vielleicht vorher schon was beiseite geschafft. Ich weiß es eben nicht.« Für Klaus Kellner war das Gespräch ohnehin nicht ergiebig gewesen. Er hatte auch keinen geeigneten Ansatzpunkt für Fragen gefunden, die den Stadtrat nicht gleich hätten hellhörig werden lassen. Aber mit einer Grundeinschätzung war er sich sofort mit Leo einig:

»Ich kann diese Dynamiker einfach nicht ab!« Den Nachsatz »Die gehen doch über Leichen!« wollte Leo nicht kommentieren.

Auch Leo Trinkaus stocherte weiter im Dunklen. Sie wälzten verschiedene Argumente hin und her, aber es war nur Spinnerei. Letztlich verstiegen sie sich allerdings doch zu einer tollen Verknüpfung ihrer Fälle.

»Stell dir mal vor,« mutmaßte Klaus, »wir könnten unsere Akten zusammenwerfen.« Leo schaute auf. »Schwetzer nutzt sein Amt, um irgendwelche Spezis zu bedienen und macht die Hand dafür auf. Dann will die Firma den Windpark bauen und stößt auf Schwierigkeiten bei der Stadt. Aber dieser Bergmann hat die richtigen Informationen über Schwetzer und kann ihn damit unter Druck setzen. Unser Stadtrat bekommt Schiss und sieht seine Wiederwahl gefährdet und legt den Bergmann um!« Nun wartete Klaus auf das Lob seines Kollegen.

Der trank seinen Kaffee aus und sagte: »Ich glaube, wir fahren jetzt lieber. Sonst erzählst du mir gleich noch, Schwetzer hätte für solche Fälle extra eine 9 mm-Pistole zu Hause und hätte vorher zur Tatverschleierung die Bürgerinitiativler zu der Kratzaktion verleitet.«

»Warum nicht?« Klaus schloss keine Möglichkeit aus.

Diese rhetorische Gegenfrage verleitete Leo zur Fortsetzung der Spinnerei. »Und Schwetzer fährt einen Golf III und hat Schuhgröße 43, dann hätten wir ihn! Hm?«

Mit dieser Schlussfolgerung konnte Klaus nichts anfangen, Leo klärte ihn über die Erkenntnisse zum möglichen Täterfahrzeug und der Schuhgröße einer eventuell tatbeteiligten Person auf. Dann ging er in das Bistro, um zu zahlen.

Als er wieder herauskam, schlug ihm Kellner vor, noch einmal zum Magistratsparkplatz zurückzugehen. »Nur aus Spaß! Mal sehen, was es für Autotypen dort gibt.« Dort stand ein Mercedes mit dem Kennzeichen LDK – MM 230. »Das ist der Wagen des Oberbürgermeisters Max Mitmann,« erläuterte Klaus, »und schau mal da!« Neben dem Mercedes stand tatsächlich ein Golf III.

Diesmal las Trinkaus das Nummernschild laut ab: »LDK – BS 112. Passt genau auf Bernd Schwetzer. Wahrscheinlich ist er entweder am 11. Februar oder am 1. Dezember geboren. Jetzt lass uns aber gehen, Klaus! Es war eine harte Woche. Wir spinnen uns sonst noch mehr zurecht.«

Während er sich umdrehte, stichelte Klaus noch einmal nach: »Wollen wir nicht noch einmal hochgehen? Du könntest dann Schwetzers Schuhgröße nachmessen, Größe 43 käme ungefähr hin!« Beide lachten.

Sie fuhren zur Dienststelle zurück. Leo verspürte keine Lust mehr, zu arbeiten. Er gab den Autoschlüssel an der Wache ab und ging nach Hause. Erst am Montag würde er Hannes Vermerk auf seinem Schreibtisch finden. Sie hatte bereits Willi gecheckt. Dessen Alibi stellte sich als handfest heraus. Er hatte sich mit Frau und Kindern über das verlängerte Wochenende bis zum Abend des Tages, an dem Bergmann erschossen worden war, auf einer Familienfeier bei den Schwiegereltern in Hildesheim befunden. Sie waren erst am Abend des Montag von Hildesheim zurückgefahren.

48.

Kellners Mutmaßungen über den Auflauf der Podiumsdiskussion bewahrheiteten sich in vollem Umfang. »mps« berichtete erleichtert in der Samstagsausgabe der Zeitung, die Kuh sei vom Eis! Alles sei ein Versuch gewesen, ein Vorschlag der Lenkungsgruppe für ein attraktiveres äußeres Erscheinungsbild. Natürlich sei man den Protesten der Vereine und Verbände nachgegangen und habe den Bürgerwillen zur Kenntnis genommen. Schwetzer unterbreitete dann in Absprache mit dem Oberbürgermeister einen sogenannten Kompromissvorschlag: Nur das alte Stadtwappen werde als Logo genutzt, ohne Abänderungen. Lediglich das übrige Erscheinungsbild des Briefpapiers sollte – ohne den Hauch eines »Brücken-Logos« - modernisiert werden. Diese Art der Modernisierung war allen Anwesenden recht egal, so dass sich Schwetzer als erfolgreicher Krisenmanager von »mps« feiern lassen konnte. Der Großteil der bei der Diskussion Anwesenden sah die Gewinner sicher nicht im Rathausbereich.

»Da haben wir wirklich nichts versäumt«, sagte Leo, nachdem er am Frühstückstisch den Artikel seiner Carola vorgelesen hatte.

In den bundespolitischen Schlagzeilen des Wochenendes warf die Bundespräsidentenwahl des nächsten Jahres ihre Schatten voraus. Während die Regierungskoalition bei der letzten Wahl mit einem männlichen Kandidaten erfolgreich gewesen war, hatte sich die Opposition erfolglos für eine Kandidatin stark gemacht. Es sei endlich an der Zeit, hieß es damals aus deren Reihen, das oberste Repräsentationsamt in der Bundesrepublik Deutschland mit einer Frau zu besetzen. Inzwischen zeichnete sich ab, dass im nächsten Jahr die Opposition die Mehrheit in der Bundesversammlung haben würde.

»Logischerweise müssten die doch wieder eine Frau vorschlagen«, meinte Carola. »Warum eigentlich nicht dieselbe Kandidatin wie beim letzten Mal? Wenn die damals geeignet war, warum heute nicht mehr?«

»Weil das alles eine verlogene Schau ist«, erwiderte Leo. »Hör dir das an: Jetzt macht sich die Regierungskoalition für eine Frau stark, weil es unbedingt an der Zeit ist und so weiter. Du weißt schon.«

So würde es wohl kommen. Auch im nächsten Jahr würde wieder ein Mann gewählt werden, dieses Mal der von der Opposition. Die Argumente waren austauschbar. Es kam nicht auf das Geschlecht des Kandidaten oder der Kandidatin an. Vielmehr musste entweder jemand unbedingt bedient oder ein Kandidat genommen werden, um andere, im Spiel der innerparteilichen Machtkämpfe gefährlichere Mitstreiter zu verhindern.

Carola brachte es auf den Punkt. »Ich glaube, Frauen werden nur dann für dieses Amt vorgeschlagen, wenn sicher ist, dass sie nicht gewählt werden. Es lebe die Emanzipation!«

49.

Schneckchens innere Uhr funktionierte hervorragend! Sonntags durfte Herrchen etwas länger schlafen. Aber gegen halb neun meinte der Briard-Mix, es wäre soweit, Herrchen auf die Zeit aufmerksam zu machen. Er begann, ihm einen Fuß liebevoll abzuschlecken. Leo Trinkaus drehte sich auf die andere Seite und versuchte, die Störung zu ignorieren. Aber es nutzte nichts. Das Schlecken wurde nur kurz unterbrochen und dann am anderen Fuß fortgesetzt.

Leo stand leise auf, er wollte Carola nicht wecken. Schneckchen freute sich über den Erfolg seiner Bemühungen mit heftigem Wedeln. Sein Schwanz hämmerte dabei mehrfach an den Bettkasten. »Pst!« sagte Leo leise und legte dazu einen erhobenen Zeigerfinger auf den Mund. Der Hund verstand und ging mit Herrchen in die Küche, um ihn beim Aufsetzen des Kaffees moralisch zu unterstützen. Dann überwachte er im Bad Leos »Katzenwäsche«. Großzügig gewährte er anschließend ihm noch eine halbe Tasse Kreislauf-Unterstützungs-Kaffee, dann ging es endlich nach draußen!

Die Septembersonne stand schon am wolkenlosen Himmel, mit 21 Grad war es aber noch angenehm für den Hundespaziergang. Schneckchen inspizierte sein Revier bis hinter den neuen Friedhof, las mit seiner Nase ausgiebig die »Hunde-Morgenzeitung« und erneuerte lieber einmal zu viel als zu wenig die »Markierungspunkte« anderer Hundekollegen.

Als sie zurückkamen, war Carola schon auf, wenn auch noch leicht verschlafen. Sie begrüßte ihre beiden Jungs in Slip und T-Shirt an der Wohnungstür mit einer liebevollen Umarmung und einem Kuss. Der eine bekam ihn auf den Mund, der andere auf den Kopf. »Guten Morgen!« flötete sie. »Mein Muckel, ich lade dich heute zu einer Ausfahrt ins Umland mit Frühstück ein!« Schneckchen hatte zugehört und machte auf sich aufmerksam. Er hob eine Vorderpfote und stupste an Carolas Bein. Sie beugte sich zu ihm hinunter, streichelte sein Köpfchen und sagte: »Ja, mein Schatz, ich meine natürlich, ich lade ›euch‹ ein! Du kommst auch mit!« Hatte der Hund das tatsächlich verstanden? Jedenfalls vollführte das ganze Hinterteil des Kleinen rhythmische horizontale Bewegungen.

»Prima!« erwiderte Leo. »Wo soll es denn hingehen?«

»Ich möchte mit dir nach Braunfels fahren!« Sie schmiegte sich dabei an ihren Schatz und streichelte ihm beim nächsten Satz über den Bauch. »Ganz gemütlich frühstücken, draußen auf dem Marktplatz, im Schatten, unter Schirmen, in netter Atmosphäre und überhaupt.« Sie strahlte und ergänzte: »Und etwas Bummeln gehen!«

»Das ist ja wie Urlaub, Klasse!« Leo summte vor sich hin und verschwand im Badezimmer. Carola folgte ihm gleich nach, nur Schneckchen war schon ausgehfertig.

Sie parkten am Haus des Gastes und spazierten am Kurpark vorbei zum Braunfelser Marktplatz. An verschiedenen Schaufenstern blieben sie stehen und betrachteten die Auslagen. Für weitere kurze Halts war Schneckchen verantwortlich, er musste schließlich hier in der Fremde die »Notizen« seiner Artgenossen lesen.

Am Marktplatz angekommen bogen sie nach rechts ab und steuerten an dem Eiscafé vorbei auf das »Kleine Café am Markt« zu. Beide Cafés hatten eine gemeinsame Außenterrasse, die jeweiligen Bereiche durch Pflanzkübel abgetrennt. Sie setzten sich unter einen der großen Marktschirme des »Kleinen Cafés«, Schneckchen legte sich an einen der Pflanzkübel in den Schatten und machte brav Platz. Angelika, die Inhaberin des Cafés, von ihren Freunden und Bekannten kurz Geli genannt, zeigte ihre Tierliebe oder aber zumindest ihr Verständnis für die Situation von Hunden in der Sommersonne. Sie nahm als erstes Schneckchens Getränkebestellung auf:

Frisches kaltes Wasser im Napf. Die Lieferung erfolgte prompt. Mit seiner flinken Zunge schlabberte der kleine Leo den halben Napf leer und legte sich anschließend genüsslich auf die Seite, sein Köpfchen dabei auf Frauchens rechtem Fuß.

In die engere Wahl kamen das Landsknecht-, das Gutsherren- und das Statthalter-Frühstück. Sie entschieden sich für das Gutsherren-Frühstück. Nach der Mengenangabe sollte es für sie beide reichen: Zwei Brötchen, zwei Scheiben Toast, Butter, Konfitüre oder Honig, Käse oder Wurst, ein gekochtes Ei und dazu ein Kännchen Kaffee, Tee oder heiße Schokolade. Weil sie nur eine Portion nehmen wollten, bestellte Leo vorsichtshalber noch eine sogenannte Ergänzungsportion: Rühreier mit Speck. Die Wurst wollten sie nicht, heute sollte ein Käse-Tag sein. Carola wählte eine heiße Schokolade, während Leo bei seinem bewährten Milchkaffee blieb.

Schon nachdem Geli die Getränke gebracht hatte, bereuten sie ihren Ausflug nicht. Zum einen mundeten Schokolade und Kaffee ganz vorzüglich, zum anderen wurden sie in geschmackvollen bauchigen Tassen mit floristischen Motiven serviert. Diese Tassen waren einfach schön anzusehen und rundeten den Genuss ab.

Während sie auf das Frühstück warteten, blickten sie sich auf dem Marktplatz um. Leo saß in Blickrichtung zum oberen Ende des Marktplatzes. Eine ganze Weile schaute er auf das Gebäude rechts neben dem Eingang zum Schloss und ließ den Eindruck auf sich wirken. Die untere Hälfte der Außenwand des Restaurants »Zum Solmser Hof« war dicht mit wildem Wein bewachsen und zeigte sich in einem satten Grün. In der oberen Hälfte hing vor jedem Fenster ein Blumenkasten mit dunkelroten Geranien, die in voller Blüte standen. Das

Urlaubsgefühl stellte sich umgehend ein. Sein Blick wanderte weiter, dann stupste er Carola an. »Schau mal, mein Schatz. An allen Fenstern rund um den Marktplatz hängen Blumenkästen. Sieht das nicht toll aus?«

Carola musste sich umdrehen und stand sogar auf, um den Rund-um-Blick zu genießen. Da sie damit dem Hund sein Kopfkissen genommen hatte, knutterte dieser etwas unwillig vor sich hin. »Stimmt! Und alles Geranien, in den unterschiedlichsten Rotabstufungen. Ach Muckel, ich bin richtig stolz auf meinen Einfall mit dem Frühstück in Braunfels!« Sie setzte sich wieder. Vorsorglich blickte sie zu ihrem Schneckchen hinunter, denn drei Tische weiter nahm gerade ein Pärchen Platz, welches zwei weiße Schäferhunde mitgebracht hatte. Aber Schneckchen hob nur kurz den Kopf und legte sich wieder lang.

Geli kam mit einem voll beladenen Tablett aus dem Café heraus. »Mein Gott, ist das eine große Portion!« Carola staunte. Aus dem bloßen Staunen wurde aber schnell eine freudige Überraschung, als die Caféinhaberin das Frühstück auf ihrem Tisch arrangierte. Es war liebevoll angerichtet: In einem Körbchen lagen auf einer Serviette Brötchen und Toastscheiben, auf einem Dessertteller Tomaten- und leicht gewürzte Mozzarellascheiben, geschmückt mit drei Minzblättern. Ein kleines ovales Tablett beherbergte Konfitüre- und Honigtöpfchen, Butterportionen, aber auch einen kleinen Speiseeisbecher. In der Eiskugel steckte oben das Stückchen einer Salatgurkenscheibe. Erst beim Kosten bemerkte Carola, dass es gar kein Speiseeis, sondern Frischkäse war, eben nur wie eine Eiskugel geformt. Auf einem größeren Teller waren die Goudascheiben zu Kelchen geformt. Diese Kelche waren mit jeweils einer Rispe Johannisbeeren gefüllt, der Tellerrand garniert mit Kiwi- und Pfirsichstücken. Geli hatte sich wirklich Mühe gegeben, ihren Teil zum Gelingen eines vermeintlichen Urlaubstages für Carola und Leo beizutragen. Genießerisch und in aller Ruhe frühstückten sie und beobachteten die anderen Gäste und vorbeigehende Passanten. Auch Schneckchen bekam seinen Anteil, einen Toast mit Frischkäse und genoss ihn. Alles was vom Tisch nach unten kam, schmeckte natürlich tausendmal besser als das teuerste Hundefutter.

Nach erholsamen zwei Stunden bezahlte Carola, sie verabschiedeten sich von Geli. Carola hätte am Liebsten noch zwei von den bauchigen Kaffeetassen gekauft. Die Inhaberin des Cafés zeigte Verständnis. »Sie sind nicht die Ersten, die danach fragen. Ich sollte mir doch mal einen größeren Schwung davon bestellen. Die würde ich alle loswerden.«

Die beiden Ausflügler bedanken sich für die freundliche Bedienung und bummelten um den Marktplatz herum. Am oberen Ende blieben sie stehen und genossen den Blick, dann schlenderten sie auf der anderen Seite an den Schaufenstern entlang den für die kleine Stadt relativ weitläufigen Platz wieder hinunter. An der Buchhandlung blieb Carola stehen. »Halt, mein Muckel, schau mal hier!« Sie zog ihren Leo zurück. »Im Schaufenster ist eine Krimi-Ecke dekoriert!«

»Ich habe jeden Tag Krimi!« brummte Leo und machte keine Anstalten, stehen zu bleiben.

»Du bist ein Kulturbanause!« rügte Carola ihn scherzhaft und ging weiter.

Im Weitergehen schaute Leo nach links und sah zu seiner Überraschung am ersten Tisch der Eisdiele zwei bekannte Gesichter. Dort saßen Stadtrat Schwetzer und der Vorstandsvorsitzende der mihevag in intensivem Gespräch vertieft. Erst, als sie fast auf gleicher Höhe waren, erkannte Schwetzer den Kriminalbeamten und grüßte mit übertriebener Freundlichkeit. »Einen schönen guten Tag!« Er stand jetzt sogar auf und kam einen Schritt auf die beiden Ausflügler zu. Dann streckte er die Hand aus und begrüßte zunächst Carola, während Leo es übernahm, die beiden sich gegenseitig vorzustellen. »Besuchen Sie auch einmal unser schönes Nachbarstädtchen?« fragte Schwetzer. »Ich hoffe aber, Sie werden Wetzlar nicht untreu!« Der Stadtrat lachte, während die beiden Angesprochenen lediglich lächelten, sie wollten nicht unhöflich sein. Inzwischen hatte sich auch der mihevag-Chef erhoben, den nun Schwetzer vorstellte. Es fiel aber nur der Name »Sattmann«, ohne Funktionsbeschreibung. Leo ließ nicht durchblicken, dass er wusste, um wen es sich bei Herrn Sattmann handelte. Er kannte den Stolze-Nachfolger aus der Zeitung. Sie wechselten ein paar belanglose Worte.

Auf der Rückfahrt dachte Leo nicht nur einmal, er wüsste zu gern, worüber sich die beiden Politiker unterhalten haben. Hätte er doch eine spitze Bemerkung machen sollen, um sie zu kitzeln?

50.

Schon früh am Montag brach der kriminaltechnische Angestellte Udo Kempf mit seiner Mitarbeiterin Christina Hold, genannt Tina, nach Herborn auf, um Bergmanns Wohnung und dessen BMW zu untersuchen. Vor der Wohnungstür sahen sie sofort, was geschehen war: Das Siegel war erbrochen. Noch ehe sie die Wohnung betraten, rief Udo bei Leo Trinkaus an, um diesen zu informieren. Leo versprach, sich sofort auf den Weg zu machen. Er konnte am besten sagen, was sich gegenüber seinem letzten Besuch in der Wohnung verändert hatte. Deshalb sollten die Kollegen auf ihn warten.

Während Udo nach draußen ging, blieb seine Kollegin sicherheitshalber vor der Wohnungstür. Sie setzte sich auf den Treppenabsatz, holte eine Thermoskanne, einen Aschenbecher mit Deckel und eine Zigarettenschachtel aus ihrer Aktentasche und machte es sich den Umständen entsprechend bequem.

Udo fand Bergmanns BMW sofort. Er stand tatsächlich auf dem Parkplatz des Mietshauses. Nun zog er sich die Schutzkleidung über und inspizierte ihn erst genau von außen. Er wollte sichergehen, ob an dem Wagen manipuliert worden war, konnte aber nichts finden. Das Fahrzeug war immer noch ordnungsgemäß verschlossen. Der Person, die sich Zugang zur Wohnung verschafft hatte, war das Fahrzeug wohl entgangen. Vorsorglich fotografierte er das Türschloss des BMW mit einer Makroaufnahme. Abschnittsweise hielt Udo seine Beobachtungen und Erkenntnisse auf dem Diktiergerät fest. Mit dem Wagenschlüssel von Bergmanns Schlüsselbund öffnete er die Fahrertür, legte das Diktiergerät auf das Autodach und inspizierte den Innenraum. Um einen besseren Überblick zu bekommen, verstaute er zunächst die beiden leeren Coladosen, zwei ältere Anzeigenblätter, mehrere Umhüllungen von Schokoriegeln und jeweils eine Parkgebührenquittung, die unter Fahrer- und Beifahrersitz lagen, in verschiedene Plastiktüten. Dann räumte er das sogenannte Handschuhfach leer, wohl wissend, dass den Ermittlern die Kfz-Bedienungsanleitung, das Serviceheft, die Straßenkarte und die Tankquittungen nicht weiterhelfen würden. Der Aschenbecher war leer, fast unbenutzt. Nach dem Öffnen der hinteren linken Seitentür sah er es: Im Fußraum der Rückbank lag tatsächlich ein Notebook unter einer Decke, sonst nichts. Udo schloss ab und brachte die Gegenstände zu seinem Dienstwagen. Dann ging er zurück und öffnete den Kofferraum. Auf den ersten Blick war nichts Auffälliges zu sehen. Er hob die Abdeckmatte an und blickte auf eine werksseitig gelieferte Plastiktasche, das Werkzeugset für die kleine Pannenhilfe. Udo öffnete den Klettverschluss und nahm die Gegenstände einzeln heraus, nichts. Danach öffnete er den Erste-Hilfe-Kasten. Der Inhalt war noch in einer Folie verschweißt, also unbenutzt. Er nahm den Inhalt vollständig aus dem Kasten und blickte auf einen kleinen Schlüssel, der auf dem Boden des Kastens mit einem Klebstreifen befestigt war. Es handelte sich weder um einen Haustür-, noch um einen Autoschlüssel. Udos kriminaltechnische Erfahrung sagte ihm, dass er es hier mit einem Schließfachschlüssel zu tun hatte. Auch dieser Schlüssel wurde in einem Plastiktütchen verstaut. Der KTA inspizierte auch den Motorraum, fand aber nichts Berichtenswertes. Er diktierte noch einen Abschlusssatz für diesen Spurensicherungsabschnitt und ging zum Dienstwagen zurück.

Nun interessierte ihn das Notebook. Er stellte es an, es fuhr tatsächlich hoch. Der Akku hatte noch genügend Leistung. Er lachte auf, als die Desktopanzeige zu sehen war. Dirk und Leo sind ja richtige Computerspezialisten, dachte er. Was hatten die erzählt? Man brauche ein Kennwort? Es war die Netzwerkanzeige, die nach einem Passwort fragte. Man brauchte nur »Return« zu drücken und schon konnte man auf den Rechner zugreifen. Genau so würde es bei dem Rechner in Bergmanns Wohnung auch sein. Im »Explorer« verschaffte er sich einen kurzen Überblick. Dann klappte er das Gerät wieder zu, da musste er in Ruhe in der Dienststelle ran.

Es dauerte noch eine Weile, bis Leo eintraf. Nach Udos Bericht über seine Pkw-Inspektion betrat Leo vorsichtig als erster die Wohnung. Schon auf der Herfahrt hatte er versucht, sich den Zustand der Wohnung am letzten Montag in Erinnerung zu rufen. Wie ein Scanner nahm er jetzt jede Einzelheit auf, um sie im Geiste mit dem gespeicherten Bild abzugleichen. Es wäre doch ein Leichtes gewesen, beim ersten Besuch Lichtbilder zu fertigen, aber irgendwie war in dieser Ermittlung der Wurm drin. Jetzt konnte er keine Veränderung feststellen.

Hatten die Kriminaltechniker auf Fahrt nach Herborn noch gedacht, sich lediglich einen Überblick über die Wohnung verschaffen und den Rechner mitnehmen zu müssen, so lief jetzt das zeitaufwendige volle Programm der Spurensicherung ab. Jeder Raum wurde zunächst fotografiert, anschließend nach möglichen Spuren geschaut, um die üblichen Orte letztlich genauer zu untersuchen. Ehe der Rechner im Wohnzimmer angeschaltet wurde, musste die Tastatur erst die Suche nach Fingerabdrücken über sich ergehen lassen. Kein einziger Abdruck war zu finden, hier hatte jemand sorgfältig abgewischt. Nach den entsprechenden Vorarbeiten schaltete Tina den Rechner ein und wartete. Leo schaute ihr über die Schulter.

»Da ist im Moment nichts zu machen,« erklärte Tina. »Da hat jemand die Festplatte formatiert!«

»Aha,« bemerkte Leo, und seinem Tonfall war anzumerken, dass er mit der Erklärung nichts anfangen konnte.

»Da hat jemand alles gelöscht! Habt ihr beim ersten Mal auch auf einen schwarzen Bildschirm geschaut?«

»Ne ne. Da kam ein Bild, wir sollten ein Kennwort eingeben.«

»Also war hinterher noch jemand an dem Rechner und hat dafür gesorgt, dass die Nachwelt von den Aufzeichnungen des Herrn Bergmann verschont bleibt.«

Leo war enttäuscht. »Kann man da nichts mehr machen?«

Tina überlegte kurz und antwortete: »Vielleicht doch. Da gibt es Spezialisten beim LKA. Wie gesagt: Vielleicht! Versprechen kann ich da nichts.«

Leos Gehirn arbeitete. Entweder hatte sich auf dem Rechner etwas befunden, was jemanden kompromittieren konnte, oder aber eine Person glaubte dies zumindest und war auf »Nummer Sicher« gegangen. »Was haben wir für ein Glück mit unseren Funden in dem BMW. Derjenige, der hier in der Wohnung war, hat wohl von dem Wagen nichts gewusst.«

»Oder diejenige«, warf Tina ein, woraufhin Leo nickte.

Leo konstruierte weiter. »Wenn es der Täter war«, er ergänzte er mit einem Seitenblick auf Tina »oder die Täterin, dann ist das durchaus logisch. Er – und ich bleibe jetzt einmal bei der männlichen Form – hat Bergmann in einem Fahrzeug mit Kieler Kennzeichen erschossen. Der BMW hat aber ein LDK-Kennzeichen. Also hat er den nicht dem Bergmann zugeordnet. Vielleicht ist er sogar den Parkplatz abgegangen. Stellt euch mal vor, der BMW hätte auch ein Kieler Kennzeichen gehabt, dann hätten wir alt ausgesehen.« Die beiden Kriminaltechniker nickten zustimmend.

In diesem Augenblick ging Leo ein Licht auf. »Halt! Es fehlt doch was!« Er ging zu dem Billy-Regal neben dem Schreibtisch und ließ den Blick langsam über alle Regalbretter gleiten. Dann zeigte er auf eine ganz bestimmte Stelle. »Hier hat sie gelegen! Ich bin mir hundertprozentig sicher!« Er tippte nochmals mit einem Finger auf das Regalbrett. »Glaubt's mir!« Tina schaute den Kollegen ungeduldig an.

Auch Udo wurde unruhig und blaffte los: »Nun spann uns nicht auf die Folter! Was fehlt denn nun?«

»Da lag eine Sammelmappe mit CDs!«

»Was für welche, Musik-CDs oder was?« Udo konnte diese Umständlichkeit nicht haben.

»Nein, das waren Sicherungs-CDs! So Selbstgebrannte!«

Sie kamen schnell überein, dass der »Verlust« dieser CDs nur logisch war. Wer das dringende Bedürfnis hatte, Bergmanns Festplatte zu formatieren, wollte natürlich die entsprechenden Sicherungsmittel nicht zurücklassen.

Die weitere Spurensicherung war Routinearbeit, Leo konnte dabei nicht helfen, zumal nach seiner Erinnerung alle übrigen Sachen noch an dem Ort waren, wo er sie mit Dirk beim ersten Mal meinte gesehen zu haben. Er fuhr zurück und überließ den beiden anderen das Feld.

51.

Die Ermittlungsarbeit im K 10 kam irgendwie nicht voran. Die Kriminaltechniker konnten nicht die Ergebnisse vorweisen, die sich Hanne, Dirk und Leo versprochen hatten.

»Soll ich den Rechner schon mal nach Wiesbaden schicken?« fragte Tina ihren Kollegen Udo Kempf.

»Warte mal, ich will erst selbst einmal einen Blick in das Gerät werfen,« antwortete dieser, nahm sich einen kleinen Schraubendreher zur Hand und löste die Gehäuseschrauben. Dann schaute er mit großen Augen auf das Innenleben des Rechners. »Scheiße! Da brauchste keine Paketkarte auszufüllen, Mädchen!«

Tina beugte sich über den Rechner und nickte. »Hast Recht, war wohl nichts mit Formatieren! Dieser Mensch gönnt einem aber auch nichts!«

Die Computerspezialisten des Landeskriminalamtes brauchten sich nicht mit Bergmanns Rechner zu beschäftigen, sie bekamen ihn gar nicht erst zu Gesicht. Die Wiesbadener Kollegen hätten nicht mehr helfen können: Die Festplatte war nämlich nicht mehr vorhanden. Diejenige Person, die Bergmanns Wohnung einen Besuch abgestattet hatte, war den sichersten Weg gegangen: Statt Formatieren - Ausbauen und Mitnehmen!

Udo wusste, dass dieses Problem zumindest bei Bergmanns Notebook nicht auftreten würde. Er schaltete es ein. Die Festplatte war partitioniert, in (C:) waren die Systemprogramme abgelegt, in (D:) die privaten und in (E:) die beruflichen Ordner. Kempf interessierte sich zunächst für den beruflichen Teil.

»Dann sehen wir mal!« brummte er, während ihm Tina interessiert über die Schultern blickte. Dann hielt er inne, ging noch einmal in das Anfangsmenü zurück und wühlte in seiner Schreibtischschublade nach einem USB-Stick. Dann kopierte der die Festplattenteile (D:) und (E:) und reichte Tina den Stick. »Du kannst schon mal die Zusammenstellung machen, damit die ›K 10er‹ einen besseren Überblick haben. Dann druck' bitte die einzelnen Dateien aus.« Während Tina den Raum verließ, widmete sich Udo wieder Bergmanns beruflichen Dateien. Jetzt geschah dies nur noch aus persönlichem Interesse, denn die Aufgabe der Kriminaltechniker war mit dem Ausdruck der Dateien erledigt. Was aus den Texten für die Lösung des Falles zu entnehmen war, musste nun das K 10 klären.

Nach einer Weile rief er Leo an und bat ihn zu sich. Als dieser gekommen war und sich am Kaffee bedient hatte, erläuterte er dem nicht gerade computerversierten Kollegen mit möglichst einfachen Worten das Ergebnis der Untersuchung von Rechner und Notebook. »Tina druckt euch die einzelnen Seiten aus, da könnt ihr kräftig schmökern. Mir ist aufgefallen, dass Bergmann mit Abkürzungen operiert. Da ist ein paar Mal von einem ›S.‹ die Rede, mit dem er verschiedene Gespräche gehabt hat, die aber nicht zu seiner Zufriedenheit verlaufen sind. Aber das siehst du ja.«

Udo hob das Plastiktütchen mit dem Schlüssel hoch. »Jetzt noch einmal hierzu! Ich bin mir inzwischen sicher, dass dies ein Bankschließfachschlüssel ist. Aber von welcher Bank, weiß ich nicht. Aber wichtig muss er schon sein, sonst hätte Bergmann ihn nicht so sorgfältig versteckt.«

»Was heißt hier ›sorgfältig‹. Ich halte das für ein saublödes Versteck! Viel zu unsicher! Stell dir mal vor, wie leicht ein Auto geklaut ist – und weg ist der Schlüssel,« entgegnete Leo. Er dachte nach und bemerkte resignierend: »Da können wir uns wieder die Hacken ablatschen!«

»So viele Banken und Sparkassen gibt es ja nun auch nicht – im Weltmaßstab!« Udo lachte und verabschiedete Leo mit dem Plastiktütchen.

Der schaute noch bei Tina rein und nahm sich die Ausdrucke mit.

52.

Leo trommelte seine Leute zusammen. Sie gingen gemeinsam zu Jobst Aßmann, bei ihm war wenigstens die Versorgung mit »den Denkvorgang unterstützenden Mitteln« durch B. A. sichergestellt. Nachdem die Tassen von Hanne, Dirk, Jobst und Leo gefüllt und zwei Teller mit Plätzchen auf den Tisch gestellt waren, verabschiedete sich B. A. mit einem »Dann brütet mal schön!«.

»Hier ist ein Bankschließfachschlüssel!« Leo hielt das Plastiktütchen hoch. »Wir müssen herausbekommen, zu welcher Bank er gehört. Seine Bankgeschäfte hat Bergmann über die Sparkasse Wetzlar abgewickelt, so viel wissen wir. Auch die EC-Karte, die wir bei ihm gefunden haben, ist von der Sparkasse.« Er nahm einen Schluck Kaffee. Dirk hatte derweil den ersten Teller schon geleert. »Wenn er allerdings etwas ganz Spezielles dort gelagert hat, wofür der Aufbewahrungsort des

Schlüssels spricht, so müssen wir damit rechnen, dass dieses Schließfach nicht bei seiner Hausbank ist.« Die versammelte Runde stimmte ihm zu.

»Dann machen wir erst mal ein paar Fotokopien von dem Schlüssel,« bot sich Hanne an. »Ich kann ja bei der Sparkasse nachfragen.« Sie blickte in die Runde.

»Okay«, sagte Leo. »Sollten wir da eine Niete ziehen, müssen die anderen Banken abgeklappert werden. Jobst, dürften wir dazu die Kollegen der Schutzpolizei einbinden? Andi Rau könnte das für Wetzlar und Rolf Zufall für den Herborner und Dillenburger Raum übernehmen. Beide sind ja schon in Sachen Bergmann tätig gewesen.« Aßmann fand die Idee gut.

»Dann übernehme ich das mal«, zog Hanne die Konsequenz. »Ich bin ab sofort die große Schließfachschlüsselbewahrerin!«

Damit war das Kapitel »Schlüssel« abgehakt. Leo erzählte von dem, was Udo Kempf inzwischen herausbekommen hatte. Er wollte sich mit Dirk die einzelnen Dateien vornehmen und dem großen »S.« nachgehen. Mit einer schnellen Handbewegung schnappte sich Hanne das letzte Plätzchen, ehe Dirk zugreifen konnte. Sie streckte ihm triumphierend die Zunge heraus.

»Egoistin!« zischte Dirk im Spaß, erhob sich und ging mit dem leeren Teller ins Vorzimmer.

Jobst grinste nur und kam zum Thema zurück: »Hat denn einer von euch eine Ahnung, wer mit ›S.‹ gemeint sein könnte?«

»Mir fällt dazu nur unser Stadtrat Schwetzer ein...«, erwiderte Leo. »An dem ist ja auch das K 23 dran. Klaus hat mir davon erzählt. Wir haben schon heftig gesponnen, wie sich unsere Ermittlungen am Ende verbinden.«

Sie mutmaßten noch ins Blaue hinein, bis Jobst die Kollegen hinauskomplimenierte, als ein wichtiger Anruf für ihn kam.

53.

Der Schlüssel gehörte nicht zu einem Schließfach der Sparkasse Wetzlar. Wohl oder übel musste Hanne die Kollegen Rau und Zufall bitten, in Wetzlar beziehungsweise im Raum Herborn/Dillenburg die Banken zu befragen. Beide waren nicht gerade erfreut über diese Aufträge. »Ach Hanne,« meinte Andi Rau, »ich helfe euch ja gern, aber habt ihr nichts Interessanteres zu bieten?« Diese »Laufarbeit« erinnerte ihn an ihre ebenso langweilige Tätigkeit als Schutzpolizisten bei der Ermittlung von Verkehrssündern. Wurden Fahrzeuge bei einer Geschwindigkeitskontrolle geblitzt, bekamen die Halter der Fahrzeuge Anhörungsbögen zugesandt. Machten diese keine Angaben zur Sache, durften Andi Rau und seine Kollegen die Halter aufsuchen, um sie in Augenschein zu nehmen und mit dem Frontfoto aus der Geschwindigkeitsüberwachungsanlage zu vergleichen. Erreichte Andi die Halter zu Hause nicht, was oft genug der Fall war, durfte er zum jeweiligen Einwohnermeldeamt fahren, um sein Frontfoto mit dem dortigen Passfoto zu vergleichen. Davon träumte jeder Schutzpolizist. Aber auch solche Arbeiten mussten verrichtet werden. Da Hanne sowohl bei Andi Rau als auch bei Rolf Zufall ihren ganzen Charme ausspielte, hielt sich der Groll bei den Kollegen in Grenzen.

Anschließend ging sie zu Leo und Dirk, um bei der Durchsicht der Dateien aus Bergmanns Notebook zu helfen. Die beiden grübelten gerade über vier »Gedächtnisprotokollen« von Bergmann, die sie als interessant für ihren Fall herausgefiltert hatten.

Dirk las einen Auszug aus dem ersten Protokoll vor: »Heute das erste Gespräch mit S gehabt, war sehr hartleibig. Wollte erst gar nicht mit mir reden. Hätte eh keinen Zweck, weil noch kein B-Plan da. Habe noch nichts von EV rausgelassen. Mal schauen, ob GF es erst auf normalen Weg probieren will.«

Leo schaute Hanne an und bemerkte: »Ich glaube, jetzt lese ich erst mal aus Protokoll Nummer 2 vor, dann könne wir uns vielleicht leichter etwas zusammenreimen. Also: ›Mitteilung von GF: Er hat mit S telefoniert. Er war stinksauer, weil ich das nicht in die Reihe bringe. Das könne und wolle er nicht von Kiel aus regeln, dafür sei ich schließlich eingestellt worden. Ich solle mir was ausdenken. S hätte auf BI verwiesen, lächerlich! Projekt muss laufen, zwei Fische sind schon an der Angel. Überlege, ob ich EV schon einsetze.‹ Zitat Ende. Blickt ihr schon durch?«

Keiner antwortete, Hanne hatte sich lediglich die Abkürzungen »S«, »GF«, »B-Plan«, »EV« und »BI« auf einem Zettel notiert und kaute an ihrem Kugelschreiber. Nun war wieder Dirk mit dem Vorlesen aus dem Protokoll Nummer 3 an der Reihe. »S bei den Festspielen getroffen. Kalt wie Hundeschnauze. Werde ihn doch direkt angehen müssen.« Dirk zog die Schultern nach oben. »Nun lies noch den letzten Vermerk vor, Leo!«

»Na denn, ich zitiere: ›Plan EV läuft, habe S ganz schön Dampf gemacht, wir treffen uns morgen früh vor Ort. Ihm geht wohl die Muffe. Ist er nicht kooperationswillig, muss er zahlen. Anschließend GF informiert (ohne EV), Zuversicht erklärt.‹ Zitat Ende! So, ihr Leute, wartet mal, ich schaue jetzt nach den Daten.« Er nahm sich alle vier Zettel vor. »Die vier Protokolle verteilen sich auf einen Zeitraum von rund fünf Wochen. Aber das Entscheidende ist«, hier legte er eine Kunstpause ein. »Das letzte Gedächtnisprotokoll hat er einen Tag vor seinem Tod geschrieben! Er wurde erschossen an dem Morgen, an dem er sich mit diesem S ›vor Ort‹, wie er schreibt, treffen wollte.«

»Die Abkürzungen«, murmelte Hanne gedankenverloren vor sich hin und wedelte dabei mit ihrem Kugelschreiber. »Die Abkürzungen! Also ›BI‹ ist ja klar, das ist die Bürgerinitiative.«

»Genau«, stimmte ihr Dirk zu, während er vornübergebeugt seine Schreibtischschubladen nach etwas Essbarem durchsuchte. »Mit ›GF‹ kann ich auch was anfangen. Ich meine, das ist die Abkürzung für Geschäftsführer.“ Dabei tauchte er aus seiner untersten Schublade auf und blickte triumphierend in die Runde. Es blieb aber unklar, ob er wegen seiner gesellschaftsrechtlichen Kenntnisse gelobt werden wollte oder lediglich stolz auf seinen Fund war. Er hatte nämlich noch eine angebrochene Packung Schokoladenkekse gefunden. Und das war wirklich eine Sensation, denn angebrochene Pakkungen gab es bei Dirk eigentlich nie. Hanne und Leo schauten sich nur vielsagend an.

Nun war Leo an der Reihe. »Die Abkürzung ›B-Plan‹ sagt mir inzwischen auch was. Klaus Kellner hat mir weitergeholfen. Damit ist ein Bebauungsplan gemeint, den die Stadt Wetzlar noch beschließen muss, damit dieser Windpark gebaut werden kann.« Er grübelte eine ganze Weile, schien mit seinen Gedanken weit weg und korrigierte sich dann selbst. »Also dieser Windpark oder auch irgend eine andere Windmühlenansammlung, wer auch immer die betreiben mag. Vielleicht soll ja doch die mihevag den Zuschlag bekommen.«

Hanne schaute auf ihren Notizzettel. »Hätten wir also noch ›EV‹ und ›S‹!«

»Leo hat doch schon gesagt, wer der ›S‹ ist.« Dirk sprach mit vollem Mund und krümelte die Schreibtischplatte voll. »Würde doch gut zusammenpassen, oder?« Er griff sich noch einmal die Ausdrucke der Gedächtnisprotokolle und ersetzte die Abkürzungen durch deren bekannte oder vermutete Bedeutung. »Heute das erste Gespräch mit Schwetzer gehabt, war sehr hartleibig. Wollte erst gar nicht mit mir reden. Hätte eh keinen Zweck, weil noch kein Bebauungsplan da. Habe noch nichts von EV rausgelassen. Mal schauen, ob unser Geschäftsführer es erst auf normalen Weg probieren will.« Er griff zum nächsten Zettel. »Mitteilung vom Geschäftsführer: Er hat mit Schwetzer telefoniert. Er war stinksauer, weil ich das nicht auf die Reihe bringe. Das könne und wolle er nicht von Kiel aus regeln, dafür sei ich schließlich eingestellt worden. Ich solle mir was ausdenken. Schwetzer hätte auf die Bürgerinitiative verwiesen, lächerlich! Projekt muss laufen, zwei Fische sind schon an der Angel. Überlege, ob ich EV schon einsetze.« Dirk blätterte zum dritten Zettel. »Schwetzer bei den Festspielen getroffen. Kalt wie Hundeschnauze. Werde ihn doch direkt angehen müssen.«

Noch bevor er zu Ende gelesen hatte, beugte sich Hanne über den Tisch und nahm den letzten Zettel auf. »Plan EV läuft, habe Schwetzer ganz schön Dampf gemacht, wir treffen uns morgen früh vor Ort. Ihm geht wohl die Muffe. Ist er nicht kooperationswillig, muss er zahlen. Anschließend den Geschäftsführer informiert (ohne EV), Zuversicht erklärt.« Mit einem eleganten

Schwung warf sie Dirk den letzten Zettel zurück. »Sinn macht das schon mit Schwetzer, wäre aber zu schön, um wahr zu sein.« Sie brummelte »EV, EV« vor sich hin.

Dirk kam auf die glorreiche Idee, mal die Bedeutungen zu sammeln, die sie ausschließen konnten. »Also ›evangelisch‹ heißt es sicher nicht. ›Plan evangelisch läuft‹, ist doch Quatsch, oder? Und ›eingetragener Verein‹ passt doch auch nicht.« Er blätterte wieder in den Unterlagen und zitierte: »Überlege, ob ich den eingetragenen Verein schon einsetze.« Jetzt war er nicht der Einzige, der den Kopf schüttelte.

Leo schlug mit der Hand auf den Tisch. »Irgend etwas mit ›Energie‹. ›Energie‹. ›Energie‹.« Nun sagte er sich schon zum dritten Mal das Wort vor. Dann hellte sich sein Gesicht auf: »Energieverordnung vielleicht!«

»Glaube ich nicht,« antwortete Hanne spontan, »dann würde das eher ›EVO‹ heißen. Ach bin ich blöd!« Sie schlug sich an die Stirn. »Warum frage ich nicht meinen Rechner?« Sie stand auf und ging zu ihrem Zimmer hinüber. Leo und Dirk gingen sofort mit.

Leo knuffte Dirk in die Seite. »Ist doch prima, wenn man so einen Computerfreak - oder besser: Computerfreakin – in der Truppe hat!«

»Vielleicht hat sie auch noch was zum Knuspern«, ergänzte Dirk.

Auf Hannes Rechner war ein Programm mit allen möglichen Rechtsvorschriften und Urteilen geladen. Sie brauchte nur das Stichwort »Energieverordnung« einzugeben, um zu erkennen, dass dies wohl nicht die Bedeutung für Bergmann gehabt hatte. Das Programm verwies nur auf eine »Energieverordnung der DDR«. Da Hanne nun aber schon dabei war, änderte sie das Suchwort kurz in »EV« um und bekam nacheinander die Anzeigen für »Verordnung über die Einreichung von Unterlagen in Verfahren für die Zulassung und Verlängerung der Zulassung von Arzneimitteln (AMG-Einreichungsverordnung - AMG-**EV**)«, »Kündigung wegen mangelnder persönlicher Eignung nach Abs. 4 Ziff. 1 Einigungsvertrag (**EV**)« und »Beitragssatzung für die Erweiterung und Verbesserung der Wasserversorgungsanlage (BS-**EV**/WAS)«. Sie las resigniert vor, es war alles Fehlanzeige! Bergmann wollte sicher weder eine Einreichungsverordnung, noch den Einigungsvertrag oder die Erweiterung und Verbesserung einer Wasserversorgungsanlage einsetzen.

Leo erhob sich und ging zur Tür, Dirk folgte ihm nach. »So ein Mist,« sagte Dirk, als sie an der Tür ankamen und legte Leo eine Hand auf die Schulter, »das war ja wieder ein richtiger Offenbarungseid!«

Die letzte Silbe hatte Dirk noch nicht ganz ausgesprochen, da fuhr Leo herum. »Mann, sind wir blöd! Wie heißt der Offenbarungseid heute? Na?«

Zögerlich murmelten Hanne und Dirk fast im Chor: »Eidesstattliche Versicherung!«

»Du glaubst doch nicht, dass Bergmann oder ›S‹ wie Schwetzer die Finger gehoben haben, Leo!« Dirk verstand nicht, worauf Leo hinaus wollte. »Das ergibt doch keinen Sinn.«

Jetzt war bei Hanne der Groschen gefallen. »Ach, EV wie eidesstattliche Versicherung. Aber du meinst nicht die Vermögensoffenbarung, sondern ...«. Ihre Finger flogen über die Tasten ihres Computers und schon konnte sie den Satz vollenden: »... die besondere Bekräftigung einer Tatsachenbehauptung , insbesondere im Verfahrensrecht. Eine falsche Eidesstattliche Versicherung zieht die gleichen Rechtsfolgen wie ein falscher Eid nach sich. Die Eidesstattliche Versicherung ist in vielen Fällen gesetzlich vorgeschrieben, kann aber auch als besondere Form der Tatsachenbestätigung zur Glaubhaftmachung benutzt werden.« Sie klatschte sich selbst Beifall.

»Genau!« Leo legte jede Menge Zufriedenheit in diese Bestätigung. »Da hat jemand dem Bergmann was an Eides statt versichert, und dieses Papier kann einem ›S‹ Schwierigkeiten bereiten. Deshalb hilft das Papier, den Windpark durchzusetzen.«

Hanne nickte. »Und so ein wichtiges Papier hebt man am Besten in einem Bankschließfach auf. Wir müssen das Fach finden!«

54.

Einen einzigen Tag brauchten Rolf Zufall und Andi Rau zur Durchführung ihrer Aufträge, dann meldeten sie sich unabhängig voneinander mit dem Ergebnis ihrer Suche: Fehlanzeige auf der ganzen Linie! Im gesamten Lahn-Dill-Kreis fand sich keine Bankschließfachanlage, zu der Bergmanns Schlüssel passte.

Aber Hanne Ziegler hatte mitgedacht und schon parallel zum Auftrag an die beiden Schutzpolizisten eine weitere Anfrage gestartet. Sie hatte das Landeskriminalamt angemailt und um Hilfe gebeten. Das LKA hatte Kontakte zu den Spitzenorganisationen der Banken und Sparkassen, brauchte also nur die Mail nebst der angehängten Abbildung des Schlüssels dorthin weiterzuschicken. Diese Spitzenorganisationen sollten alle ihrer Mitglieder informieren und um Mithilfe bitten. Das dauerte natürlich.

Im K 10 herrschte gedrückte Stimmung. Zum einen ging den Beamten das Warten auf die vielleicht wichtigste Information auf den Wecker, zum anderen erschreckte ein Anruf von Carola vor allen Dingen Leo, aber auch seine mitfühlenden Kollegen.

»Hallo, mein Schatz.« Trotz der liebevollen Begrüßung war aus Carolas Stimmlage herauszuhören, dass ihr Anruf ernster Natur war. »Kannst du dich früher losmachen, unser Schneckchen gefällt mir überhaupt nicht.«

Schon ein paar Tage laborierte der Hund mit einer offensichtlichen Entzündung an seiner rechten Vorderpfote. Sie hatten sich mit Salbe beholfen und die Sache im Auge behalten. Schneckchen war ja hart im Nehmen aber jetzt zog er beim Gehen seine Pfote hoch, wie Carola berichtete. Die Schwellung war plötzlich so groß wie ein Taubenei, das musste sich ein Fachmann anschauen.

Leo machte sich sofort auf den Heimweg und fuhr mit Schneckchen nach Rechtenbach in die Tierklinik.

55.

Schneckchen hinkte auf drei Beinen die paar Stufen zum Eingang der Tierarztpraxis hoch. Während Leo die Klingel betätigte, ignorierte der kleine Kranke wie immer den am Eingang angebrachten Wassernapf. Kaum schnarrte der Türöffner, verwandelte sich Schneckchen in einen anderen Hund: Noch folgsamer als sonst, nicht gerade ängstlich, aber doch vorsichtig. Außerdem schien es zu jeder Jahreszeit in den Praxisräumen zu kalt zu sein, er zitterte nämlich am ganzen Körper.

Schnurstracks humpelte er mit gesenktem Kopf an seinem Herrchen vorbei geradeaus in das Wartezimmer und legte sich neben einen leeren Stuhl. So wusste auch Leo, wo er sich hinzusetzen hatte. Die anderen Patienten im Wartezimmer interessierten Schneckchen überhaupt nicht. Weder die Katze, die im Körbchen auf Frauchens Schoß saß, noch den Yorckshireterrier, der kläffend versuchte, von Herrchens Arm zu springen, würdigte er eines Blickes. In »freier Wildbahn« hätte das anders ausgesehen.

Endlich waren sie an der Reihe. Der Tierarzt kam ins Wartezimmer. »Hallo, Herr Trinkaus, kommen Sie bitte.« Noch ehe er sich mit einem »Na, Leo!« heruntergebeugt hatte, war Schneckchen schon an ihm vorbei ins Behandlungszimmer verschwunden, bog gleich nach links ab, verschwand hinter dem Tresen und legte sich unter den Schreibtisch der Sprechstundenhilfe. Er ging in Deckung.

»Na, Leo, mein Schätzchen,« sagte die Sprechstundenhilfe und kniete sich neben dem kleinen kranken Kerl unter den Tisch, »komm doch raus, wir wollen dir doch helfen!« Streicheln ließ er sich, aber dazu brauchte er noch lange nicht aufzustehen. Die Sprechstundenhilfe lachte; nicht nur sie, sondern auch der Tierarzt und die ebenfalls anwesende Tierärztin kannten Schneckchens Ritual.

Auch die Tierärztin beugte sich noch über den Tresen. »Leo, sei doch nicht so ein Angsthase! Sonst nimmt dich Herrchen nie auf eine Verbrecherjagd mit!«

Es war nichts zu machen. Erst als Leo ihn mit etwas deutlicheren Worten aufforderte, zu kommen, reagierte er nach dem dritten Anlauf. Leo musste ihn gleich beim Tresen abfangen und ihn auf den Behandlungstisch heben. Arzt und Ärztin betrachteten sich die Pfote und bekamen ernste Gesichter. Sie blickten sich kurz an und nickten sich im stillen Einverständnis zu. »Den müssen Sie gleich hierlassen, da müssen wir operieren. Dann hat sich der Kleine wohl eine Granne eingefangen. Und die wandert jetzt in seiner Pfote rum. Das müssen wir aufmachen.«

»Wenn es sein muss«, antwortete Leo. »So kann es nicht bleiben. Sie haben ja gesehen, wie er sich quält.«

»Haben Sie Zeit? Es wäre schön, wenn Sie dabeibleiben könnten, bis er eingeschlafen ist.« Eine neue Situation für Leo: In dem einen gemeinsamen Jahr mit Carola brauchte Schneckchen noch keine Betäubung über sich ergehen zu lassen. Langjährige Tierhalter hatten da schon andere Erfahrungen bis hin zum schmerzlichen Einschläfern ihrer Liebsten.

Schneckchen bekam also seine Betäubungsspritze, die er sich klaglos geben lies, obwohl man ihm anmerkte, dass ihm das Spritzen weh tat. Dann humpelte er mit Herrchen in das Wartezimmer Nummer Zwei und legte sich zu Leos Füßen.

Leo holte sein Handy hervor und rief in der Dienststelle an. Er berichtete kurz über Schneckchens bevorstehende Operation. Dann wurde er dienstlich. »Habt ihr schon was Neues gehört?«

»Nee! Wir warten doch auch. Aber es reicht doch, wenn wir hier auf heißen Kohlen sitzen«, antwortete Hanne Ziegler. »Kümmere du dich um deinen Hund. Wir informieren dich schon, wenn es soweit ist.«

Leo bedankte sich und überlegte, ob er auch kurz Caro informieren sollte. Er ließ es dann aber doch. Er wollte es ihr persönlich sagen und ihr dabei in die Augen schauen können. Es reichte, dass er jetzt aufgeregt war.

Schneckchen lag immer noch so, wie er »Platz« gemacht hatte, obwohl schon zehn Minuten vergangen waren. Die Sprechstundenhilfe schaute um die Ecke und fragte: »Schläft er schon?«

Leo schüttelte den Kopf. »Nein, er liegt immer noch wie vorhin.« Dabei beugte er sich zu dem Kleinen hinunter und schreckte zurück, als er ihm über den Kopf streichelte. Schneckchen fiel dabei nämlich auf die Seite. Leo hatte als in dieser Situation Unerfahrener nicht bemerkt, dass die Betäubung schon voll wirkte.

»Sehen Sie, er schläft schon, dann können Sie jetzt gehen.«

Sie sprachen ab, dass Leo ihn in zwei Stunden wieder abholen könnte. Es wäre nämlich besser, wenn er zu Hause in gewohnter Umgebung wieder aufwachen würde.

Leo saß kaum im Auto, als sein Handy klingelte. Carola hatte es nicht mehr ausgehalten. »Was ist denn nun mit unserem Schneckchen, warum dauert das so lange?« Er merkte erst jetzt, wie blöd er sich verhalten hatte. Natürlich hatte er Carola dadurch, dass er sich nicht gemeldet hatte, noch mehr beunruhigt. Sie war zwar dankbar, mit Leo einen Partner gefunden zu haben, der ihr inzwischen den Gang zum Tierarzt abnahm, wenn es um ernstliche Erkrankungen ging, aber mit dem Herzen war sie natürlich die ganze Zeit dabei. Er erzählte ausführlich und versprach, sofort nach Hause zu kommen.

Schon vor Ablauf der zwei Stunden stand Leo in Rechtenbach wieder auf der Matte. Er musste noch eine Viertelstunde warten, bis Schneckchens Operation beendet war. Die Ärzte hatten alles durchsucht, aber keinen Fremdkörper in Schneckchens Pfote gefunden. Irgendwoher musste aber die Entzündung kommen. »Da müssen wir kräftig mit einem Antibiotikum ran. Es ist besser, wenn Sie zunächst täglich zum Verbandwechsel kommen. Geht das bei Ihnen jeden Abend?« Leo nickte. »Dann bekommt er eben für die nächste Zeit hier seine Salben und Spritzen.« Die Ärztin erläuterte ihm noch die notwendigen Verhaltensweisen. »Hoffentlich beißt sich Leo nicht den Verband ab. Sonst müssen Sie ihn mit der ›Tröte‹ quälen.«

Er hatte darüber schon mit Carola während der letzten zwei Stunden gesprochen und dabei erfahren, dass auch sie aus früheren Zeiten den als »Tröte« bezeichneten Plastik-Hals-Trichter im Keller hatten. Schneckchen würde wohl oder übel für die nächsten Nächte dieses »Marterinstrument« aufgesetzt bekommen müssen. Tagsüber wollten sie arrangieren, dass immer einer von ihnen bei Schneckchen blieb. Notfalls müsste Carola eben Schneckchen mit zur Arbeit nehmen, wenn es nicht anders ging.

Als Leo den leblos wirkenden Hund vom OP-Tisch herunterhob, stach es ihm ins Herz. Zu Hause legte er den kleinen Kerl behutsam auf sein Kissen unter dem Küchentisch. Dieser Platz war gewissermaßen Schneckchens Höhle, in die er sich auch sonst gern zurückzog. Dort sollte er auch aus der Betäubung erwachen.

56.

Nach einigen Tagen stellten sich Fortschritte in der Ermittlungsarbeit des K 23 ein. Klaus Kellner hatte neue Antworten erhalten, um ein paar Steinchen seinem Puzzlespiel hinzuzufügen. Seine Magnettafel kam zum Einsatz.

Zunächst hatte er nur die Notizzettel mit den Namen von Herrn Schwetzer, Frau Schlicht, der Bauermann GmbH, der Ro-Bau GmbH und der Firma Gehlen angeheftet, bei den Firmen waren außerdem die Namen der Geschäftsführer oder Inhaber vermerkt. Klaus ging sorgsam die eingegangenen Unterlagen durch, nahm sich jeweils einen neuen Notizzettel und notierte die Angaben.

Zunächst begann er, einen Stammbaum der Familie Schwetzer zu erstellen. Der Stadtrat hatte drei Brüder und eine Schwester. Vater und Mutter waren bereits verstorben. Sein Bruder Dieter war mit Anne, einer geborenen Asthalter verheiratet. Wolfgang hatte Brigitte, geborene Schmelz zur Frau genommen, während sein Bruder Axel unverheiratet war. Dies bedeutet aber noch lange nicht, dass er unbeweibt ist, dachte Klaus. Hier müsste er noch nachforschen, ob Axel nicht mit einer Lebenspartnerin zusammen wohnt. Er notierte dies kurz auf seinem Merkzettel und legte ihn wieder zur Seite. Schwetzers Schwester Helga hatte einen Holger Kwiatkowski geheiratet und dessen Namen angenommen.

Steffi Schlicht, des Stadtrats Lebenspartnerin, trug noch ihren sogenannten Mädchennamen. Ihre Schwester Andrea hieß nach Eheschließung jetzt Heidenstock. Hauptkommissar Kellner nickte zufrieden vor sich hin: Bis auf den Namen Schmelz keine Allerweltsnamen wie Müller oder Meier, die unnötige Verdächtigungen heraufbeschwören könnten.

Nun nahm er sich die Informationen aus den Hauptakten der Handelsregister vor. Er erwischte als erstes die Bauermann GmbH und pfiff leise durch die Zähne.

Dass Ralf Bauermann Geschäftsführer war, wusste er schon, nun las er aber dessen Namen nicht in der Gesellschafterliste. Hier waren lediglich zu jeweils fünfzig Prozent Günther Kwiatkowski und dessen Ehefrau Maria geborene Eckstein, beide wohnhaft in Friedberg eingetragen. »Kwiatkowski,« murmelte Klaus Kellner, »den Namen hatten wir doch eben!« Er blätterte um und zog den entsprechenden Notizzettel. Schwetzers Schwester war eine Kwiatkowski, der Gesellschafter aber nicht ihr Ehemann. Klaus verglich die Geburtsdaten und kam zu dem Schluss, bei den Gesellschaftern könnte es sich um Bruder und Schwägerin von Schwetzers Schwager handeln. Für einen Moment überlegte er, wie man denn diesen Verwandtschaftsgrad korrekt bezeichnen müsste, brach aber diese Gedanken gleich wieder erfolglos ab. »Das könnte was werden«, murmelte er frohgemut vor sich hin und nahm sich den Bericht über die Ro-Bau GmbH vor.

Die Parallelität war verblüffend: Es stellte sich heraus, dass auch Steffen Rosner als sogenannter Nur-Geschäftsführer fungierte, also nicht Gesellschafter war.

Kellner trank einen Schluck Tee und brach sich eine Ecke vom Knäckebrot ab, ehe er das nächste Blatt studierte. Er hörte auf zu kauen und hätte sich fast verschluckt - als er den Namen »Eckstein« erblickte. Da stand es schwarz auf weiß: Alleinige Gesellschafterin der Ro-Bau GmbH war eine Magda Eckstein aus Butzbach! »Volltreffer!« sagte er laut und fing an, vor sich hin zu summen. Dann notierte er die neuen Erkenntnisse auf Notizzettel und platzierte sie an seiner Magnettafel. Hatte die Schwägerin der Helga geborene Schwetzer bei der Ro-Bau die Gewinnabschöpfungsbefugnis?

Klaus hatte wirklich keinen Bock mehr auf lange schriftliche Anforderungen, jetzt war er so nahe am vermeintlichen Ziel. Es bedurfte aber noch einiger Telefonate, die seine bekannte zielstrebige Zähigkeit, seinen unerwarteten Charme und manchmal sogar einiges Süßholzraspeln erforderten, bis er am Ziel seiner Wünsche war. Es stimmte tatsächlich, die Familienbande der Schwetzers waren so geschickt verwoben, dass jeder, der nicht so ein versierter Analytiker wie Klaus Kellner war, lange brauchen würde, um das Geflecht zu durchschauen, wenn überhaupt!

Die Wetzlarer Firma Gehlen schien allerdings sauber zu sein. Mit seinem System fand er keinerlei Anhaltspunkte für eine Verbindung zu Schwetzers Umfeld. Der Inhaber Ecevit war mit einer deutschen Staatsangehörigen, Sonja Theis, verheiratet. Dieser Name tauchte aber in Kellners ganzem Papierwust nicht mehr auf.

Trotzdem, Kellner war höchst zufrieden. Wenn das nicht für einen Anfangsverdacht ausreicht, dachte er, dann weiß ich es auch nicht. Um an die Ausschreibungsunterlagen und die Akten des Rechnungsprüfungsamtes der Stadt heranzukommen, musste er schon den offiziellen Weg gehen. Die Entscheidung über die Einleitung eines förmlichen Ermittlungsverfahrens gegen Stadtrat Schwetzer musste Hubert Zimmermann als der zuständige Staatsanwalt treffen. Wenn es notwendig werden würde, konnte er immer noch seine Suche vertiefen. Klaus Kellner war übrigens einer der wenigen Wetzlarer Kriminalbeamten, die den Staatsanwalt nicht mit seinem Spitznamen ansprachen. Er möchte einfach diese Verniedlichungsformen bei erwachsenen Menschen nicht.

Er zog noch einige Verbindungslinien an seiner Magnettafel und schrieb hier und da noch eine Anmerkung dazu. Das muss ich unbedingt Leo Trinkaus zeigen, sagte er zu sich selbst und ging aus seinem Zimmer.

57.

Leo bekam an jedem Morgen die besorgte Anteilnahme der Kollegen zu spüren, wenn er jeweils das aktuelle tierärztliche Bulletin des Vorabends erläuterte. Schneckchens Zustand verbesserte sich langsam, aber die Beschreibung der Wunde machte alle betroffen. Diese kahlrasierte, dunkelrot schillernde Pfote mit der langen Narbe, aus der die Fäden hochstanden, musste einfach Mitleid erwecken. Schneckchen war jedenfalls ganz tapfer und hatte auch noch nicht versucht, sich selbst die Fäden zu ziehen.

Die mitleidige Stimmung passte auch gut zu ihren Ermittlungsergebnissen. Noch immer keine Rückmeldung über den Schließfachschlüssel. Dirk hatte aus lauter Verzweiflung noch einmal mit dem Kollegen Finke aus Kiel gesprochen und ihn gebeten, mit Bergmanns bestem Bekannten aus der Futura zu reden. Er schilderte kurz ihre derzeitige Vermutung. Finke sollte leicht etwas andeuten und eruieren, ob Bergmanns Kollege etwas über eine gefährliche Aktion oder deren Planung wüsste. Es wäre ja möglich, dass die Kollegen darüber gesprochen hatten, was Bergmann da für ein »Pfund« in der Hinterhand hatte. Eine Rückmeldung aus Kiel gab es noch nicht.

An diesem Vormittag kam aber tatsächlich eine andere Rückmeldung! Hanne erhielt eine mail von einer

Landbank Wahlbach eG, dort stünde eine solche Schließfachanlage. Wahlbach war ein Ortsteil der Gemeinde Burbach. Wenn man im Nordwesten den Lahn-Dill-Kreis verließ, überschritt man hinter Haiger die Grenze nach Nordrhein-Westfalen. Die nächste Ortschaft war schon Burbach. Man musste die Ortsteile Wasserscheide, Würgendorf und Burbach durchfahren, ehe man nach Wahlbach kam.

Hanne fühlte sich an die Asterix-Bände erinnert: »Ganz Nordrhein-Westfalen ist von der Banken-Fusionswelle erfasst ... Ganz Nordrhein-Westfalen? Nein! Ein von unbeugsamen Siegerländern bevölkertes Dorf hört nicht auf, dem Fusionsmoloch Widerstand zu leisten.« Die kleine Bank in dem Burbacher Ortsteil hatte bisher allen Fusionsbemühungen widerstanden und es irgendwie geschafft, immer noch selbständig zu bleiben. Die Genossenschaftsbank hatte in den vielen Jahren ihres Bestehens lediglich einmal ihren Namen geändert, früher war es die »Landkasse« gewesen. Es konnte gut sein, dass sich Bergmann diese kleine Bank jenseits der Landesgrenze ausgesucht hatte, um etwas zu lagern, was nicht zu seien übrigen Geschäfts- und Privatpapieren gehörte.

Es herrschte ausgelassene Stimmung. Endlich mal wieder ein Schritt nach vorn. Hanne, Dirk und Leo wurden so laut, dass noch mehrere Kollegen den Kopf hereinsteckten, darunter auch Klaus Kellner. Er kam ins Zimmer.

»Ihr seid ja gut drauf heute! Gibt's was zu feiern?« Dann wendete er sich an Leo. »Leo, ich habe etwas rausgefunden, was dich sicher interessieren wird. Kommst du mal mit?«

»Tut mir leid, Klaus,« antwortete er, »eigentlich habe ich jetzt keine Zeit.« Er erläuterte ihm kurz den Inhalt der erfreulichen Rückmeldung.

»Oh, gerade deshalb solltest du vorher noch schnell mit mir kommen. Vielleicht können wir unsere Fälle tatsächlich zusammenschmeissen.«

Leo ließ sich überreden, traf aber vorher noch die Vorkehrungen für sein eigenes Kommissariat. Hanne sollte unverbindlich bei der Bank deren Öffnungszeiten abklären, aber keinesfalls durchblicken lassen, wer sie war und warum sie kommen wollten. Dirk sollte Jobst Aßmann informieren und einen Wagen besorgen. In der Tür drehte er sich noch einmal herum. »Fast hätte ich es vergessen, wir brauchen ja auch einen Durchsuchungs- und einen Beschlagnahmebeschluss! Ruft doch gleich bei Peter Grün an, damit er noch einen Richter erwischt. Und macht Dampf!« Dann ging er mit Kellner an dessen Magnettafel und ließ sich die womöglich rein zufälligen Namensgleichheiten zwischen den Gesellschaftern der Baufirmen und Schwetzers Großfamilie erklären. Leo strahlte, belobigte seinen Kollegen und hieb ihm dabei kräftig auf die Schultern, was Klaus nun gar nicht abkonnte. »Dann kommt doch einfach mit ins Siegerland, Klaus! Vielleicht bekommst du dann an Ort und Stelle die Bestätigung!«

58.

Nach der Magnettafelinformation wollte Leo mit Klaus nach Burbach fahren. Zwei Beamte für diese Aktion war eigentlich schon zu viel des Guten, das Schließfach hätte auch einer von ihnen allein ausräumen können. Aber

Hanne und Dirk quengelten wieder so lange, bis sie Leo breitgeschlagen hatten; sie wollten sich nicht entgehen lassen, bei der Schließfachöffnung dabei zu sein.

Aber sie konnten noch nicht losfahren. Peter Grün hatte in dem Telefonat mit Hanne gleich abgewunken. »Einen Beschlagnahmebeschluss könnt ihr vergessen! Den bekomme ich von Frau Stock-Hellmann niemals. Das Bundesverfassungsgericht hat doch schon entschieden, dass so etwas hier unzulässig wäre.« Er blätterte einen Moment, dann hatte er die Entscheidung gefunden. »Ich zitiere: ›Ordnet ein Richter - etwa gleichzeitig mit dem Erlass eines Durchsuchungsbeschlusses - die Beschlagnahme von Gegenständen an, bevor diese von den Strafverfolgungsbehörden in amtlichen Gewahrsam genommen worden sind, so muss er die Gegenstände so genau bezeichnen, dass keine Zweifel darüber bestehen, ob sie von der Beschlagnahmeanordnung erfasst sind.‹ Zitat Ende. Was soll die Frau denn reinschreiben, ihr wisst doch selbst noch nicht, was ihr finden werdet. Wenn ihr eine eidesstattliche Versicherung oder so etwas findet, stellt ihr das Dokument vorläufig sicher. Basta! Mit dem Durchsuchungsbeschluss wird es aber klappen.«

Nach vierzig Minuten kam der erlösende Anruf des Staatsanwaltes. »Ihr könnt losfahren, ich habe den Wisch! Kommt hier bei uns vorbei, der Beschluss liegt auf der Geschäftsstelle. Und informiert mich gleich, wenn ihr was gefunden habt.«

59.

Sie fanden das Bankgebäude schnell, es befand sich an der Durchgangsstraße. Es war ein alter, unscheinbarer Bau, klein aber fein – und sicherlich schon vor Generationen abbezahlt. Nur der Geschäftsführer und ein Mitarbeiter regelten den ganzen Bankverkehr. Trotzdem fragten sich die Kriminalbeamten, wie eine so kleine Bank noch allein existieren konnte, aber es hatte sie letztlich nicht zu interessieren. Punkt zwei Uhr standen sie vor der Tür, als diese gerade nach der Mittagspause von innen aufgeschlossen wurde. Alle Vier gespannt wie ein Flitzebogen, ob denn Bergmann Kunde dieser Bank war.

Volltreffer, es war so! Ihre Bedenken, wie die »Bankmenschen« denn auf ihr Ansinnen reagieren würden, verflüchtigten sich schnell. Der Geschäftsführer war ein freundlicher Mann, hörte sich ihre Wünsche an und bedauerte die Tatsache und die Umstände des Todes seines Kunden. Er überflog nur kurz den Durchsuchungsbeschluss und nickte.

Bergmann war nicht oft nach Burbach gekommen. An Hand der Kundenkarte, auf der jeder einzelne Zugang zum Schließfach notiert wurde, konnte der Geschäftsführer feststellen, wann Bergmann zuletzt sein Schließfach aufgesucht hatte. Der Termin lag kurz vor dem Tag der ersten Protokollnotiz, welche die Ermittler auf Bergmanns Notebook gesichert hatten.

Sie wurden in den Keller des Gebäudes geleitet. Umständlich schloß der Geschäftsführer eine alte Stahlgittertür auf und schaltete das Licht an. In dem Raum befand sich ein kleiner Tisch mit einem Stuhl davor und als Paradestück das, was man aus alten Filmen als »Panzerschrank« in Erinnerung hatte. Mit zwei langen Spezialschlüsseln öffnete der Geschäftsführer die Tür und schob sie mit großer Kraftanstrengung auf. Dahinter kamen drei Reihen mit jeweils zwanzig Schließfächern zum Vorschein. »So, dann schauen wir mal«, sagte er. »Die Nummer 24.« Er fuhr mit einer Fingerspitze die Fächer entlang und tippte schließlich in der mittleren Reihe auf das vierte Fach von oben. »Da haben wir es ja!« Er nahm ein kleineres Schlüsselbund, suchte den passenden Schlüssel und betätigte den Schließmechanismus, während Leo unruhig seinen Oberkörper hin und her bewegte.

»Sesam, öffne Dich!« flehte Dirk, doch der Geschäftsführer drehte sich nur erstaunt um.

»Nein, nein, jetzt sind Sie erst an der Reihe. Sie können jetzt mit Herrn Bergmanns Schlüssel das Fach öffnen.«

Leo streckte eine Hand zu Dirk hin aus, die eindeutige Aufforderung, ihm den Schließfachschlüssel zu geben. Aber Dirk schüttelte nur den Kopf. »Wieso ich? Ich habe den Schlüssel doch nicht eingesteckt!«

Nun blickte Leo zu Hanne, doch die hob abwehrend die Hände. »Ne ne, Leo. Das kannst du mir nicht in die Schuhe schieben! Seit drei Tagen liegt der Schlüssel schon in deiner Schreibtischschublade. Erinnere dich, du hast gesagt, ›Frau Schließfachschlüsselbewahrerin, jetzt kann ich das Ding ja wiederhaben, Ihre Mission ist erfüllt!‹ oder so ähnlich.«

Klaus Kellner konnte nicht mehr an sich halten, er lachte laut los. »Ihr seid ja Spezialisten! Da machen wir die weite Reise und der Chef vom K 10 lässt das Wichtigste zu Hause!«

Leos Gesichtsfarbe wechselte mehrmals, bis er sich wieder in der Gewalt hatte. Hanne hatte Recht, er selbst hatte sich den Schlüssel wiedergeben lassen und es verschwitzt. Um Ruhe bittend hob er beide Arme und rief: »Ich entschuldige mich in aller Form bei euch, liebe Kollegin und liebe Kollegen! Mea culpa!« Er wandte sich dem Geschäftsführer zu, der inzwischen von Unverständnis zu einem humorvollen Begleiten der Aktion gewechselt war. »Wie lange haben Sie heute auf?« Automatisch schaute er dazu auf seine Armbanduhr, obwohl ihm sein Zeitgefühl eigentlich hätte sagen müssen, dass es noch nicht später als 14.30 Uhr sein konnte.

»Heute bis 17.00 Uhr,« antwortete der Geschäftsführer. Dann schmunzelte er. »Sie müssen wohl noch eine ›Ehrenrunde‹ fahren, wenn ich das recht sehe.«

»Wer von uns fährt, klären wir draußen.« Sie würden auf jeden Fall heute noch wieder kommen, so viel stand fest. Während der Geschäftsführer umständlich wieder den »Panzerschrank« verschloß, gingen die vier Kriminalbeamten schon wieder nach oben. Das Sticheln und Glucksen ging dabei natürlich weiter, aber Leo nahm es jetzt auch mit Humor.

Es war gar nicht so einfach zu klären, wer denn nun die »Ehrenrunde« zurück nach Wetzlar fahren sollte. Klaus Kellner kam ohnehin nicht in Frage, er war ja quasi als Gast mitgekommen. Hanne weigerte sich strikt, solche Aufgaben zu übernehmen, bloß weil sie die Jüngste von ihnen war. Leo, als der Verursacher des Ganzen eigentlich für diese Fahrt prädestiniert, schied deshalb aus, weil er die verbleibende Truppe als Entschädigung während der Wartezeit zu Kaffee und Kuchen einladen wollte. Aber als das Wort »Einladung« gefallen war, stand auch fest, dass Dirk Roß sich keinen Fuß breit von Leo entfernen würde. Im selben Moment bemerkte er nämlich einen leichten Schwächeanfall, weil er schon so lange nichts mehr zu sich genommen hatte. Es wäre geradezu unverantwortlich, Dirk in diesem Zustand fahren zu lassen.

»Wir lassen uns den Schlüssel einfach von Wetzlar bringen.« Hanne hatte des Rätsels Lösung gefunden. Aber Leo wollte sich mit diesem Vorschlag nicht anfreunden.

»Wie sieht das denn aus, da werde ich ja gleich zum Gespött der ganzen Polizeistation.«

Trocken erwiderte Klaus: »Das kannst du ohnehin nicht verhindern. Wenn einer von uns allein zurück kommt und dann wieder fährt, ist es auch gleich rum. Und jeder von uns könnte doch auch plaudern, oder? Nimm's leicht, Leo!«

Es stimmte. Auch das Argument, dann müsste ein zweiter Wagen auch noch hin und her fahren, zog nicht. Das müsste sonst einer von ihnen machen.

»Hat jemand von euch auf der Herfahrt hier in Wahlbach ein Café oder Ähnliches gesehen?« Leos Frage wurde allseits mit Kopfschütteln beantwortet. »Dann fahren wir erst einmal weiter durch den Ort durch«, ordnete er an. Hanne, Klaus und Leo stiegen ein, bei Dirk musste man es eher als ein »Hineinquetschen« bezeichnen. Leo schaute vom Beifahrersitz aus zu; es war immer wieder faszinierend, wie es der Hüne schaffte, sich hinter dem Lenkrad des Vectra zu platzieren und seine langen Beine auch noch im Fußraum unterzubringen, ohne die Pedale zu blockieren.

Kurze Zeit später zeigte Dirk nach rechts und verlangsamte die Geschwindigkeit. »Da ist ne Fleischerei!« Doch die »Fleischerei ter Jung« hatte nun einmal keine Sitzplätze zu bieten, obwohl Dirk als einziger auch nichts gegen ein paar Mettbrötchen im Stehen einzuwenden gehabt hätte. An der nächsten Ecke bremste er nicht nur, er hielt sogar an. »Guckt mal da! ›Restaurant Athen. Steak & Fisch Spezialitäten‹!« Er zeigte nach links und hatte schon die Fahrertür geöffnet, als ihn Leo zurückhielt.

»Dirk! Wir wollen Kaffee und Kuchen, hast du das vergessen?«

»Aber griechisch wäre doch auch gut.«

Jetzt mischte sich Klaus von hinten ein. »Reiß dich mal zusammen, Dirk! Du bekommst doch was zu Futtern, aber nicht hier! Außerdem schau mal auf die Uhr, nach halb drei gibt es da sicher nichts mehr.«

Dirk stemmte sich aus dem Wagen und ging trotzdem mit großen Schritten auf die Eingangstür des Lokales zu. Er schaute, las und machte eine wegwerfende Handbewegung. Dann drehte er sich um und kam zurück. »Hast Recht, von halb drei bis fünf ist zu.«

Sie fuhren also noch weiter durch Wahlbach und gaben auch der »Conditorei Erhard Krumm« einen Korb. Dort stand nämlich schon in großen Buchstaben »Stehcafé«. Und stehen wollten sie mehrheitlich nicht. An der Bushaltestelle »Wahlbach Hellern« drehten sie um, sie hatten den Ortsausgang erreicht.

»Dann fahren wir eben nach Burbach zurück und versuchen dort unser Glück,« sagte Hanne. Sie freute sich jetzt richtig auf Kaffee und Kuchen. Als sie die Worte »Kaffee und Kuchen« aussprach sah Dirk gerade das Hinweisschild auf ein »Schnell-Restaurant & Party-

Service Heiß & Kalt«, verlangsamte aber resigniert noch nicht einmal die Geschwindigkeit. In Burbach folgten sie dem Hinweisschild »Ortsmitte« und wurden wirklich noch fündig: Linker Hand lud »Das Backcafé Rothe« ein, mit dem Hinweis »Bäckerei Café Bistro« waren sie hier an der richtigen Stelle, von außen konnten sie schon die Sitzplätze sehen. Während Hanne und Klaus mit Dirk voran das Bistro erstürmten, blieb Leo vor der Tür stehen und rief in der Polizeistation Wetzlar an. Die Dienstgruppe von Andi Rau hatte Dienst, er ließ sich also mit Andi verbinden und schilderte ihm die Sachlage.

»Oberste Schublade links, da liegt der Schlüssel in einer Plastiktüte. ›Dieter Bergmann‹ steht drauf. Sei so lieb und bring uns den her. Wenn du schnell genug bist, bekommst du noch Kaffee und Kuchen!« Andi verstand nicht recht, also beschrieb ihm Leo den Weg zum »Backcafé Rothe«.

»Ist doch mal was anderes,« bemerkte Andi, »zur Abwechselung mal Kurierdienst für vergessliche Kriminalbeamte!«

Leo brummte, beendete das Gespräch und ging nun auch in die Bäckerei. Im vorderen Bereich gegenüber der Kuchentheke waren schon die beiden Dreier-Tische und die drei Vierer-Tische mit einzelnen Gästen belegt. Über drei Stufen kam er in den hinteren, etwas höher gelegenen Bereich; dort hatten sich seine Kollegen schon breit gemacht.

Wie nicht anders zu erwarten, scherte Klaus Kellner aus der »Kaffee-Riege« aus. Er bestellte einen Hagebuttentee und suchte sich an der Kuchentheke eine Müslischnitte mit Schokolade aus. Die anderen drei Beamten machten in Einigkeit: Kännchen Kaffee und Schwarzwälder-Kirsch-Torte. Anfangs zumindest, dann bestellte Dirk noch einen Windbeutel und ein Stück Schoko-Sahne-Torte.

60.

»Du musst geflogen sein, Andi,« kommentierte Dirk Roß mit vollem Mund. Er war noch mit der Schoko-Sahne beschäftigt, als Andi hereinkam.

»Wenn ich so freundlich zu Kaffee und Kuchen eingeladen werde,« antwortete er und setzte sich zu den Kollegen. »Dann kann ich auch schnell sein. Hier ist das Prachtstück!« Er zog das Plastiktütchen aus seiner Tasche und hielt es baumelnd vor Leos Nase. Der griff gleich zu und versuchte gar nicht erst, sich der Spitzen zu erwehren, die nun nicht mehr von drei, sondern von vier Kollegen abgeschossen wurden.

Eigentlich wollte er jetzt gleich los, zu sehr war er auf das gespannt, was das Schließfach offenbaren würde. Aber jetzt durfte er nicht so unhöflich sein und Andi zur Eile drängen. Während sich Andi ein Stück gedeckten Apfelkuchen schmecken ließ, schaute Leo dann allerdings doch automatisch auf seine Armbanduhr. Es geschah etwas zu deutlich, so dass er sofort »Entschuldigung!« sagte. Aber Andi Rau zeigte sich als mitfühlender Kollege.

Er legte Leo die Hand auf den Arm. »Ich verstehe dich, du willst zur Bank. Lasst euch durch mich nicht stören! Macht euch ruhig schon auf, ich esse noch in Ruhe fertig und fahre dann zurück.«

»Danke!« war alles, was Leo sagte; seinem Tonfall merkte man eine große Portion Erleichterung an. Er stand auf, um zu bezahlen.

Das Procedere in der Landbank Wahlbach eG kannten sie bereits. Nachdem der Geschäftsführer mit seinem Schlüssel das Fach Nummer 24 entsperrt hatte, steckte Leo mit leicht zittrigen Händen seinen Schlüssel ins Schloß. Die kleine Tür ging auf und gab den Blick auf eine Metallkassette frei, die das gesamte Schließfach ausfüllte. Leo nahm sie vorsichtig heraus und blieb einen Moment stehen, um tief durchzuatmen. Dann sah es für den Geschäftsführer so aus, als würde Leo Trinkaus von seinen drei Kollegen zu dem kleinen Tisch geschoben.

»Nun mach hin! Spann uns nicht auf die Folter!« Hanne konnte den Druck so kurz vor ihrem Ziel kaum mehr aushalten. Dirk wischte sich mit dem Handrücken den Schweiß von der Stirn und auch der sonst eher kühle Klaus Kellner biss sich auf die Unterlippe.

Leo stellte die Kassette auf den kleinen Tisch und schaute seine Kollegen der Reihe nach an. Hanne verstärkte ihr Drängen durch eine ruckhafte Kopfbewegung. Dann öffnete er die Klappe der Kassette. Es kam ein DIN A 4 – Umschlag zum Vorschein, nicht beschriftet. Leo nahm den Umschlag vorsichtig aus der Kassette, sonst lag nichts weiter darin. Er befühlte ihn, anscheinend war nur Papier in dem Kuvert.

»Wenn Sie den Inhalt mitnehmen, brauche ich aber eine Bescheinigung.« Der Geschäftsführer hatte sich dezent an der großen Gittertür am Eingang postiert. Wollte er die Spannung auflösen oder war seine Bemerkung einfach deplaziert? Er bekam jedenfalls keine Antwort.

»Hanne, mach du ihn auf!« Leo reichte ihr den Umschlag und wischte sich jetzt auch ein paar Schweißtropfen von der Stirn.

Sie riss ihm förmlich den Umschlag aus der Hand, öffnete dann allerdings relativ vorsichtig den Verschluß. »Hurra! Volltreffer! Wir haben die EV!« Schon als sie das Schriftstück langsam herauszog, war die Überschrift »Eidesstattliche Versicherung« zu lesen. Sie begann laut vorzulesen: »Hiermit versichere ich an Eides statt ...«, wurde aber sofort von Leo unterbrochen.

Er deutete mit einem Kopfnicken in Richtung des Geschäftsführers und sagte: »Nicht hier, Hanne!« Dann drehte er sich zu dem Geschäftsführer um. »Vielen Dank, wir stellen dieses Schriftstück vorläufig sicher. Wir können wieder hochgehen, meine Kollegin Ziegler wird mit Ihnen einen kurzes Protokoll aufnehmen und Ihnen eine Bescheinigung ausstellen.

Murrend ging Hanne mit den anderen nach oben. »Blöde Männer! Ich soll den Formularkram machen und ihr lest euch schon mal die EV durch. Kameradenschweine!«

Leo war kein Kameradenschwein. Er wartete tatsächlich trotz aller Ungeduld, bis Hanne nach Abwicklung der Formalitäten wieder bei Ihnen am Wagen stand. »Volltreffer« stellte sich als eine korrekte Bezeichnung für ihren »Fund« dar: Ein Karl-Dietrich Agel aus dem Wetzlarer Stadtteil Dutenhofen hatte die Eidesstattliche Versicherung verfasst, vor ungefähr einem halben Jahr. Er war technischer Angestellter im Tiefbauamt der Stadt Wetzlar.

»Sagt der Name dir was?« Leo wandte sich an Klaus, bekam aber als Antwort nur ein Kopfschütteln. Klaus reckte den Kopf noch mehr zur Seite, seine flinken Augen flogen schon weiter über das Papier.

»Wie ich es mir gedacht habe!« Er lachte auf und schlug sich auf den Oberschenkel, nachdem der unter anderem die Namen »Ostergarten«, »Anger«, »Schwetzer«, »Kwiatkowski« und »Eckstein« überflogen hatte. »Der Schwetzer und seine werte Familie! Meine Methode ist doch gut, oder?« Er schaute sich triumphierend um.

Auf der Hinfahrt nach Burbach hatte Kellner natürlich auch den beiden bisher in seine Erkenntnisse noch nicht vollständig eingeweihten Kollegen Ziegler und Roß unterrichtet. Jetzt konnten es alle schwarz auf weiß lesen. Schwetzer hatte es tatsächlich über die Jahre bei einigen Vorhaben geschafft, bei Ausschreibungen vor Ende der Angebotsabgabefrist die Unterlagen zu sichten, so dass seine »Familienbetriebe« noch das günstigste Angebot abgeben konnten. So, wie es hier ausführlich beschrieben wurde, war die Endabrechnung »seiner« Firmen dann allerdings »etwas« teurer. Wegen »unvorhersehbarer Zusatzaufwendungen« wurde dann jeweils – natürlich ohne Ausschreibung – ein »Nachschlag« bewilligt.

Dirk blickte nachdenklich drein. »Schaut mal, das Papier ist schon ein halbes Jahr alt. Da war doch der Bergmann noch gar nicht hier in der Gegend. Wie der wohl an das Papier gekommen ist?«

Darauf wusste zumindest im Moment keiner der Kollegen eine Antwort.

Die EV war sehr ausführlich, was insbesondere Klaus Kellner bei seinen Korruptionsermittlungen weiterhelfen würde. So wurde zum Beispiel auch beschrieben, dass in den zurückliegenden Jahren das Rechnungsprüfungsamt der Stadt immer wieder Verstöße gegen die Vergabeordnung gerügt hatte. Gerade die Ämter im Bereich der Bauverwaltung hatten häufig Aufträge »freihändig« vergeben, also nicht vorher ausgeschrieben, obwohl die dafür relativ niedrig festgesetzte Grenze des Auftragsvolumens überschritten war. Oberhalb dieser Grenze musste immer eine Ausschreibung vor Auftragsvergabe erfolgen, um zum einen allen interessierten Firmen die Möglichkeit zu geben, den Auftrag zu bekommen, und zum anderen nicht das billigste, aber das sparsamste und wirtschaftlichste Angebot auszuwählen.

Nach dem Amtsantritt Schwetzers als Multi-Dezernent führte er seine Form von Wirtschaftsförderung ein. Er sorgte dafür, so schrieb jedenfalls der technische Angestellte Agel, dass diese Grenze großzügig angehoben wurde. Damit konnten seinen Familienbetriebe Aufträge zugeschanzt werden, ohne formal gegen die Vergabeordnung zu verstoßen. Dieses Schreiben enthielt jedenfalls genug Angaben, damit Kellner sein kriminalistisches Seziermesser an den richtigen Stellen ansetzen konnte. Zunächst müsste er Kontakt zu diesem Agel aufnehmen.

»Warum gibt der Mensch eine Eidesstattliche Versicherung ab und geht nicht gleich zur Polizei?« Hannes Frage war durchaus berechtigt.

»Vielleicht hat der auch seine Hände im Spiel, Erpressung meine ich zum Beispiel,«antwortete Dirk.

Klaus verneinte. »Hier, er schreibt es selbst zur Erklärung: ›Ich wähle diese Form der Eidesstattlichen Versicherung und nicht die der Strafanzeige, weil ich im Moment meine Familie und mich schützen muss. In diesen wirtschaftlich schlechten Zeiten will ich nicht meinen Arbeitsplatz im öffentlichen Dienst gefährden, zumal ich erst relativ kurz angestellt bin.‹ Moment,« sagte Klaus, blätterte um, schaute nach und ergänzte: »Agel ist Jahrgang 1971. Ich lese mal weiter: ›Ich habe schon oft von ähnlichen Fällen gehört, in denen dann letztlich die Aufdecker der Straftaten als Nestbeschmutzer behandelt, gemobbt und bei passender Gelegenheit entsorgt wurden.‹ Das Wort ›entsorgt‹ hat er übrigens in Anführungszeichen geschrieben. Es geht noch weiter: ›Deshalb will ich die Vorgänge festhalten, damit sie später von mir oder einer anderen Person aufgedeckt werden können.‹« Nach einer kurzen Pause fügte Klaus unter Schulterzucken hinzu: »Was immer das auch heißen mag!«

61.

Während der Rückfahrt von Burbach nach Wetzlar herrschte prächtige Stimmung im Wagen. Der Durchbruch schien geschafft. Klaus Kellner hatte genügend Anhaltspunkte, um »sein« Ermittlungsverfahren jetzt ganz offiziell zu starten. Die anderen drei Kriminalbeamten waren sich sicher, aufgrund ihres heutigen »Fundes« Schwetzer auch als Bergmanns Mörder überführen zu können. Leo informierte Staatsanwalt Grün und seinen amtierenden Inspektionsleiter Aßmann, musste sich aber von beiden, unabhängig voneinander, anhören, auf dieser Eidesstattlichen Versicherung allein ließe sich keine Anklage wegen Mordes aufbauen.

»Wohl bemerkt,« ergänzte Peter Grün zur Erläuterung, »wir reden jetzt nur über die Mordgeschichte. Du weißt doch, das mit der Schuhgröße und den Reifenspuren von einem Golf III hatten wir schon einmal. Jetzt kommt zwar noch ein Motiv dazu. Aber das ist mir immer noch zu dünn. Verstehe mich nicht falsch, aber...« Hier brach er ab.

»Ist schon gut, Peter. Ich verstehe. Müssen wir uns eben noch was einfallen lassen. Ich melde mich später noch mal.« Er verabschiedete sich.

Auf Höhe der Abfahrt Ehringshausen war ihr Plan gereift. Diesmal hatte Dirk die zündende Idee. Hanne sollte als Lockvogel dienen. Sie könnte doch einfach mal Schwetzer anrufen und ihm mitteilen, sie hätte jetzt die EV.

Hanne zappelte auf der Rückbank. »Au ja! Und ich bestelle ihn dann irgendwo hin. Wenn er kommt, haben wir ihn.«

»Das hat was für sich,« bestätigte Leo, »aber nur unter einer Voraussetzung: Du müsstest schon in dem Telefonat klarmachen, dass du weißt, dass Schwetzer den Bergmann abgemurkst hat. ›War wohl alles umsonst, Herr Schwetzer, jetzt bin ich am Drücker und stelle meine Bedingungen‹ oder so ähnlich. Sollten wir heute gleich umsetzen.«

Sie schmückten den Plan weiter aus. Kurz, bevor sie das Wetzlarer Kreuz erreicht hatten, rief Leo nochmals bei Peter Grün an. Der konnte diesen Vorschlag tragen, fand ihn zwar etwas ungewöhnlich, aber ihrer Ermittlungslage angemessen. Sie verabredeten sich für den nächsten Vormittag zur Absprache der Einzelheiten. Auch Jobst Aßmann war Feuer und Flamme, er freute sich sogar, mal wieder selbst mitzumachen, um der eintönigen Schreibtischarbeit zu entfliehen. Er höchstpersönlich wollte die Überwachung von Schwetzer übernehmen. Es war seiner Stimmlage anzumerken, wie er dem Einsatz entgegenfieberte.

Es war schon nach 17 Uhr, als sie in Wetzlar ankamen. Hanne wollte sogleich zur Tat schreiten, aber nicht von der Dienststelle aus. Der ISDN-Anschluss könnte sie verraten, deshalb sollte der Köderanruf von einer Telefonzelle erfolgen. Drei Versuche blieben erfolglos, denn sie fanden nur Kartentelefone. Keiner von Ihnen hatte eine Telefonkarte bei sich. »Macht nichts«, sagte Hanne. »Dann mach ich das nachher von zu Hause aus, da haben wir noch einen analogen Anschluss. Da merkt der gute Herr Schwetzer auch nicht, von wo ich anrufe.«

Ihre Wege trennten sich an der Dienststelle. Klaus kopierte noch jeweils für sich und für das K 10 die Eidesstattliche Versicherung und verschloss das Original in seinem Schreibtisch. Leo hielt ihn dabei zur Eile an, denn er musste noch mit Schneckchen zum Verbandwechsel nach Rechtenbach fahren.

62.

Die für sich selbst gefertigte Kopie steckte Kellner in seine Jackentasche, stieg auf sein Rad und fuhr los. Er nahm aber nicht den direkten Weg nach Hause, radelte vielmehr in entgegengesetzter Richtung nach Dutenhofen. Eine gute Gelegenheit, die Schoko-Müsli-Schnitte abzutrainieren. Trotzdem wollte er nicht übertreiben und etwa den Weg »über den Berg« nehmen. So fuhr er die Frankfurter Straße, den Philosophenweg und die Haarbachstraße hinunter. Da konnte er es rollen lassen, ehe er als durchtrainierter Radfahrer relativ bequem über Garbenheim nach Dutenhofen kam.

»Guten Abend, entschuldigen Sie bitte die späte Störung. Ich bin Kriminalhauptkommissar Kellner von der Kripo Wetzlar.« Eine junge Frau, ganz in schwarz gekleidet, hatte ihm die Eingangstür geöffnet. »Sind Sie Frau Agel?«

Die junge Frau nickte. »Ja, aber ich verstehe nicht.«

Klaus Kellner hielt ihr mit einem freundlichen Gesicht seinen Dienstausweis hin. »Ich würde gern Ihren Mann sprechen, wenn das möglich wäre.«

Frau Agel schaute ihn entgeistert an, senkte dann ihr Gesicht in beide Hände und schluchzte auf. »Was sagen Sie da?« Sie rang mit der Fassung. »Mein Mann ist vor vier Wochen gestorben und da wollen Sie als Polizist ihn heute sprechen! Das ist ja sowas von geschmacklos!«

»Entschuldigen Sie vielmals, Frau Agel, das habe ich nicht gewusst! Bitte glauben Sie mir, ich wollte Sie nicht verletzen.« Während er diese Sätze sagte, lief in seinem Kopf ein ganz anderer Film ab: Vor vier Wochen also, er rechnete nach. Hatte Schwetzer noch jemand auf dem Gewissen? Aber von einem Gewaltverbrechen hätte er doch hören müssen. Er hoffte, dass sich seine Befürchtungen nicht bestätigen würden. »Darf ich kurz reinkommen? Ich möchte Ihnen ein paar Fragen stellen.«

Mit einer Handbewegung lud Frau Agel den Kriminalbeamten ein und trat etwas zur Seite. In dem Moment lugte ein kleiner Junge von vielleicht vier oder fünf Jahren um die Ecke. »Das ist mein Sohn,« erklärte sie und wandte sich an den Kleinen. »Komm mal her, Paul, und sag schön ›Guten Abend‹ zu dem Herrn!«

Der Junge kam und streckte skeptisch seine Hand aus. Kellner ergriff sie mit der rechten, ging in die Hokke, um Aug in Aug mit ihm zu sein und streichelte ihm mit der linken Hand über den Kopf. »Hallo Paul, guten Abend. Ich bin der Klaus!«

»Hallo! Was willst du hier?« Eine durchaus normale Frage für ein Kind dieses Alters. Aber Mama schob ihn beiseite und forderte ihn auf, in sein Zimmer zu gehen. Mama hätte etwas mit dem Herrn zu besprechen, es würde aber nicht lange dauern. Die Skepsis wich aber nicht aus dem Gesicht des Jungen, so dass Klaus versuchte, mit einem Winken und einem »Tschüs Paul!« etwas Lockerheit zu demonstrieren.

Dann wies Frau Agel dem überraschenden Gast den Weg zum Wohnzimmer. »Was wollen Sie denn wissen?« fragte sie, nachdem sich beide gesetzt hatten.

»Zunächst einmal möchte ich mich noch einmal entschuldigen. Hätte ich vom Tode Ihres Mannes gewusst, wäre das nicht passiert.« Wieder schluchzte Frau Agel in seine Worte hinein. »Aber in dem Zusammenhang sagen Sie mir doch bitte, woran Ihr Mann gestorben ist.«

Sie blickte auf und antwortete spontan. »Bei einem Verkehrsunfall!« Diese Antwort konnte Kellners Bedenken noch nicht vertreiben. Schließlich hätte ja Schwetzer auch an Agels Wagen manipulieren können. Aber die weitere Erläuterung der Witwe beruhigte ihn dann doch. »Es war hier auf der B 49. Ein Lkw kam ins Schleudern und kippte über die Mittelleitplanke auf den Wagen meines Mannes. Auch der Lkw-Fahrer war gleich tot.«

Es stellte sich für die Witwe sicher als völlig unpassend dar, aber Klaus atmete erleichtert aus. Also kein Gewaltverbrechen, »nur« ein Verkehrsunfall. »Das tut mir sehr leid, Frau Agel. Mein herzliches Beileid.« Jetzt hätte er eigentlich gleich auf die Eidesstattliche Versicherung zu sprechen kommen wollen, aber das wäre unhöflich gewesen. So erkundigte er sich zunächst nach ihrem Befinden, fragte, wie der Junge damit zurecht käme und wünschte ihr viel Kraft. Dann lenkte er behutsam das Thema auf den eigentlichen Grund seines Besuches.

Leider konnte Frau Agel ihm nicht weiterhelfen, sie wusste nichts von den Schiebereien in der Bauverwaltung. Ihr Mann hatte davon nie etwas erzählt; er wollte wohl auf diese Weise seine Familie schützen. Wer nichts weiß, hatte Herr Agel wohl gedacht, der kann auch nichts ausplaudern, was vielleicht an die falsche Adresse gelangt.

Klaus Kellners Heimweg war an diesem Tag um einiges länger.

63.

»Guten Abend, Frau Schlicht. Hier ist Heitmann von der Alpha-Bau. Entschuldigen Sie die späte Störung, aber ich müsste unbedingt heute noch Herrn Schwetzer sprechen. Ist das vielleicht möglich?« Hanne Ziegler saß in ihrer Steindorfer Wohnung und flötete mit ihrer freundlichsten Stimme. »Alpha-Bau« klang gut! Sie hatte Glück.

»Ja, einen Moment«, bekam sie als lapidare Antwort. Dann dauerte es einen Moment. Im Hintergrund war die Stimme von des Stadtrates Lebensgefährtin eine Spur zu laut zu vernehmen. Ob bewusst oder unbewusst, vermochte Hanne nicht zu entscheiden. Jedenfalls hörte sie in der Ferne am anderen Ende der Leitung Frau Schlicht sagen: »Da ist so ne Bautussi, die will dich sprechen.«

Ein leichtes Stöhnen war zu hören, der Herr Stadtrat hatte sich wohl von der Couch erhoben. »Schwetzer! Guten Abend!«

Hannes Stimme verlor jetzt jeden Hauch von Freundlichkeit, viel eher konnte man einen militärischen Befehlston herauslesen. Ihre Stimme schnarrte: »'N Abend! Es hat Ihnen nichts gebracht, den Bergmann umzulegen. Ich habe jetzt die Papiere! Werde sie auch gebrauchen, wenn wir uns nicht einigen. Sage es nur einmal, mein Herr: Treffen uns übermorgen abend um 22.00 Uhr ganz in der Nähe des Tatortes, nämlich an der Grillhütte. Seien Sie pünktlich!« Hanne legte sofort auf, um Schwetzer keine Möglichkeit mehr zu einer Äußerung zu geben.

Anschließend informierte sie noch »ihre Jungs« der Reihe nach. Leo verabschiedete sich mit einem passenden Kommentar von seiner Kollegin: »Wenn Schwetzer morgen bei uns auf der Matte steht und eine versuchte Erpressung anzeigt, wissen wir wenigstens, dass wir schief liegen.

Doch Hanne musste noch eine Schlußfrage loswerden: »Wie geht's dem kleinen Leo?«

»Die Wunde sieht immer noch schlimm aus, aber Schneckchen ist tapfer!«

64.

Der Bau-, Umwelt- und Wirtschaftsförderungsdezernent hatte der hiesigen Polizei nichts anzuzeigen. So konnte das K 10 zusammen mit Jobst Aßmann und Klaus Kellner den Einsatz für den folgenden Tag planen. Jobst wollte sich partout den ganzen Tag über an Schwetzers

Fersen heften und ihn dann praktisch am Abend nach Dalheim zum Grillplatz geleiten.

»Das hältst du nicht durch, Jobst«, meinte Dirk Roß. »Du schaffst doch nicht, die ganze Zeit ab dem frühen Morgen in deiner Karre abzusitzen. Du musst doch auch ab und zu was essen und trinken, und wenn du aufs Pippiklo musst, ist der Schwetzer weg! Da muss ja noch ein Kollege mit dir fahren, damit ihr euch abwechseln könnt.« Auch wenn Dirks Kollegen nun nicht seine Bedenken eines Verhungerns oder Verdurstens teilten, so hatte das Argument trotzdem etwas für sich.

B. A., die gerade mit ihrer Plätzchendose hereinkam, bot sich spontan an. »Da würde ich gern mal mitmachen!« Aber das ging leider nicht. Die Verwaltungsangestellte musste sich damit begnügen, als moderne Marketenderin ihre »Truppe« zu betreuen.

Aber Leo hatte eine Idee. »Ich weiß einen Weg, wie du dir die langen Stunden vielleicht schenken kannst.« Alle waren gespannt. Leo erzählte vom ersten und bisher letzten »Einsatz« seiner Privatdetektivin Carola. »Sie könnte das auch noch mal für uns machen. Hanne sollte da lieber nicht anrufen. Eventuell würde Schwetzer ihre Stimme wieder erkennen.«

So kam es dann, dass eine halbe Stunde später im Vorzimmer des Dezernenten das Telefon klingelte. Eine Redakteurin Schnippenkötter-Niemczyk von der Rundschau erzählte, sie würde gerade an einer Reportage über die Bürgerinitiative BIG WIND arbeiten. Am nächsten Tage brauchte sie dazu auch ein Statement von Herrn Stadtrat Schwetzer, wüsste aber noch nicht, wann sie ihn anrufen könne. Deshalb wollte sie im Vorfeld prüfen, wann sie am nächsten Tage Herrn Stadtrat sicher in seinem Büro erreichen könne.

Die Worte »Redakteurin« und »Reportage« wirkten wie immer Wunder. Eilfertig griff Schwetzers Mitarbeiterin zum Terminkalender ihres Chefs. »Warten Sie mal.« Carola hörte sie blättern. »Es tut mir leid. Herr Stadtrat Schwetzer ist zwar morgen den ganzen Vormittag im Hause, aber ein Besprechungstermin jagt die nächste Sitzung, wie wir hier immer sagen.« Sie lachte auf.

Carola lachte als höfliche Redakteurin Schnippenkötter-Niemczyk mit. »Das kann ich gut verstehen. Herr Stadtrat Schwetzer ist sicher sehr ausgelastet. Aber es wäre wirklich schön, wenn ich ihn noch kurz erreichen könnte.«

»Warten Sie bitte, hier ginge es vielleicht noch: Die letzte Vormittagssitzung ist gegen 12.15 Uhr zu Ende. Wenn Sie es dann einmal versuchen wollen, ehe Herr Stadtrat Schwetzer in die Mittagspause fährt. Nachmittags ist er nämlich außer Haus.«

Die »Redakteurin« bedankte sich herzlich und rief ihren Leo zurück.

Nachdem Leo das Telefonat beendet hatte, drehte er sich zu Jobst um. »Jobst, du hast morgen bis 12.15 Uhr frei. Was sagst du dazu? Erst dann brauchst du hinter Schwetzer her zu ihm nach Hause zu fahren, in dessen Mittagspause. Nachmittags könnt ihr dann ein bisschen durch die Gegend gondeln. Immerhin, einige Stunden hat dir mein Anruf erspart.« Er berichtete vom Verlauf des Telefoneinsatzes seiner Privatdetektivin. Alle lachten herzlich

Dann besprachen sie in allen Einzelheiten den Ablauf des folgenden Tages. Sie baten selbst den Leiter der Polizeistation, den Ersten Polizeihauptkommissar Wolfgang Orthmüller, dazu. Er sollte die Schutzpolizisten einteilen, die in Zivil an der Aktion beteiligt werden sollten. Außerdem legten sie die technische Ausstattung fest. Alle wurden daran erinnert, dass Schwetzer, wenn er denn der Gesuchte war, bewaffnet sein könnte. Hanne sollte um Himmels Willen vorsichtig sein und auch Leo gegen seine sonstige Gewohnheit seine Pistole mit sich führen.

Für alle Fälle fuhr Jobst mit Andi Rau als Vertreter der Schutzpolizei noch nach Dalheim, um vor Ort unauffällig die Standorte der einzelnen Kollegen auszusuchen. Eigentlich wollte Leo mitfahren, aber das wäre zu gefährlich gewesen. Immerhin bestand die Möglichkeit, dass auch Schwetzer an diesem Tage dem Dalheimer Grillplatz einen Kurzbesuch abstattete. Dort durfte er den ihm bekannten Kriminalhauptkommissar Leo Trinkaus auf keinen Fall treffen.

65.

Am folgenden Tag verließ Stadtrat Schwetzer um 12.30 Uhr das Wetzlarer Rathaus, um zum Mittagessen nach Hause zu fahren. Er hatte zuvor noch eine Viertelstunde erfolglos auf den Anruf einer Redakteurin der Rundschau gewartet. Jobst schloß sich ihm in gebührendem Abstand an. Er kannte den Weg und das Ziel des Stadtrates. Über Funk gab er regelmäßig seinen Standort durch.

Im Laufe des Nachmittages nahm Jobst gewissermaßen als Gast an der Einweihung einer Brücke über die Lahn hin zum Gelände des zukünftigen Areals für »Forum« und »Arena« teil, anschließend sah er aus etwas größerem Abstand, wie Schwetzer die Erweiterung des

Schulgartens der Kestner-Schule mit seiner Anwesenheit beglückte, und verbrachte dann eine Zeit des Wartens vor dem Hauptgebäude der Sparkasse, in welches der Stadtrat gegangen war. Jobst wusste zunächst nichts von der Mitgliederversammlung des Stadtmarketing-Vereins. Nach ungefähr zwanzig Minuten betrat er aber neugierig das Sparkassengebäude und sah schon in der Halle das Hinweisschild auf die Veranstaltung. Da konnte er zwei und zwei zusammenzählen und dachte sich, dass es länger dauern würde. Er bestellte Dirk in die Seibertstraße, um sich für eine Pause ablösen zu lassen. Nach einer Stunde kam er zurück, früh genug, um Schwetzer gegen 19.00 Uhr nach Hause zu begleiten.

Zu dieser Zeit bevölkerten schon relativ viele Spaziergänger den Bereich um den Dalheimer Grillplatz, die sonst nicht dort gesehen wurden. Unter anderen befanden sich schon Leo, Dirk und Andi vor Ort und gingen jeweils einzeln den gesamten Bereich noch einmal ab. Hanne war nachmittags nach Hause gefahren, um die Kinderbetreuung zu regeln und stand jetzt mit dem derzeit einzig vor Ort befindlichen Dienstwagen hinter der Kompostierungsanlage am Anfang des Waldweges und döste im Wagen vor sich hin, ihre Art von Entspannung vor einem Einsatz, der ihre höchste Konzentration erforderte.

Erst zwischen 21.00 Uhr und 21.20 Uhr würden noch zwei weitere Pkw hinzugezogen werden. Darin sollten jeweils eine Polizistin und ein Polizist den Bereich überwachen und dem Funkverkehr lauschen. Ganz originell würden sie zwei Liebespärchen mimen, die sich zum Austausch von Zärtlichkeiten den Dalheimer Wald ausgesucht hatten.

Dirk hatte sich eine nicht weniger originelle Tarnung ausgesucht. Er veranstaltete ein Single-Picknick an der »vandalismusresistenten« Grillhütte, so der verwaltungstechnische Fachbegriff für das hässliche Bauwerk aus Beton. Niemand aus dem Kollegenkreis wunderte sich über Dirks Verhalten. Während die Kollegen unruhig in der Nähe ihrer späteren Überwachungspositionen ihre Kreise zogen, lag Dirk auf einer Decke und verspeiste seelenruhig ein paar Frikadellenbrötchen, die er mit Unmengen von Cola hinunterspülte.

Das Polizeipräsidium Gießen hatte für die in unmittelbarer Nähe des vereinbarten Treffpunktes platzierten Polizisten Head-Sets spendiert, damit der laute Sprechfunkverkehr nicht den gesamten Einsatz gefährden würde. Die Verbindungen standen, es konnte losgehen.

Um 21.22 Uhr hörten sie in ihren Ohrlautsprechern die Stimme von Jobst Aßmann: »Wir fahren jetzt los! Alles bereit?«

Leo bestimmte: »Alle auf die Posten!« und fragte diese dann einzeln ab. Dann bestätigte er gegenüber Jobst: »Ihr seid herzlich willkommen!«

Dirk ging von der Grillhütte aus weiter in Richtung Viehweide und versteckte sich im Unterholz, Hanne setzte sich im Schneidersitz auf den Fußboden der Grillhütte. Alle rechneten damit, dass Schwetzer von der Kreuzung aus, an der Bergmann zu Tode gekommen war, zur Grillhütte fahren würde. Schließlich stand dort das Hinweisschild »Zur Grillhütte«. Von diesem Weg drückte sich Andi Rau seitwärts ins Gebüsch, während Leo vom Grillplatz aus den Fußweg nach unten, zu den äußeren Häusern der Wachhecke, abschirmen sollte. Leo rief Hanne noch »Sei vorsichtig!« zu und begab sich auf seinen Posten.

»Er hält an und steigt aus. Wir sind aber erst in der Neustadt.« Jobst gab die Positionsmeldung durch. Inzwischen war die Dämmerung schon in Dunkelheit übergegangen, so dass die Kollegen nochmals ihre Taschenlampen überprüften, Leo konnte auf diese Weise den Standort von vier Kollegen erkennen. »Macht die Lampen aus, ihr Spinner. Wir sind nicht zu einer Light-Show zusammengekommen!«

Jobst gab Entwarnung, Schwetzer hatte sich nur Zigaretten aus dem Automaten einer Trinkhalle gezogen. Trotzdem wurde der Ablauf schon wieder gestört. »Lolita 1«, eine der beiden Liebespärchen-Besatzungen, meldete drei Pkw mit jungen Russland-Deutschen, die gerade zum Grillplatz einbiegen wollten. Dort sollte eine Wodka-Fete steigen. Jetzt war Eile geboten! Schwetzer fuhr schon durch die Altenberger Straße. Geistesgegenwärtig blockierte »Lolita 2« mit Hasan, einem türkischstämmigen Polizisten am Steuer, die Einfahrt zum Grillplatz. Hasan sprang aus dem Wagen. Eine saublöde Situation, »Türke« gegen »Russen« konnte eigentlich nur Zoff geben. Argumente wie »Polizeieinsatz« oder das Drohen mit Gewalt würden das Problem nicht auf die Schnelle lösen, wenn überhaupt. Eines hatten sie jetzt nicht, das war Zeit, jeden Moment konnte Schwetzer auftauchen. Es war ein Geistesblitz, der Hasan überkam. Er spielte Risiko, rannte zur Fahrertür des ersten »Russenwagens« und deutete mit einer Handbewegung an, der Fahrer solle die Scheibe öffnen. »Wollt ihr zum Grillplatz?«

Lautes zustimmendes Getöse schallte ihm entgegen. Er legte einen Finger auf den Mund und flüsterte: »Passt mal auf, den Grillplatz haben wir heute belegt. Wir haben da eine Überraschung für Freunde vor.« Sein Flüstern zeigte überraschenderweise Wirkung. Aus den beiden nachfolgenden Fahrzeugen kamen schon die jeweiligen Beifahrer angerannt und fragten laut was los sei. Sie wurden aber von dem Fahrer des ersten Wagens sofort mit einem »Pst« zur Ruhe gebrachte. Hasan konnte weiterflüstern: »Es muss ganz schnell gehen! Wir müssen hier weg, sonst ist die ganze Überraschung im Eimer! Wenn ihr jetzt sofort mitkommt, lade ich euch alle zu einem Wodka im »Dalheimer Eck« da vorne ein. Kommt!«

Die Russland-Deutschen schauten sich nur kurz an. Es war nicht zu fassen, es klappte! Alle Vorurteile bewahrheiteten sich in diesem Moment nicht. Sie nickten, einer von ihnen klatschte Hasan mit der Hand ab und sagte: »Abgemacht!« Sie sprangen in ihre Wagen zurück. Als die vier Fahrzeuge gerade die Einmündung in die Hohe Straße erreicht hatten, bog Schwetzer in entgegengesetzter Fahrtrichtung ein. Ein Aufatmen ging durch die Reihen der Beamten. Wer die fünfzehn Wodka letztlich zu bezahlen hätte, musste später geklärt werden.

Schwetzer parkte tatsächlich am »alten« Tatort und ging den Rest zu Fuß. Jobst hatte vorsorglich schon am letzten Haus auf der linken Seite geparkt, um kein Aufsehen zu erregen. Er hetzte nun über einen Seitenweg in Richtung Treffpunkt, musste dann aber stehenbleiben, um nicht vielleicht doch über das große freie Feld hinweg gesehen oder gehört zu werden.

»Ach, der Herr Schwetzer!« empfing Hanne den Stadtrat. Alle Kollegen konnten mithören. »Dann wollen wir mal ins Geschäft kommen!« Sie knipste ihre Taschenlampe an und leuchtete Schwetzer ins Gesicht. Sowie die ersten Worte gefallen waren, löste sich Leo aus seiner Deckung und näherte sich vorsichtig von hinten an Schwetzer an. Seine Pistole hatte er schon entsichert in der rechten Hand, aber es war ihm sehr unwohl dabei. Als Leo das Licht von Hannes Taschenlampe aufblitzen sah, befand er sich noch ungefähr fünf Meter hinter Schwetzer. Er sah Schwetzers Handbewegung und dachte, warum fummelt denn Hanne mit der Lampe herum und blendet den Typ, die macht den doch nur kirre? Er selbst wurde auch geblendet und schätzte Schwetzers Handbewegung falsch ein. Plötzlich sah er im Gegenlicht in dessen Hand eine Pistole. Der Knall des Schusses und Hannes Schrei gingen ineinander über. Hanne fiel um, ihre Taschenlampe rollte über den Betonboden. Nur ein Baum in entgegengesetzter Richtung wurde jetzt noch angestrahlt. Durch die plötzliche Dunkelheit konnte Leo noch weniger sehen. Er hatte zwar auch eine Lampe dabei, doch die steckte noch in seiner Hosentasche.

»Halt! Stehenbleiben!« brüllte Leo und rannte los, kam aber höchstens zwei Meter weit. Dann prallte er mit Schwetzer zusammen. Leo verspürte einen heftigen Schlag und einen brennenden Schmerz am linken Oberarm. Er wollte sich noch wegdrehen, knickte dabei aber mit dem Fuß um und verlor das Gleichgewicht. Schwetzer stürzte halb über ihn, trat ihm dabei nochmals auf den lädierten Knöchel, rappelte sich aber sofort wieder auf und rannte davon. Er lief nach unten, dorthin wo Leo eigentlich hätte Posten beziehen sollen.

Trinkaus versuchte, sofort wieder hochzukommen, aber es ging nicht. Der Schmerz war zu groß. Hoffentlich ist der Knöchel nicht gebrochen, dachte er. Alles spielte sich ganz schnell ab. Da hörte er auch schon Dirk aus Richtung Viehweide kommend herankeuchen.

Er zeigte mit dem Strahl seiner Taschenlampe in die Fluchtrichtung. »Da lang isser!«

Dirk beschleunigte seine Schritte, er konnte noch zulegen. Nicht jeder würde diesem Hünen zutrauen, ein guter Ausdauerläufer zu sein. Nach ungefähr zehn Metern hörte Dirk einen Quietschlaut, allerdings keinen mechanischen. Es klang vielmehr sehr lebendig. Dann rief eine weibliche Stimme: »Mäxchen, bist du verrückt!«

Jetzt legte Dirk seinen Spurtgang ein, hörte hinter sich auch schon die Schritte eines nachhetzenden Kollegen. Nach der nächsten Kurve sah er im Lichtkegel seiner Lampe die Bescherung: Hier hatte eine Dame nicht etwa am Geisteszustand des Oberbürgermeisters Max Mitmann gezweifelt, vielmehr stand ein Koloss von Hund über einer am Boden liegenden Person und schleckte ihr das Gesicht ab. Schwetzer war von einem Neufundländer gehindert worden, seine Flucht fortzusetzen. Eine mehrfach »Aus!« rufende Frau kam von unten angelaufen.

Jetzt musste sich Dirk beeilen, denn Mäxchen hatte ihn wahrgenommen und wollte natürlich nun auch diesen neu hinzugekommenen netten Menschen begrüßen, der da angerannt gekommen war. Dirk bückte sich schnell, ließ die Handschellen um Schwetzers Handgelenk zuschnappen und sagte: »Herr Schwetzer, Sie sind vorläufig festgenommen.« Schwetzers Waffe lag immer noch ungefähr einen Meter neben diesem. Bei Zusammenprall mit Mäxchen war ihm die Pistole aus der Hand gefallen. Aber Dirk konnte sich im Moment nicht um die Waffe kümmern, gab ihr nur einen Stoß mit dem Fuß. Dann hatte er genug damit zu tun, mit der freien Hand Mäxchen zu beruhigen.

Mäxchens Frauchen kam keuchend heran. »Ich bitte vielmals um Entschuldigung. Der Hund ist im Moment wie toll. Heiße Hündinnen, wissen Sie.« Sie nahm ihr »kleines Babylein« an die Leine.

Dirk wehrte ab. »Sie brauchen sich nicht zu entschuldigen, Mäxchen ist der Held des Tages, er hat einen Verbrecher an der Flucht gehindert.«

»Das gibt's doch nicht!« Die Frau war baff, gleichzeitig schaute sie etwas ängstlich zu Schwetzer, mit dem sich die inzwischen eingetroffenen Beamten beschäftigten. Nur Andi Rau übernahm eine andere Aufgabe. Er hatte Mäxchen von seinem Hausbesuch wiedererkannt und belobigte das Hündchen nun ganz kräftig.

Leo wollte eigentlich Hanne zu Hilfe eilen, jetzt war aber sie es, die ihrem Kollegen half, wieder auf die Beine zu kommen. »Na Leo, es zittern die morschen Knochen?«

»Mädchen, was ist mit dir? Hat er dich nicht getroffen?« In der Frage war schon eine ordentliche Portion Erleichterung enthalten.

»Nein, ein guter Schütze ist er nachts nicht! Ich hatte nur so einen Schiss, dass ich mich hingeschmissen habe. Zählt das jetzt als Feigheit vor dem Feind?« Sie konnte schon wieder locker sein, weil sie über Funk gehört hatte, dass Schwetzer inzwischen in »festen Händen« war.

»Nein Hanne,« erwiderte Leo, »ich kann dich gut verstehen, ich habe auch Angst um dich gehabt. Er humpelte so gut es ging los und stützte sich auf Hanne ab. Beide wollten so schnell, wie unter diesen Umständen möglich, zu Schwetzer.

Mäxchen, der Held des Abends, hatte den Festnahmeort mit seinem Frauchen schon verlassen, als die beiden dort eintrafen. Leo schaute auf den Stadtrat, der in sich zusammengesunken auf dem Boden kauerte. »Es ist aus, Herr Schwetzer. Wie gut, dass Sie schlecht geschossen haben, sonst hätten Sie noch einen zweiten Menschen auf dem Gewissen.« Leo wollte die Situation ausnutzen. Wenn er Schwetzer gleich hier zu einem Geständnis bringen konnte, würde es ihnen viel Arbeit ersparen. Schon während er heranhumpelte, gingen ihm mögliche Alternativen durch den Kopf, aber letztlich würde die Waffe so oder so den Stadtrat überführen.

Schwetzer gab auf. Er redete noch an Ort und Stelle. Bergmann hatte ihn mit der Eidesstattlichen Versicherung derart unter Druck gesetzt, dass er für sich keinen anderen Ausweg sah, als Bergmann zu töten.

»Wäre es denn kein Ausweg gewesen, der Futura die Grundstücke zu verkaufen und den Windpark zu genehmigen?« fragte Leo.

Schwetzer schüttelte den Kopf. »Das hätte ich nie in der Koalition durchbekommen. Wenn es überhaupt eine Windanlage in Wetzlar geben sollte, hätte die mihevag den ersten Zugriff gehabt. Ich konnte mich doch nicht gegen meine Koalition stellen.« Hier brach er ab und schüttelte noch mehrmals den Kopf. Er nahm die Hände vor sein Gesicht und murmelte durch die Handballen: »Doch nicht so kurz vor meiner Wiederwahl!«

Leo ließ es für diese Nacht dabei bewenden. Dirk hatte clever mit Schwetzers Einverständnis sein Diktiergerät mitlaufen lassen. So brauchte er die Einlassungen in der Dienststelle nur noch abzutippen und sich von Schwetzer unterschreiben zu lassen. Über Nacht würde der Noch-Stadtrat in einer Zelle der Dienststelle verbleiben, ehe er am nächsten Morgen der Haftrichterin vorgeführt würde. Die weitere ausführliche Vernehmung – auch durch Klaus Kellner – konnte ebenfalls am nächsten Tag erfolgen.

Die Versammlung löste sich auf, Schwetzer wurde abgeführt. Leo ließ sich von einem Kollegen noch Schwetzers Pistole zeigen. »Hmm, eine alte P 38, wo er die wohl herhat? Aber das wird er uns auch noch erzählen.«

Beim Rückweg zum Wagen konnte Leo schon wieder ohne fremde Hilfe humpeln. Einer seiner Schuhe spannte aber ordentlich. Er bückte sich und befühlte seinen Knöchel. Der war so angeschwollen, dass er mit Schneckchens Pfote vor dessen Operation konkurrieren konnte.

66.

Der nächste Arbeitsmorgen verlief ohne Zwischenfälle. Schwetzer blieb auch gegenüber der Haftrichterin Stock-Hellmann bei seinem Mordgeständnis und wurde in Untersuchungshaft genommen. Er war immer noch völlig fertig, aber doch kooperativ. Er bat um Verständnis, erst zu einem späteren Zeitpunkt über den Ablauf seiner Form der Wirtschaftsförderung zu sprechen. Für das Strafmaß, was ihn erwartete, würde der ganze Korruptionsprozess ohnehin nicht die entscheidende Rolle spielen. Aber auch dieser Bereich musste aufgeklärt werden. Gerade Klaus Kellner war es ein Anliegen, dabei die Schwachstellen innerhalb der Stadtverwaltung aufzudecken, um zumindest die Gefahr für die Zukunft einzudämmen, wenn sie schon nicht vollständig zu beseitigen war.

Inzwischen hatten die Kollegen dem Chef vom K 10 natürlich erzählt, wie Schwetzer eigentlich gefasst worden war. Spontan wurde eine Abordnung zusammengestellt. Leo fuhr mit Dirk, Hanne und Andi zunächst beim Fleischer Siegfried am Schillerplatz vor, um einen Kranz heiße Fleischwurst zu erwerben. Sie war nicht für Dirk gedacht, der musste sich selbst eindecken. Dann ging es weiter nach Dalheim, denn Mäxchen hatte sich diese Belohnung verdient. Schon am Eingang drückte ihm Andi Rau den ganzen Kranz ins Maul und belobigte ihn. Mäxchen war so stolz! Wie eine Trophäe trug er die Wurst durch das Haus und rannte von einem zum anderen. Diesmal war es ihm aber nicht möglich, die Gäste anzuspringen, viel zu sehr war er mit der Wurst beschäftigt. Als er dann aber den ersten Bissen genommen hatte, dauerte es keine halbe Minute, bis die Wurst verschlungen war.

Am Nachmittag fuhr Leo mit seinem Schneckchen wieder nach Rechtenbach. Jetzt humpelte nicht mehr der Hund, sondern sein Herrchen. »Na Herr Trinkaus, für einen Partner-Look ist es aber jetzt zu spät!« Der Tierarzt lachte. »Das hätten Sie sich früher überlegen müssen.«

Leo erzählte beiläufig von seinem Malheur. Schneckchens Operationsnarbe wurde neu eingesalbt und verbunden. Dazu bekam er noch eine Spritze.

Zum Abschied sagte der Tierarzt noch: »Von den Tabletten braucht der Kleine jetzt nur noch morgens und abends je eine.» Nach einer Kunstpause fügte er schmunzelnd noch an: »Und nicht, dass Sie ihrem Hund jetzt die Tabletten wegfuttern!«

Herrchen verstand nicht. So musste ihn der Tierarzt aufklären. Die Tabletten waren nicht nur für Schneckchens Pfote gut, auch Leos Schwellung konnte man damit zu Leibe rücken. Der Tierarzt berichtete davon, er würde vorsorglich zu jedem Skiurlaub eine Tube des Mittels mitnehmen. »Wenn Sie gestern sofort nach dem Sturz die Salbe aufgetragen hätten, wäre vielleicht heute schon die Schwellung weg.«

Kriminalbeamte sollten also zukünftig nicht nur Funkgerät, Pistole und Taschenlampe zum Einsatz mitnehmen, sondern auch dieses Wundermittel. Jedenfalls füllte Schneckchens Doktor auch für das Herrchen noch Tabletten ab und gab ihm zusätzlich auch noch eine Tube der Salbe mit denselben Wirkstoffen mit. Die Fürsorge galt vorrangig Schneckchen, denn niemand sollte an dessen Tablettenration gehen müssen.

67.

Am nächsten Morgen nahm sich Leo Trinkaus die Zeit, bei Klaus Kellner »auf einen Tee« vorbeizuschauen. Immerhin hatte sich ihre Spinnerei aus dem Bistro neben dem Rathaus bewahrheitet. Sie hingen ihren Gedanken nach und nahmen ab und zu einen Schluck. Das Bild ihrer beiden Fälle, die inzwischen zu einem Fall verwachsen waren, rundete sich ab.

Trotzdem meinte Klaus: »Da sind noch viele Fragen offen: Wie ist Bergmann an die EV gekommen? Was hatte Agel eigentlich konkret damit vor? Gab es noch ein Bindeglied zwischen Agel und Bergmann? Und, und, und...«

»Das werden wir wohl nie erfahren,« meinte Leo, »aber so wichtig ist das letztlich auch nicht. Es bleiben bei unserer Arbeit oft Fragen offen. Wichtig ist doch nur, dass Schwetzer des Mordes überführt und geständig ist! Und du wirst es jetzt auch schaffen, seine Art der Wirtschaftsförderung einer strafrechtlichen Ahndung zuzuführen, wie das so schön genannt wird.«

Klaus trank versonnen einen Schluck Tee und sagte: »Hätte ich anfangs nicht gedacht. Da hat uns doch ein anonymer Brief zu diesem blödsinnigen neuen Logo ganz schön weiter geholfen, nicht nur ein Stück Korruption aufzudecken, sondern auch noch einen Mörder zu finden. Auch nicht schlecht!«

Leo überlegte lange, um das richtige Wort zur Bestätigung zu finden. Dann sagte er einfach: »Logo!«

***

Der erste

Lahn-Dill-Krimi

Wolfgang Borchers
Mord in Blasbach

Leo Trinkaus, als Kriminalhauptkommissar gerade von Frankfurt nach Wetzlar versetzt, muss sich bereits wenige Stunden nach Dienstantritt mit einem Mord befassen. Und unmittelbar nach der Beerdigung des Ermordeten geschieht ein zweiter Todesfall; wieder ist es ein Kommunalpolitiker ...

2. Auflage – Dezember 2003
236 Seiten, € 16,80
ISBN 3-937543-00-7

PRESSESTIMMEN

Wetzlarer Neue Zeitung:

„... Mit Liebe zum Detail und viel Lokalkolorit lässt Borchers seinen Protagonisten nicht nur einen komplizierten Kriminalfall mit überraschendem Ende aufklären, sondern präsentiert ihn in einem stets einwandfrei wiederzuerkennenden Rahmen, der regelrecht dazu verleitet sich auf des Kommissars Spuren zu begeben. Ob er die historische Altstadt schildert oder Wetzlars Vororte mit ihren eindeutigen Charakteristika, ob er mit seinen ausführlichen Schilderungen von Kneipen und Restaurants Lust auf leckeres Essen macht oder seine Leser darüber nachgrübeln lässt, ob die geschilderten Figuren *wirklich* alle rein fiktiv sind – Wolfgang Borchers versteht es mit seinem Erstlingswerk gleichzeitig zu fesseln und zu unterhalten ...“

Gießener Anzeiger:

„ ... ‚Aus städtischer Sicht sind wir ja dankbar, dass das alles auf Kreisebene geschieht‘, sagte der Wetzlarer Oberbürgermeister Wolfram Dette in einem launigen Vortrag über einen soeben vorgelegten Wetzlar-Krimi. (...) ‚Der Roman bietet für jeden etwas‘, so Dette, ‚viel Lokalkolorit, einen spannenden Fall und genug Stoff zum Rätseln, wer da alles so pointiert beschrieben wird.‘ ...“

FRITZ Das Magazin, Ausgabe Gießen / Marburg / Wetzlar / Wetterau:

„... So kann man den Krimi durchaus auch als Schlüsselroman lesen, mit aller Vorsicht natürlich. Vieles, wie die Müllgeschichten, das Belohnen willfähriger Parteigänger mit Pöstchen und die raffinierten Winkelzüge, mit denen da oft die eigenen Taschen gefüllt werden, kommt einem bekannt vor. Konkrete Personen nennt Borchers, der im richtigen Leben Rechtsanwalt ist, natürlich nicht. Schließlich neigen Politiker ja zum Klagen und die würden beim Mord in Blasbach sicher ins Leere laufen.
Spannend ist es allemal, was Borchers da beschreibt und richtig gut wäre der Krimi, wenn die Polizisten ein paar Ecken und Kanten hätten. Das nervt schon fast, mit welcher Begeisterung sich die Ermittler die Nächte um die Ohren schlagen und Überstunden machen.
Gut gelungen ist dagegen die Beschreibung des verfressenen Dirk, glaubwürdig sind auch die negativen Figuren gezeichnet. So ist der ungekrönte Parteikönig Stolze durchaus vielschichtig angelegt und das Negative an der Figur kommt nach und nach zum Vorschein ...“

JONI VERLAG WOLFGANG BORCHERS
Weißadlergasse 9 • 35578 Wetzlar
Tel 06441/48936 • Fax 06441/48950
www.mordskrimi.de